# REZENSIONEN ZUM BUCH AUF AMAZON.DE

*«Nach gefühlt 1000 Büchern, die ich auf meinem Kindle gelesen habe, ist dies das 1. Buch, welches ich mir als Taschenbuch kaufen werde, um die darin enthaltene Zitate zu markieren und zu verinnerlichen. Mich hat es inspiriert.»*

*«Das ist das beste Buch, das ich seit Langem gelesen habe, es war fast unmöglich, es aus der Hand zu legen. Sehr, sehr gut geschrieben! Als Taschenbuch ist es unterwegs zu mir, das wird verschenkt. Und weiterempfohlen sowieso!»*

*«Mit „Angekommen" ist Markus Glauser ein Erstlingswerk gelungen, das fasziniert und anregt. Es liest sich gleichsam spannend, ist bereichernd und eröffnet immer wieder erstaunliche Wendungen. Ich kann dieses Buch allen in vielerlei Hinsicht zur Lektüre, aber auch zur Umsetzung empfehlen.»*

*«Für mich ein sehr spezielles Buch, das mich sehr berührt hat, da vieles in meiner eigenen – gescheiterten – Ehe ähnlich lief. Auch die Einblicke in die Bankenwelt fand ich spannend, aber erschreckend. Das Buch liest sich sehr gut, habe es im Urlaub in zwei Tagen verschlungen.»*

Neu in meinem Leserkreis? Hol dir hier das inspirierende Willkommensgeschenk (E-Booklet):

www.markusglauser.de/geschenk

Oder rasch mit dem Smartphone:

SCAN ME

*Wenn du ein Schmetterling werden willst, musst du bereit sein, dein Dasein als Raupe aufzugeben.*

Sekou Andrews

# ANGEKOMMEN

VON DER SUCHE NACH DEM GUTEN LEBEN

MARKUS GLAUSER

*Für meine Familie*

# 1

JANUAR 2008

So fühlt es sich also an, wenn man alle Ziele erreicht und es in den Augen der Gesellschaft geschafft hat. Roger Graf lehnte sich zurück und strich durch seine inzwischen etwas schütteren, graumelierten Haare. Die Früchte des Erfolgs hatte er sich stets farbig und süß ausgemalt. Stattdessen fühlte er sich an seinem fünfundvierzigsten Geburtstag leer und einsam. Erfolgreich, aber nicht erfüllt.

Er machte eine nervöse Handbewegung, als wollte er die schlechten Gefühle vertreiben. Zum Trübsal blasen gab es doch keinen Grund! Alles lief nach Plan. Das Filet vom Rind, der erlesene Rotwein aus dem Burgund, der Desserttraum aus hausgemachtem Eis und warmem Schokoladenkuchen. Großartig! Die Stimmung am Geburtstagsfest in der großen Stube des Restaurants *Sternen* in Muri war gut, wenn auch nicht ausgelassen. Eigentlich genau richtig. Roger Graf war kein Mann der großen Emotionen. »Du fütterst immer nur deinen Verstand! Deshalb sind Gefühle bei dir so unterernährt!«, hatte ihm seine Frau Jennifer kürzlich an den Kopf geworfen. Doch er hatte nur abgeblockt. Wie sooft. Wie viele Männer mit großer Willenskraft hielt er sich selbst für cool und war für andere unnahbar und distanziert. Er hatte viele Weggefährten aus der Zeit im Gymnasium Kirchenfeld und der Hochschule St. Gallen zum Geburtstagsfest eingeladen. Zu etlichen hatte er schon seit Jahren keinen Kontakt mehr gehabt. Es kränkte ihn trotzdem, dass mehr als die Hälfte abgesagt hatte. Zwei hatten sich überhaupt nicht gemeldet.

Nach dem Festessen spielte die schweizweit bekannte Unterhaltungsband *Deean*. Nicht ganz billig, aber jeden Franken wert und dem Anlass würdig. Roger zündete sich eher lustlos eine Zigarre an und ging in Gedanken die Höhepunkte seines Lebens durch: die Geburt seiner beiden Söhne Tim und Finn, sein Wirtschaftsstudium in St. Gallen mit Auszeichnung und das MBA an der Stanford Business School südlich von San Francisco. Seine berufliche Laufbahn, die ihn bis zum Leiter des Private Banking der renommierten Switzerland-Bank geführt hatte – in ein repräsentatives Büro in unmittelbarer Nähe zum Paradeplatz in Zürich.

»Du hast es geschafft, Roger! Du bist ein gemachter Mann. Weiter so!« Sein betagter Vater setzte sich angetrunken zu ihm. Mit Lob und Anerkennung ging dieser ansonsten sehr sparsam um – es war wohl das größte Kompliment, das Roger je von seinem Vater erhalten hatte. Er war durchaus etwas gerührt, ließ sich aber nichts anmerken.

Nils Amsteg, ein Jugendfreund, setzte sich ebenfalls dazu. Nils und Roger pflegten einen losen Kontakt, obwohl sie unterschiedlicher kaum sein könnten. Nils, der sozial engagierte Oberstufenlehrer mit krausen Haaren, war so etwas wie der gesellschaftliche Gegenentwurf zum Private Banker. »Du hast viel erreicht in deiner ersten Lebenshälfte. Alles spielerisch leicht, wie es aussieht«, sagte Nils anerkennend. »Kompliment, darauf kannst du stolz sein.«

»Danke Nils, ich habe hart dafür gearbeitet. Klar, etwas Glück braucht es auch.« Roger räusperte sich und ergänzte, ohne dass jemand nach seinem Erfolgsrezept gefragt hatte: »Harte Arbeit und die Bereitschaft, aus Fehlern zu lernen.« Er lehnte sich nach vorn. »Man darf, ja muss sogar, Fehler machen. Nur nicht zweimal denselben.«

Dass er sich seit ein paar Jahren oft müde und ausgelaugt von diesem unermüdlichen Vorwärtsdrang fühlte, erwähnte er nicht. Außer seiner Frau Jennifer wusste niemand, dass Roger seiner Arbeit keinen rechten Sinn mehr abgewinnen konnte, dass er in den letzten Monaten immer rastloser und unruhiger geworden war. Ein Getriebener. Kaum erreichte er ein Ziel, peilte er schon das nächste an. Aber die Genugtuung währte jeweils nur kurz. Ein Strohfeuer. Es war, als würde der Erfolg zwar sein Bankkonto füttern, aber ihn selbst hungrig und unausgefüllt zurücklassen. »Wirtschaftlicher Erfolg führt nicht automatisch zu einem erfüllten Leben«, hatte er kürzlich im Radio aufgeschnappt. Seither verfolgte ihn dieser Satz. Er sehnte sich nach Ruhe und Zufriedenheit – ohne genau zu wissen, wie sich das anfühlt. Er träumte davon, in seinem Leben endlich anzukommen – ohne eine klare Vorstellung davon zu haben, wie das Ankommen aussehen würde. Er wünschte sich einfach nur zu sein – ohne sich täglich von Neuem etwas beweisen zu müssen.

Das Fest neigte sich dem Ende zu, und auf der Bühne brannten fünfundvierzig Kerzen. Die Band spielte auf seinen Wunsch »Heart of Gold« von Neil Young. Roger erinnerte sich an den Sommer vor über zwanzig Jahren, als Jennifer an der Aare in seinen Armen gelegen hatte. Ein Lagerfeuer loderte damals, und der Vollmond erhellte die Nacht. Der Kassettenrecorder spielte leise die Songs von Neil Youngs Album »Harvest«, während sie Gras rauchten. »Neil spielt den Soundtrack zum Film unseres Lebens«, flüsterte er ihr ins Ohr. Er liebte diese Musik, er liebte das Leben.

Wie bin ich nur hierhin gekommen?, dachte Roger und zog gedankenverloren an seiner Zigarre. Dann drehte er sich zu Jennifer und blickte ihr kurz in ihre traurigen grünen Augen. Was er darin sah, berührte ihn: Resignation und – da war er sich nicht ganz sicher – Ablehnung? Wo war das Funkeln von damals geblieben? Wo ihre sprühende Lebensfreude, die ihn einst so elektrisiert hatte? Einer plötzlichen Eingebung folgend drückte er die Zigarre aus und stand energisch auf. Er wollte noch einmal von vorne anfangen und Jenny wieder strahlen sehen.

~

Für Jennifer Graf war Rogers Geburtstagsfeier die reinste Tortur gewesen. Den ganzen Tag hatte sie die stolze Ehefrau und glückliche Mutter verkörpert, aber die große Diskrepanz zwischen Schein und Sein hatte nur mit größter Anstrengung überspielt werden können.

Jennifer stand in der großen Küche und richtete mit ein paar Handbewegungen ihre dunkelbraunen schulterlangen Haare. Sie nahm ihre gelbe Lieblingstasse und den Bio-Grüntee aus dem Schrank. Während sie auf das Klicken des Wasserkochers wartete, stützte sie sich auf dem edlen italienischen Marmor ab und starrte gedankenverloren aus dem Küchenfenster in den großen Garten. Die dunkelgrauen Wolken hingen tief, und das Herbstlaub wartete immer noch darauf, zusammengerecht zu werden. Zwanzig Jahre war sie jetzt mit Roger zusammen. Sie dachte an die unbeschwerte Zeit in der kleinen Wohnung an der Breitenrainstraße in Bern, die Liebesnächte und das Einschlafen in seinen Armen. Die Sehnsucht, wenn er ein paar Tage beruflich weg war und das leidenschaftliche Wiedersehen. Einige Jahre später das Jawort in der Kirche Würzbrunnen im Emmental. Das Bild vom Pfarrer, der sie feierlich zu Mann und Frau erklärte. »Bis dass der Tod euch scheidet.«

Die Zukunft war verheißungsvoll gewesen. »the sky is the limit«, hatte Roger oft gesagt. Augenzwinkernd. Sie streichelte durch seinen Dreitagebart und flüsterte ihm ins Ohr: »Mit dir zusammen kann ich alles erreichen.« Lange hatte ihr Roger jene Geborgenheit und Sicherheit gegeben, die für sie so wichtig waren, und deswegen war sie an seiner Seite glücklich gewesen. Stolz auf ihren erfolgreichen Mann. Erst später zeigte sich, dass sie durch seinen Erfolg ihr eigenes schwaches Selbstvertrauen kompensierte. Sie lebten ihre Träume: das freistehende Einfamilienhaus in der Nobelgemeinde Muri-Gümligen beispielsweise. Sie erinnerte sich daran, als Roger das erste Mal das Cheminéefeuer entfachte und sich die lodernden Flammen in seinen Augen spiegelten. Sie dachte an die Sommerabende im Garten – aneinandergeschmiegt im Licht der untergehenden Sonne. Sie liebte es, seinen muskulösen Oberkörper zu spüren, und fühlte sich geborgen. Dann die ersehnte Geburt von Tim. Drei Jahre später folgte Finn. Das Familienglück war perfekt, und sie konnte sich nicht daran sattsehen, wie liebevoll sich Roger um seine Jungs kümmerte. Bis die ersten Wolken am Himmel aufzogen.

Schleichend und lange unbemerkt entwickelten sie sich auseinander. Roger investierte viel Zeit in seine Karriere und kam immer später nach Hause. Wenn er da war, widmete er sich vor allem Tim, den er abgöttisch liebte. Für Beziehungspflege blieb wenig Zeit. Das verschärfte sich nach der Geburt von Finn weiter – Lego, Modelleisenbahn, Fußball und später Schach. Es schien Jennifer, als würde alle Liebe und Aufmerksamkeit von ihr abgezogen und auf die beiden Söhne projiziert. Sie bekamen ohne jede Anstrengung die Aufmerksamkeit, die ihr so fehlte. Sie begann an sich und ihrer Ausstrahlung zu zweifeln. Sie beäugte beim Anziehen vor dem Ganzkörperspiegel kritisch ihre kleinen Fettpolster und achtete darauf, dass diese nicht größer wurden. Sie joggte mehrmals die Woche mit Freundinnen und legte großen Wert auf gesunde Ernährung. Verglichen mit anderen Frauen in ihrem Alter wirkte Jennifer jugendlich und sportlich, doch Roger nahm kaum Notiz davon. Und wenn, dann mit abschätzigen Kommentaren. »Bist du auf dem Selbstverwirklichungstrip?«, hatte er gefragt. Wird auch langsam Zeit, dass es nicht immer nur um dich geht, dachte sie und wandte sich wortlos ab.

Wenn sie zu viert unterwegs waren, hatte Jennifer oft das Gefühl, nicht dazuzugehören. Er blödelte und spielte mit den Jungs. Gerne hätte sie mitgemacht, aber sie spürte, dass sie nicht erwünscht war. Einmal hatte sie ihren Mut zusammengenommen und ihn darauf angesprochen. »Ich beneide Tim und Finn. Warum kümmerst du dich nicht auch etwas um mich?« Worauf er wortlos in ihre grünen Augen schaute. Der Vorwurf »Was ist das nur für eine Mutter, die ihren Söhnen die Liebe des Vaters missgönnt« hing noch Tage danach unausgesprochen in der Luft. Einmal mehr war es Jennifer nicht gelungen, ihre Gefühle und Gedanken in treffende Worte zu packen. Es war schön zu sehen, wie sich Roger um Tim und Finn kümmerte – gleichzeitig litt sie darunter, wenn er sie komplett ignorierte.

Im Laufe der Jahre wurden gegenseitige Aufmerksamkeiten weniger. Hin und wieder brachte Roger zwar rote Rosen nach Hause, was ihr allerdings wie das Abarbeiten einer lästigen Pendenz vorkam. Eine Pflichtübung. Auch der Sex hatte längst seinen einstigen Zauber verloren. Was blieb, war weitgehend Triebbefriedigung. Ohne Liebe und Zärtlichkeit. Ohne Schmusen und Kuscheln. Ohne Flüstern und Kichern. Ohne gemeinsames Duschen danach, wie sie es früher immer taten. Roger wandte sich jeweils sofort ab und ein knappes »gute Nacht« markierte das abrupte Ende der gemeinsamen Session. Die Bettszenen der letzten Jahre hatten etwas Animalisches an sich. Ohne Umschweife. Zielgerichtet. Effizient. Doch selbst dieses Treiben, das Jennifer unsäglich traurig stimmte, wurde immer seltener. Sie versuchte, ihn darauf anzusprechen, doch er blockte nur ab. Dann kam die Zeit, als Roger sie manchmal tagelang ignorierte. Die Kontakte beschränkten sich auf organisatorische Aspekte. Meist via E-Mail. Worte gab es immer weniger. Grabesstille. Dafür sprachen seine Blicke Bände. Es schien ihr, als wäre sie für ihn nur noch Luft. Roger hatte weder Energie noch Lust dazu, sich mit ihr auseinanderzusetzen. Jennifers Selbstvertrauen sank mit jedem Blick immer etwas tiefer. Sie war am Boden.

»Sag mir doch bitte, was ich falsch mache. Sprich mit mir, wenn dich etwas belastet … Ich wäre gerne für dich da … Es kann so nicht weitergehen. Es geht mir schlecht … Ich bin unglücklich!« Mehrmals hatte sie versucht, ihn aufzurütteln. Ohne Erfolg.

Roger empfand das alles als undankbare Nörgelei. Einmal verlor er gar die Fassung, schlug mit der Faust auf den Tisch, und seine Stimme bebte: »Ich tue alles für dich und die beiden Jungs. Ich rackere mich den ganzen Tag ab, damit ihr finanziell sorgenfrei leben könnt. Ich habe dir alle Wünsche erfüllt! Was fehlt dir denn jetzt noch?«

»Das stimmt, materiell geht es uns gut, aber ich friere in unserer Beziehung«, schluchzte sie.

»Was denkst du, wie es für mich ist?« Er drehte sich um und verließ den Raum.

Das Feuer der Liebe brannte nicht mehr. Nur noch kalte Asche, die sich nicht mehr entzünden ließ. Dafür flammten Streit und Zorn immer häufiger auf. Jenny spürte zwar, dass ihre Beziehung in eine falsche Richtung lief, aber Hinsehen war nicht ihre Stärke – auch fehlte ihr die Kraft, das Ruder herumzureißen. Als ihr so richtig bewusst wurde, wie es um ihre Ehe steht, war es schon zu spät. Die Gefühle waren weg und kamen nicht mehr zurück.

Dann änderte sich etwas. Sie war nicht auf der Suche gewesen, aber unbewusst offen für die Aufmerksamkeiten eines anderen Mannes. Nach Jahren der Dunkelheit fiel wieder Licht auf ihr Leben, als der Zufall ihr eine neue Karte zuspielte. Das Blut pulsierte kräftig in ihren Adern, und frische Energie schoss durch ihren Körper. Sie fühlte sich um Jahre jünger und spürte ihre Weiblichkeit intensiver denn je. Sie glühte. Jede Zelle ihres Körpers schrie nach Jürg, mit dem sie vor knapp drei Jahren zufällig ins Gespräch gekommen war. Sie ahnte damals nicht, dass diese Begegnung eine gewaltige Lawine ins Rollen bringen würde.

## 2

APRIL 2008

Bad Ragaz im Sarganserland. Regenwetter und neblig. Stelldichein der Finanzbranche im noblen Grand Resort, das schon seit dem 19. Jahrhundert ein wichtiger Treffpunkt für die Schönen, Reichen und Mächtigen war. Kurbad mit Thermalwasser aus der nahen Quelle, Kultur, medizinisches Zentrum und natürlich fünf Sterne. Der Shuttlebus wartete bereits am Bahnhof auf Roger. Im Resort angekommen überreichte der Chauffeur das Gepäck dem Portier am Hoteleingang. Dieser grüßte freundlich mit Namen und wusste auch schon die Zimmernummer. Der Check-in in der großen Eingangshalle dauerte trotz der großen Anzahl anreisender Konferenzteilnehmer keine fünf Minuten. Kurz darauf Empfang mit Welcome-Drink, frischen Früchten und leckerem Gebäck. Dazu die *Luxemburgerlis* und *Truffes* von Lindt und Sprüngli. Alles passte, und doch fühlte sich Roger nicht mehr so wohl in dieser Welt, wie das einmal gewesen war. Die Herren mit Nadelstreifenanzug und Krawatte, der Prunk des Resorts, die Luxuslimousinen von Jaguar, BMW, Mercedes und Audi in der Einstellhalle.

Während des Referats eines britischen Doktors der Physik zum Thema »Überzeugende Anlagestrategien für die nächsten fünf Jahre« fiel ihm der graumelierte Finanzjournalist Hansjürg Meier auf. Meier war in der Branche bekannt und gefürchtet wegen seiner kritischen Fragen. Er war eher klein, trug Jeans und kariertes Hemd und galt als rechthaberischer Wadenbeißer. »Ein Versager, der nicht das Format hat, mitzutun und deshalb nur darüber schreiben kann. Ein Neidhammel, der mit dem Hyundai anreist statt mit dem Mercedes. Ein Parasit, der seine jämmerliche Existenz damit verdient, dass er Halbwahrheiten publiziert«, hatte Hans Tanner, Rogers Stellvertreter im Private Banking der Switzerland-Bank, ihn einmal charakterisiert, nachdem Tanner einen äußerst kritischen Artikel von Meier über strukturierte Produkte gelesen hatte, mit denen die Switzerland-Bank so viel Geld verdiente. Nach dem Referat stand Roger allein vor seinem doppelten Espresso, als Meier auf ihn zusteuerte. Roger spürte einen Fluchtimpuls, doch es war zu spät.

»Hansjürg Meier vom Finanzjournal«, stellte er sich vor.

»Freut mich. Roger Graf, Switzerland-Bank.«

»Glauben Sie, dass mit diesen ausgeklügelten Strategien langfristig eine höhere Rendite erzielt werden kann?«, fragte Meier. Die Antwort gab er gleich selbst und gestikulierte dabei wild mit seinen Armen. »Das ist doch alles Geschwätz, genauso wie die Börsenprognosen der Analysten. Die täuschen Expertise vor, wo es keine

Weshalb sitze ich tagelang ohne dich zu Hause? Krank vor Eifersucht und unerfülltem Verlangen. Weshalb fangen wir nicht zusammen ein neues Leben an?«

Jennifer wusste aus Erfahrung, dass diese Fragen das Glück des Augenblicks unweigerlich zerstörten und nirgendwo hinführten.

»Du weißt, warum«, sagte sie sanft. »Ich liebe dich.«

»Wem nützt dieses verlogene Leben? Wer hat etwas von der Fassade, die wir aufrechterhalten?« Die Antwort gab sich Jürg gleich selbst: »Es hilft weder unseren Ehepartnern und schon gar nicht den Kindern. Was leben wir denen vor? Dass die Ehe zwischen Mann und Frau ein Elend ist? Ein Ort, wo Zynismus, Langeweile und Aggression gedeihen? Die Kinder haben ein feines Sensorium, Jenny. Die spüren doch genau, dass etwas nicht stimmt.«

»Unsere Zeit wird kommen. Aber nicht jetzt! Wir können doch nicht aus Egoismus zwei Familien zerstören«, sagte Jennifer.

Doch ihre Worte vermochten ihn nicht mehr zu überzeugen. »Unsere Familien sind schon lange zerstört. Lieber ein Ende mit Schrecken als ein Schrecken ohne Ende!« Er konnte nicht verstehen, warum Jennifer nicht endlich bereit war, den entscheidenden Schritt zu machen.

»Ich kann nicht. Ich bin noch nicht so weit, Jürg. Es tut mir leid.« Sie streichelte ihn zärtlich und schmiegte sich an ihn.

Die Ambivalenz in ihrer Gefühls- und Gedankenwelt bescherte Jennifer viele schlaflose Nächte. Oft war sie sich sicher und dachte: Jürg und ich gehören zusammen! Unsere Liebe will gelebt sein! In diesen

Momenten war sie nahe daran, Roger vor Tatsachen zu stellen. Aber sie hatte auch Angst vor dem Bruch: Wovon soll ich leben? Wiedereinstieg im Büro mit dreiundvierzig? Die Kinder, das Haus, der Garten? Nein! Ich muss alles daran setzen, damit die Familie zusammenbleibt! Ich muss die Sache mit Jürg beenden! Tagträume über ein glückliches Leben mit Jürg, Tim und Finn wechselten mit der Vorstellung, dass Roger ihr das Leben zur Hölle machen würde. Das Karussell ihrer Emotionen drehte sich immer schneller.

Jürg drehte sich wieder zu ihr. »Im Innersten kennst du den richtigen Weg. Was dir fehlt, ist der Mut, für unsere Liebe einzustehen. Jenny, ich flehe dich an, es wären doch alle besser dran, wenn wir die Karten auf den Tisch legen.«

»Denk doch einen Moment an deine Kinder, an deine Eltern, an das ganze Umfeld, das du mit deiner Frau aufgebaut hast. Das geht alles kaputt. Außerdem«, sie zögerte kurz, »viele verletzte Frauen bringen ihre Kinder gegen den Vater auf.« Jennifer wusste, wie wichtig Jürg seine zwei Mädchen waren. Zwillinge und gerade mal 9 Jahre alt, Laura und Layla. »Wie soll unsere Liebe gedeihen, wenn der Preis dafür so hoch ist? Auf diesem Fundament können wir doch nichts Tragfähiges zusammen aufbauen.« Doch Jürg wollte sich nicht mehr länger im Kreis drehen. »Ich halte das nicht mehr aus, Jenny! Ich habe schlaflose Nächte, weil du Nacht für Nacht neben Roger liegst. Dass du hin und wieder … dem Frieden zuliebe … sogar mit ihm schläfst, ist unerträglich!«

Jennifer drückte ihn fest an sich. Sie kannte seinen Schmerz nur zu gut. In Ihrer Verzweiflung sah sie nur einen Weg: »Wir müssen uns loslassen, bis die Zeit reif ist. Wir müssen Geduld haben, bis die Kinder in einem Alter sind, wo sie die Trennung der Eltern besser einordnen und verkraften können.«

Jürg schüttelte den Kopf. »Hast du vergessen, dass wir schon mindestens fünfzehn Mal Schluss gemacht haben? Spätestens nach zwei Tagen haben wir uns dann wieder sehnsüchtige SMS geschrieben. Wir kommen nicht voneinander los, Jenny. Es geht nicht. Wir gehören zusammen. Punkt!«

Jennifer zog Jürg zu sich. »Liebe mich«, flüsterte sie ihm ins Ohr. Die Intensität seiner Küsse und seiner Bewegungen entführten sie in eine rosarote Welt, aber nur für kurze Zeit, dann holte sie die Realität wieder ein. Unweigerlich. Mein Leben ist nicht anders als das einer Drogensüchtigen, ging ihr durch den Kopf.

In den frühen Morgenstunden verließ Jürg auf leisen Sohlen das Haus. Jennifer war sich plötzlich ganz sicher, dass sie Roger von ihrer Außenbeziehung erzählen musste. Es gab nur diesen Weg. Roger würde eine Lösung erzwingen. Da war sie sich sicher. Aber welche?

~

ZWEITER TAG im Grand Resort in Bad Ragaz.

»Guten Morgen, mein Name ist Peter Frei. Darf ich mich setzen?«

»Sicher. Roger Graf, Switzerland-Bank. Freut mich.«

Frei hob sich stark vom normierten Erscheinungsbild der übrigen Banker ab. Mit etwas längeren Haaren im Nacken, schwarzer Jeans und einem hellblauen sportlichen Hemd wirkte er geradezu locker. Frei arbeitete als unabhängiger Vermögensverwalter in seiner eigenen Firma.

»Einverstanden, wenn wir uns duzen?«, fragte Frei.

»Klar, gerne.« Er war Roger auf Anhieb sympathisch. Nichts an ihm wirkte aufgesetzt, er strahlte Ruhe und Vertrauen aus.

»Hast du aus den gestrigen Vorträgen neue Erkenntnisse gewonnen, Roger?«

»Ach, ich weiß nicht. Produktmanager von Banken erzählen Geschichten, die immer auf dasselbe hinauslaufen.«

»Dass das neue Finanzprodukt ihres Arbeitgebers genau das Richtige für das aktuelle Marktumfeld ist?«

»Genau!« Roger grinste. »Viel von diesem eloquent formulierten Geschwätz ist letztlich ohne jeden konkreten Nutzen. Es geht nur um den Verkauf von Finanzprodukten.«

»Mir ging es ähnlich. Mein Fehler, ich hätte es wissen müssen. Genau darum geht es ja letztlich immer bei solchen Anlässen. Gestern habe ich mich mehrmals gefragt, ob ich meine Zeit nicht besser hätte einsetzen können.«

Sie redeten miteinander, als würden sie sich schon lange kennen.

»Geht mir ähnlich. Ich bin wohl schon zu lange im Geschäft. Die Aussicht auf weitere fünfzehn Jahre in der Finanzbranche beflügelt mich nicht sonderlich. Jedes Jahr neue und noch höhere Verkaufsziele. Immer komplexere Finanzprodukte. Wie lebt es sich als unabhängiger Vermögensverwalter?«

»Unsinnige Produkte muss ich zum Glück nicht verkaufen. Meine Kunden schätzen, dass ich nur ihren Interessen verpflichtet bin. Das schafft Vertrauen und macht alles viel einfacher«, erklärte Frei. »Möchtest du dich beruflich verändern?«

»Reizen würde mich das schon. Was mir aber fehlt, ist eine konkrete Perspektive. Ich weiß im Moment nur, worauf ich keine Lust mehr habe. Vielleicht ist das auch nur eine Momentaufnahme. Gut möglich, dass ich das in ein paar Monaten wieder anders sehe.« Was Roger nicht sagte: So viel wie in der Bank würde er nirgendwo sonst verdienen. Auch das hielt ihn ab.

»Ich kenne etliche Banker, die ihren Job satthaben«, sagte Frei. »Trotzdem lässt keiner den Worten Taten folgen, weil ein Jobwechsel als gesellschaftlicher Abstieg gelten könnte. Das scheint weder mit dem Ego noch mit den materiellen Ansprüchen vereinbar zu sein.«

Roger starrte kurz an die Decke. »Ja, der Audi Quattro, die teuren Ferien, die hohe Hypothek auf dem Haus und die maßgeschneiderten Anzüge. Dazu kommen die Ansprüche der Familie. Alle haben sich an die komfortable Lebenssituation gewöhnt. Wir können uns alles leisten, ohne ständig rechnen zu müssen.«

»Tja, goldene Fesseln sprengt man nicht so leicht.« Frei lächelte und griff zu seiner Kaffeetasse.

Eine adrette junge Frau trat an den Tisch. »In wenigen Augenblicken beginnen die ersten Vorträge. Darf ich Sie bitten, in Ihren Saal zurückzukehren?« Sie waren tatsächlich die Letzten im Raum. Rasch tauschten sie Visitenkarten aus und eilten hinüber zur Veranstaltung. In der Pause nach den ersten zwei Referaten machte es sich Roger auf einem Ledersessel gemütlich und blickte in die gepflegte Parkanlage hinaus. Im Hintergrund lief Pianomusik, auf dem Nebentisch standen ein frisch gebrühter Grüntee und ein Teller mit getrockneten Feigen. Die Bedienung war herzlich und aufmerksam. In diesem Moment war der Wunsch, sich beruflich zu verändern, nicht mehr so drängend. Warum sollte er sich von all den Privilegien trennen? Warum konnte er sich nicht einfach den Genüssen hingeben, die ihm geboten wurden?

Am Abend nach der Tagung stieg Roger in den Zug, der ihn wieder nach Hause bringen würde. Zehn Jahre zuvor wäre er nach derartigen Anlässen inspiriert und voller Tatendrang gewesen. Heute war er vor allem froh, dieser Welt entkommen zu sein. Es wurde ihm bewusst, dass sein Job nur noch eine Rolle war, die er täglich spielte. Diese Rolle kostete ihn viel Kraft, und es kam seit Jahren nichts mehr zurück. Jedenfalls nichts, was die Seele nähren würde. Er nahm in der ersten Klasse Platz und begann zu lesen. Siddhartha von Hermann Hesse. Hesse war einer seiner Lieblingsautoren – er lieferte nebst Unterhaltung auch tiefere Einsichten. Nur zum Zeitvertreib zu lesen – irgendeinen Krimi oder Thriller –, kam für Roger nicht infrage. Doch an diesem Abend war er zu müde und konnte sich nicht recht konzentrieren. Also legte er das Buch weg und blätterte lustlos in einem Magazin. Er blieb bei einem Bild von spielenden Bären in einem Lachsfluss Alaskas hängen, und seine Stimmung hellte sich auf. »Fressen, Spielen, Schlafen – das Leben der Grizzlys in der Wildnis des hohen Nordens«, stand darunter.

## 3

JULI 2008

»Endlich Sommerferien«, juchzte Finn, der vor drei Tagen seinen achten Geburtstag gefeiert hatte. Der Sonnyboy der Familie hüpfte vor Freude durch das Wohnzimmer, und seine dunkelblonden Haare wirbelten durch die Luft. Seine ersten großen Sommerferien nach dem Schuleintritt vor einem Jahr. Sonne, Meer, Strand, italienisches Eis und vor allem: keine Schule! Auch Tim, drei Jahre älter als Finn, war überglücklich. Gewöhnlich war er eher ein ernsthafter Junge, oft in sich gekehrt und verschlossen, aber jetzt war er fast so euphorisch wie sein jüngerer Bruder. Jennifer hatte gemischte Gefühle. Auf der einen Seite freute sie sich auf ein paar sonnige Ferientage und auf das Meer. Auf der anderen Seite würde sie Jürg während der zwei Wochen nicht sehen und spüren können. Fast so schlimm war die Vorstellung, dass sie Roger während dieser Zeit nur schwer aus dem Weg gehen konnte. Sie hatte ein ganzes Arsenal von Ausreden bereit, sollte er sich ihr nähern wollen.

»Was ist denn da los?«, fragte Roger.

Seit gut vier Stunden waren die Grafs im Audi Quattro unterwegs an die Küste Italiens. Nach der Einfahrt in einen Tunnel waren vor ihnen plötzlich überall Brems- und Warnlichter zu sehen, und es roch nach verbranntem Gummi. Ein roter Reisebus samt Anhänger stand quer auf beiden Fahrbahnen. Eine surreale Szene: das gelbliche Licht im Tunnel, die rot blinkenden Personenwagen, der Bus – und überall ängstliche und fragende Gesichter. Jennifer hatte sofort ein flaues Gefühl in der Magengegend, wie sie es hatte, wenn sie Albträume plagten. Vor ihrem geistigen Auge lief ein Film ab, in dem der Reisebus explodierte und eine riesige Rauch- und Feuerwelle die flüchtenden Autofahrer vor sich hertrieb. Es überlebten nur jene, die gegen den Wind und durch das Feuer rannten.

Roger achtete nicht auf sie, sondern stieg wortlos aus und ging hinüber zu dem vollbesetzten Bus. Im Bus waren drei Männer gerade dabei, einen beleibten Mann mit Busfahreruniform hinauszutragen. Roger zögerte keine Sekunde. Zusammen gelang es ihnen, den Leblosen auf dem Randstein abzulegen. Zwei versuchten es mit Herzmassage, während Roger einen Moment lang hilflos daneben stand. Dann kniete er sich auch auf den Boden, und sie lösten sich zu dritt gegenseitig ab. Kurz darauf rückten die Polizei und die Ambulanz an. Roger überließ den Profis das Feld und stieg wortlos wieder in den Audi ein. Sie fuhren weiter, doch die Stimmung war beklemmend. Weder Jennifer noch die Kinder getrauten sich, etwas zu sagen.

»Was war mit dem Mann?«, fragte Tim eine Stunde später bei einem Zwischenhalt an einer Raststätte.

»Ich vermute, er hatte einen Herzinfarkt. Ich habe keine Ahnung, was genau passiert ist.«

Wieder bedrückende Stille.

»Lebt der Mann jetzt noch, Papa?«, wollte Finn wissen.

»Keine Ahnung, ich hoffe es.«

Jennifer bemerkte, wie aufgewühlt Roger von den Ereignissen im Tunnel war. Das Bild des leblosen Mannes beschäftigte ihn offensichtlich sehr. Wortlos trank sie ihren Espresso und war noch immer bleich im Gesicht.

Während der Weiterfahrt wurde Roger bewusst, dass er sich schon sehr lange nicht mehr so lebendig und so präsent gefühlt hatte. Er war voll bei sich und hochkonzentriert. Immer und immer wieder lief die Szene im Tunnel wie ein Film in seinem Kopf ab. Niemand hatte ein Wort gesprochen. Und doch war allen Helfern klar gewesen, was zu tun war. »Wenn es darauf ankommt, zählen nur noch die Taten«, sagte er leise und strich sich durch seinen Dreitagebart.

Jennifer und die Kinder hatten keine Ahnung, was er damit meinte.

~

Jennifer und Roger saßen vor ihrem großzügigen toskanischen Ferienbungalow mit Pool. Tim und Finn spielten etwas weiter vorne im Sand Fußball. Trotz Wärme, mediterranem Ambiente und Sicht auf das

Meer wollte keine Ferienstimmung zwischen den beiden aufkommen.

»Was ist los mit dir? Wieso schaust du so betrübt in die Gegend?« Roger runzelte die Stirn. »Immer diese miese Laune. Was braucht es noch, damit du endlich einmal zufrieden bist?« Sein Vorsatz, nochmals von vorne anzufangen, und Jenny wieder zum Strahlen zu bringen, kam ihm zwar hin und wieder in den Sinn, aber meist nur kurz. Ihre lustlose Präsenz nervte ihn gewaltig.

»Wenn du nicht dauernd auf mir rumhacken würdest, ginge es mir eigentlich ganz gut«, erwiderte Jennifer teilnahmslos.

»Sieht so ein zufriedenes Gesicht aus? Deine Regenwetter-Visage ist eine Zumutung. Erst recht in den Ferien!«, sagte Roger mit bebender Stimme und raufte sich in den Haaren.

»Nimm dich zusammen, Roger! Tim und Finn können uns hören.« Jennifer wandte sich ab. Sie hatte keine Lust darauf, einmal mehr der Blitzableiter zu sein. Sie sah sich für seine schlechte Laune nicht zuständig.

Roger stand auf, der Zorn stand ihm ins Gesicht geschrieben. Am liebsten hätte er laut geschrien und die farbige Vase auf dem Tisch samt Blumen auf den Boden geschmettert. Stattdessen warf er seinen Liegestuhl um und verließ fluchtartig den Garten durch das Haus. Ein paar Sekunden später hörte sie die Eingangstür laut zuknallen.

Kaum war Roger aus dem Haus, kamen Tim und Finn zum Pool. »Warum haben Papa und du immer Streit?«, stammelte Tim. »Könnt ihr nicht wenigstens in den Ferien lieb zueinander sein?« Seine grünen Augen funkelten vor Wut.

Jennifer musste die Tränen unterdrücken. Sie hatte sich immer eine glückliche Familie gewünscht und war in Momenten wie diesen unendlich traurig darüber, dass die Realität so gänzlich anders aussah. Bevor sie Tim antworten konnte, setze sich Finn auf ihren Schoß.

»Ihr gebt euch beim Spazieren nie die Hände wie andere Eltern. Habt ihr euch nicht mehr lieb?«

»Doch, doch, in den letzten Wochen war viel los, und wir sind beide übermüdet. Tut mir leid.« Jennifer nahm Finn in die Arme und strich ihm durch seine dunkelblonden Haare, konnte es aber kaum über sich bringen, in seine traurigen blauen Augen zu schauen. Tim wandte sich ab und ging ins Haus. Vor ein paar Wochen hatte er in der Küche vor ihr gestanden und sie gefragt, ob sie sich trennen würden. Jenny hatte ihn angelogen – aus Verzweiflung und Überforderung. »Nein, Tim. Es gehört zum Leben, dass man Meinungsverschiedenheiten hat. Nach dem Regen scheint dann auch wieder die Sonne.«

»Bei euch scheint die Sonne nie!«, hatte Tim geschrien und die Tür seines Zimmers hinter sich zugeschlagen.

In der Hoffnung, die Beziehung zu Roger zu retten, hatte Jennifer in den letzten Jahren unzählige Selbsthilfebücher gelesen und verschiedenste »Loslass-Techniken« ausprobiert. Wenn ihre Ehe überhaupt eine Chance haben sollte, dann musste sie Jürg loslassen, das war ihr klar. Der Höhepunkt ihrer Anstrengungen war eine Sitzung bei einer Psychologin gewesen, die versuchte, Jürg mittels Tiefenhypnose aus ihrem Leben zu entfernen. »Vielen Dank für die vielen schönen Momente, die wir zusammen geteilt haben. Mach's gut Jürg. Tschüss!«, hatte sie in Trance auf dem Sofa der Psychologin geflüstert. Nach der Sitzung war sie sich sicher, dass sie ihn für immer und ewig aus ihrem Leben verabschiedet hatte. Doch nur vier Tage später traf sie sich wieder mit ihm im Wald von Ostermundigen. Dort kannten sie ein Plätzchen im dichten Gehölz, das ausgezeichneten Sichtschutz bot. Alle guten Vorsätze waren einmal mehr an der Realität ihres Ehelebens gescheitert. Und an der Liebe zu Jürg.

~

»Alles ist bestens, Finn. Ich war am Strand joggen, dann habe ich noch ein Bier getrunken und die Zeitung gelesen«, erklärte Roger, als er Stunden später wieder zurück in die Ferienwohnung kam. Jennifer konnte Finn ansehen, dass er seinem Vater nicht recht glaubte, und wie verwirrend das für ihn war.

»Ich habe mit den Kindern zusammen eine Pizza gebacken und uns einen guten Wein gekauft. Nach dem Essen könnten wir noch zusammen an den Strand gehen und den Kindern ein Eis kaufen«, meinte Jennifer. Einmal mehr versuchte sie, das Blatt doch noch zu wenden – ein weiterer verzweifelter Versuch, die Ehe zu retten.

Roger nickte dazu.

Also dekorierte Jennifer den Esstisch liebevoll mit Blüten und Schokoladeherzen, servierte Roger einen besonders fruchtigen Pinot Gris aus dem Südtirol, den er liebte, und öffnete zum Essen eine Flasche Primitivo aus der Region. Im Verlaufe des Essens entspannte er sich zusehends und schmiedete mit den Kindern Pläne für den nächsten Tag. Einen Moment lang waren sie eine glückliche Familie.

»Kommt mit, jetzt gibt's Gelati! Den Abwasch machen wir später«, sagte Roger nach dem Essen. Tim und Finn strahlten über das ganze Gesicht. Während sie alle zusammen an den Strand schlenderten, ergriff Roger für einen kurzen Moment ihre Hand. Er erinnerte sich daran, wie süß Jenny war, als sie zusammen das erste Mal barfuß im Sand spazierten. Und wie verknallt er in sie war.

»Ist es nicht wunderbar hier?«, meinte er.

»Ja, das ist es. Ich liebe es, barfuß durch den Sand zu gehen.«

Roger legte den Arm um sie, während Tim und Finn am Strand herumrannten. Am Horizont versank die blutrote Sonne im Mittelmeer. Jennifer war froh um etwas Harmonie und in diesem Moment unsicherer denn je, ob sie Roger verlassen wollte. Im warmen Abendlicht wirkte er anders auf sie als in den letzten Monaten. Unrasiert und mit zerzausten Haaren, irgendwie abenteuerlich und wild. Diese Seite hatte sie früher am meisten an ihm geliebt. Doch so überraschend dieser kurze Moment der Eintracht war, so schnell war ihr Roger auf dem kurzen Weg zurück zum Bungalow wieder fremd und ihr Herz bei Jürg.

Später im Bett schob sich Roger nahe an Jennifer heran und legte seinen Arm um sie. Sie hatte damit gerechnet, und ihr Verstand wollte mit Roger Liebe machen und ihm nahe sein. Alles sollte wieder gut werden. Und doch wäre sie am liebsten davongerannt.

Roger ging mit seiner Hand unter ihr Nachthemd und berührte ihre Brüste. Dann drückte er von hinten seinen Unterleib an sie. Sie nahm all ihre Kraft zusammen und versuchte, sich zu entspannen.

»Ich habe Lust auf dich«, flüsterte er ihr ins Ohr. Sein Atem roch nach Alkohol.

Gib ihm, was er will, überwinde dich, dachte sie. Nur so kannst du deine Familie retten! Genau das hatte auch ihre Psychologin das letzte Mal gesagt. Sie solle es einfach tun. Nur so habe die Beziehung eine Chance. Doch sie spürte keinerlei Verlangen und hatte außerdem Jürg gegenüber ein schlechtes Gewissen. Sie hatten sich vor der Abreise beide gegenseitig versprochen, dass Sex und Nähe zum Ehegatten ein absolutes Tabu war. Roger spürte unterdessen nichts von ihrer inneren Zerrissenheit und versuchte, ihr den Slip abzustreifen. Doch sie lag regungslos da, war ihm nicht behilflich, aber wies ihn auch nicht zurück, wie sie es schon unzählige Male getan hatte.

Roger versuchte, sie umzudrehen und ihre Beine zu spreizen. In ihrer Verzweiflung drehte sie sich wieder weg – Küsse mit offenem Mund wären ihr viel zu intim gewesen. Er interpretierte ihr Verhalten dahingehend, dass sie es gerne von hinten hätte. Schwer atmend versuchte er, in sie einzudringen. Eine Mischung aus Ekel und Verwunderung über dieses würdelose Schauspiel übermannte Jennifer. Sie gab Gegendruck, stöhnte mit und hoffte, die Prozedur so zu verkürzen.

Als alles vorbei war, stand Roger erschöpft auf und suchte wortlos die Toilette auf. Jennifer blieb liegen, konnte die Tränen nicht mehr zurückhalten und fühlte sich schmutzig, verlogen und unendlich traurig. Stunden später lag sie immer noch wach. Wie hatte es nur so weit kommen können? Wo war ihre Liebe geblieben? Rogers Berührungen und Zärtlichkeiten waren auch früher nie so gefühlvoll und so leidenschaftlich gewesen wie die von Jürg. Aber sie hatten viele gute Jahre zusammen gehabt und ein finanziell sorgenfreies Leben. Außerdem war er den Jungs ein guter Vater. Das ist doch das Wichtigste, dachte sie. Ihr größter Wunsch war, ihren Söhnen eine intakte Familie zu bieten.

~

Es WAR ein Morgen zum Träumen in der Toskana. Im ruhigen Wasser des Pools spiegelten sich die Morgensonne und die roten Hortensien im Terrakotta-Topf. Auf dem Frühstückstisch frisches Brot, Orangen, Granatäpfel, Mangos, regionaler Schafskäse, Nutella, kalte Schokolade und italienischer Espresso. Doch Roger hatte kein Auge für die Schönheit rings herum. Er starrte wortlos in seinen Kaffee, während Jennifer versuchte, mit den Jungs zu plaudern und die schlechte Stimmung zu vertreiben. Es war ihm sehr wohl bewusst, dass Jennifer gestern Abend nur ihren Körper hergegeben hatte. Ohne Seele, ohne Verve, ohne einen Funken Leidenschaft. Er hätte genauso gut eine Puppe bespringen können. Das hätte ihm die Schmach erspart, am Morgentisch in ihr leeres trauriges Gesicht sehen zu müssen. Kaum hatte Roger den letzten Schluck von seinem Espresso getrunken, stand er auf. »Ich gehe joggen«, murmelte er und betrat den Bungalow. Einmal mehr flüchtete er. Weg von Jennifer. Die Tage verliefen immer nach demselben Muster: Es bauten sich Spannungen auf, bis einer von beiden das

Weite suchte oder Streit anfing. Glückliche Momente in diesen trostlosen Ferien ergaben sich nur noch, wenn Jennifer oder Roger die Kinder allein betreuten. Das war auch Tim und Finn am liebsten. Mit Papi an den Strand zum Spielen und Sandburgen bauen. Mit Mami Einkaufen und Gelati genießen. Dass es zu viert schnell mühsam wurde, war mittlerweile allen klar.

Jennifer hielt die Sehnsucht nach Jürg, der mit seiner Familie ein paar hundert Kilometer westlich an der Costa Brava weilte, fast nicht aus. Ein paar Mal verließ sie am Abend das Haus, als die Kinder schon im Bett waren. »Ich mache noch einen Spaziergang. Ich brauche frische Luft«, sagte sie dann. Nicht weit vom Bungalow entfernt war ein kleiner Pinienwald. Darin versteckte sie sich hinter einem Baum und rief Jürg an. Sie hatten im Vorfeld Telefontermine abgemacht. Zwei Mal klappte es dann auch.

»Du fehlst mir.«

»Du mir auch. Alles in mir sehnt sich nach dir.«

»Ich freue mich auf dich. Nur noch vier Tage!«

Viel mehr wurde nicht gesprochen. Aber bei jedem Kontakt flammte auch das gegenseitige Verlangen auf. Die Stimme des anderen genügte, um das Blut in Wallung zu bringen.

»Streichle dich zwischen den Beinen. Stell dir dabei vor, es wären meine Finger«, sagte Jürg mit zittriger Stimme.

»Nur wenn du dasselbe machst und dabei an mich denkst«, antwortete Jennifer – nicht minder erregt. Es dauerte nicht lange bis zum gemeinsamen Höhepunkt.

Nach diesen kurzen Momenten des Glücks blieb bei

Jennifer eine große Leere zurück. Tränen liefen ihr über die Wangen, während sie zurück zum Bungalow spazierte. Sie hatte genug vom ständigen Versteckspiel und von der nervenaufreibenden Angst, entdeckt zu werden. Der Preis für die verbotene Liebe war zu hoch. »Ich muss einen Weg zurück in ein normales Leben finden«, sagte sie leise aber bestimmt vor sich hin. Nicht zum ersten Mal.

»Mami, ich bekomme keine Luft.« Tim stand mitten in der Nacht vor dem Bett der Eltern. Jennifer schoss auf und suchte hektisch nach dem Kortisonspray in ihrem Koffer. Tim hatte zum ersten Mal überhaupt während einer Ferienreise einen Asthmaanfall. Es dauerte Minuten, bis er sich beruhigt hatte und wieder normal atmete. Sowohl Roger wie auch Jennifer vermuteten besorgt, dass der erstmalige Anfall eine direkte Folge der dauernden Spannungen in der Familie war. Den Grund für die schlechte Stimmung orteten beide aber vorab beim anderen Partner. Gemeinsam Wege finden konnten sie nicht mehr – über Grundlegendes wurde schon lange nicht mehr gesprochen. Jürg stand – für Roger unsichtbar – zwischen ihnen. Echte, offene Begegnungen waren nicht mehr möglich. Jennifers Verantwortungsbewusstsein und ihre Moralvorstellungen verlangten von ihr, Jürg sofort zu verlassen und sich der Familie zuzuwenden, doch ihr Herz revoltierte. Eine Zerreißprobe mit offenem Ausgang. Einmal schwang der Verstand obenauf, kurz darauf hatte das

Herz wieder das Zepter in der Hand. Es war kaum auszuhalten.

Niemand war unglücklich, als sich die Sommerferien dem Ende zuneigten. »Hurra! Morgen fahren wir wieder nach Hause. Ich freue mich auf mein Zimmer!«, frohlockte Finn.

Am letzten Abend suchten sie die Lieblingspizzeria der Kinder auf. Doch die Fassade der intakten Familie war nicht mehr aufrechtzuerhalten, als die Kinder anfingen, sich zu streiten. Weder Roger noch Jennifer brachten die nötige Ruhe und Gelassenheit auf, um eine schlichtende Rolle zu spielen. Stattdessen Gehässigkeiten und ein geradezu fluchtartiger Aufbruch aus dem Restaurant. Ohne Nachtisch. Die Situation war außer Kontrolle geraten. So konnte es nicht weitergehen. Jennifer war jahrelang zu feige gewesen, sich dem Sturm zu stellen, der ohne jeden Zweifel über sie hereinbrechen würde. Doch nach diesen Ferien war es so weit. Sie musste Roger klaren Wein einschenken. Ihr war vollkommen bewusst, dass sie damit jede Kontrolle über den weiteren Verlauf ihres Lebens aus den Händen geben würde. Sie kapitulierte innerlich und ließ alles los. Das fühlte sich fürs Erste besser an, als sie erwartet hatte.

# 4

AUGUST 2008

Der erste Arbeitstag nach den Ferien in der Toskana fing für Roger denkbar schlecht an. Beim Binden seiner schwarzen maßgeschneiderten Lederschuhe kam ihm sein Bauch in den Weg, was er als demütigend empfand. Er hatte anscheinend in Italien nochmals ein paar Pfunde zugelegt. Außerdem war er spät dran und musste rennen, um den Bus noch zu erwischen. Bus zu fahren hasste er ohnehin – für ihn der schlimmste Teil des täglichen Pendelns nach Zürich. Im Zug konnte er wenigstens in der ersten Klasse fahren und hatte mehr Ruhe und Beinfreiheit. Allerdings nicht an diesem Morgen. Er war mehr als eine Stunde später dran als sonst, und der Zug war voll besetzt. Bis auf den letzten Platz. Er arbeitete sich im fahrenden Zug von Wagen zu Wagen und fluchte innerlich über die Schweizerischen Bundesbahnen. Typisch für einen staatlichen Monopolbetrieb, dachte er. Am Ende landete er im Familienwagen. Dort stand er nun bis Zürich, umgeben von Müttern und Kleinkindern und mit einem Generalabonnement der ersten Klasse in der Brieftasche. Ich habe dieses Scheißpendeln satt, dachte er wütend und atmete tief. Jennifer wollte nie nach Zürich ziehen, und ich muss das nun Tag für Tag ausbaden.

Scheißjob, Scheißpendeln, Scheißleben! Er ballte die Fäuste, starrte ins Leere und wünschte sich, weit weg zu sein. Irgendwo in Kanada oder Alaska – ohne Gedränge im Zug oder Stau auf der Straße. Freiheit ist das höchste Gut, dachte er und kam sich als Hauptdarsteller auf der Bühne seines Lebens wie im falschen Theaterstück vor.

Viele Jahre hatte Roger die Finanzmärkte geliebt. Vor allem damals, als er als junger Banker im Börsenhandel arbeitete. Nervenkitzel, Gier, Angst, Euphorie, Depression – die Märkte lieferten alles. Tag für Tag. Adrenalin pur! Langeweile gab es da keine. Der ultimative Kick für junge Männer mit Testosteronüberschuss. Oft war Roger am Abend nach der Arbeit todmüde und zugleich aufgedreht gewesen und konnte deswegen nicht einschlafen. »Geld schläft nie« – ein Zitat aus dem Kultfilm »Wall Street« von 1987 mit Michael Douglas – war das Mantra der Finanzbranche. Nach dem Börsenschluss in Zürich um 17.30 Uhr gilt die volle Aufmerksamkeit der Wall Street in New York. Drei Stunden nach deren Schlussgong, um 1.00 Uhr Schweizer Zeit, geht das Spiel an der Börse in Tokio weiter. Währungen und Gold sind ohnehin rund um die Uhr handelbar. Wie sollte man da zur Ruhe kommen? Vor allem dann, wenn man spekulative Positionen im Depot hatte und den richtigen Moment für den Verkauf nicht verpassen durfte.

Später, mit der Geburt seiner Söhne und den ersten grauen Haaren, schlich auf leisen Sohlen die Sinnfrage in sein Leben. Oft fragte er sich am Abend im Zug, was er eigentlich den ganzen Tag gemacht hatte. Sein Job im Private Banking war es, vermögende Privatpersonen und gleichzeitig auch die Bank noch reicher zu machen. Aus Geld noch mehr Geld machen. Rendite generieren. Performance erzielen.

Vor Kurzem hatte er in einem Interview mit Stephen King gelesen: »Ich liebe meine Arbeit, ich würde auch schreiben, wenn ich kein Geld damit verdienen würde.« Seitdem dachte Roger immer wieder darüber nach, ob es auch für ihn eine Arbeit gab, die er ohne Aussicht auf reiche Ernte mit Freude anpacken würde. Oder war das nur Künstlern und Kreativen vorbehalten? In der Finanzbranche war diese Haltung jedenfalls nicht existent, ohne das Schmiermittel Geld lief gar nichts. Der Paradeplatz wäre schon am nächsten Tag menschenleer, würden die Banken ihre Lohnzahlungen einstellen. Unvorstellbar, dass jemand freiwillig auftauchen würde. Einen Job, der nicht mehr so richtig befriedigt und erfüllt, lässt sich vielleicht dann aushalten, wenn man zu Hause Ausgleich und Nahrung für die Seele findet. Aber das war bei Roger seit Jahren nicht mehr der Fall. Es gab zwar glückliche Momente mit Tim und Finn, aber mit Jennifer schon lange nicht mehr. Manchmal empfand Roger sein Leben als Zumutung.

Stress ist Gift für jede Beziehung, sinnierte er. Neu anfangen, das wär's. Noch einmal ganz von vorne anfangen. Ohne Altlasten. Vielleicht würde es dann auch mit Jennifer wieder besser werden. Was Roger nicht ahnte: die Veränderung stand bereits vor der Tür. Allerdings nicht so, wie er sich das gewünscht hätte.

EIGENTLICH WOLLTE Roger das Essen mit seinem Jugendfreund Nils Amsteg absagen. Es war ihm nicht danach, jemanden zu sehen. Alles war ihm zu viel. Die Börsenbaisse brachte hohe Kursverluste mit sich. Deshalb musste er belastende Gespräche mit besorgten Kunden führen. Der Swiss-Market-Index hatte seit den Höchstständen von Mitte 2007 mehr als fünfundzwanzig Prozent eingebüßt, was sich in den Depots seiner Kunden widerspiegelte. Am Abend musste er dann die schier unerträgliche Stimmung zu Hause ertragen. Auf der anderen Seite hatte er Nils seit Monaten nicht gesehen. Nils war der Einzige seiner einstigen Weggefährten, zu dem er noch Kontakt hatte. Alle anderen hatte er aus den Augen verloren. Roger erinnerte sich an seinen wichtigsten Vorsatz anlässlich des fünfundvierzigsten Geburtstages, den er in großen Buchstaben in sein Notizbuch geschrieben hatte: Ich will mehr in mein privates Beziehungsnetz investieren. Es reichte eben nicht, sich Ziele zu setzen, dachte Roger. Man musste auch konsequent danach leben. Nur die Taten zählten! Es gab zu viele Leute, die viel redeten und nichts hinkriegten! Mit einem Gefühl der Überlegenheit zog er seine Sommerjacke an, stieg aus dem Zug und machte sich zu Fuß auf den Weg zum Restaurant *Luce* in der Innenstadt, ihrem Stammlokal seit vielen Jahren.

Nils saß schon am Tisch und las in einem Buch. Wie

immer war er ein paar Minuten zu früh. Er hasste Zeitdruck und versuchte, sich für alles genug Zeit zu nehmen. Für einen Transfer plante er grundsätzlich etwa doppelt so viel Zeit ein wie nötig. Dadurch war er fast immer zu früh dran. Er liebte diese geschenkten Minuten zum Verweilen. Nils war etwas kleiner als Roger und seine Statur verriet, dass ihm Genuss wichtiger war als sportliche Höchstleistungen. Sein freundliches, leicht rundliches Gesicht und seine widerspenstigen braunen Locken waren ein Spiegelbild seines Charakters: Spießbürgertum und allzu eng formulierte Regeln konnte er nicht ausstehen.

Roger traf eine Viertelstunde zu spät im *Luce* ein. »Hallo Nils! Sorry, ich hatte noch ein wichtiges Meeting und konnte nicht vorher weg.«

Wie immer. Du bist nie pünktlich. Deine Ausreden interessieren mich schon lange nicht mehr, dachte Nils. »Kein Problem«, meinte er. »Schön, dass es trotzdem noch geklappt hat. Schön, dass du trotz deiner wichtigen Funktion bei einer renommierten Bank überhaupt Zeit findest, dich mit einem einfachen Staatsdiener zu treffen.«

Auf diese Stichelei ging Roger gar nicht erst ein und öffnete die Menükarte. Roger und Nils hatten sich in der Sekundarschule Laubegg an der Schosshaldenstraße in Bern kennengelernt. Beide waren damals eher Außenseiter gewesen. Während Roger sich mit sportlichen Leistungen Respekt verschaffte, versuchte Nils in der Rolle des Klassenclowns seinen Platz zu finden. Er war der Einzige von den Jungs, der das alljährliche Klassentheater liebte, das jeweils kurz vor Weihnachten aufgeführt wurde. Auf der Bühne blühte er auf. Sportlichen Wettkämpfen hingegen versuchte er stets aus dem Weg zu gehen. Im Gegensatz zu Roger hatte er nie das Bedürfnis, sich mit anderen zu messen. Als Jugendliche gingen sie oft zusammen zum Angeln und hin und wieder auch zum Fußball. Roger scheute dabei auch harten Körpereinsatz nicht, um an einen Ball zu kommen. Nils hingegen war mehr am Spiel und am Zusammensein mit Kollegen interessiert als am Resultat. Beim Angeln an der Aare oder an der Gürbe unterhalb von Belp war es ähnlich: Roger hatte Mühe damit, wenn Nils eine Forelle mehr nach Hause brachte. Zugegeben hätte er das zwar nie, es war ihm aber anzusehen.

Mit den Jahren wurden die Gegensätze immer ausgeprägter. Als Wirtschaftsstudent fokussierte Roger sich von Anfang an auf Zahlen und auf Leistung. Nils studierte an der pädagogischen Hochschule in Bern, wo es mehr um menschliche und soziale Aspekte ging. Die ersten Berufsjahre trieben die beiden noch weiter auseinander. Nils machte als Sekundarlehrer im Schulhaus Munzinger gänzlich andere Erfahrungen als Roger, der sofort nach dem Studium seine Banklaufbahn begann. Doch trotz dieser unterschiedlichen Prioritäten und Wertvorstellungen hatten sich die beiden nie ganz aus den Augen verloren. Es war eine Verbindung da, auch wenn sie sich immer wieder gegenseitig auf die Nerven gingen.

»Wie ist das Leben zu dir?«, fragte Roger, nachdem er sich für eine Pizza Quattro Stagioni entschieden hatte.

»Im Großen und Ganzen gut. Hin und wieder fehlen mir die Kinder. Ich hätte sie gerne mehr bei mir«, antwortete Nils und nahm einen Schluck Bier.

Seine Erfahrungen bestätigen das Klischee: Nach einer Scheidung hat der Vater einen schweren Stand. Seine primäre Aufgabe bestand darin, die monatlichen Unterhaltszahlungen pünktlich zu leisten. Das machte ihn zugleich traurig und wütend.

»Ist dir bewusst, wie gut du es hast?«, fragte Nils. »An deiner Geburtstagsfeier war ich ehrlich gesagt etwas neidisch. Eine intakte Familie und ein schönes Haus mit Pool an bester Lage.« Finanzielle Probleme hat Roger auch keine, dachte er noch.

Roger gefiel das Bild, das Nils von seinem Leben zeichnete. Auf der anderen Seite hätte er ihm gerne erzählt, wie es ihm wirklich ging. Dass der Schein trügte. Dass die Stimmung meist unerträglich war, und er es – allen guten Vorsätzen zum Trotz – mit Jennifer nicht mehr auf die Reihe kriegte. Auch dass er genug von seinem Job hatte. Gerne hätte er Nils von seinen Fluchtfantasien erzählt, die ihn manchmal mehrmals täglich heimsuchten. »Ja, ich habe viel Glück und bin dankbar dafür«, sagte er stattdessen und fügte hinzu: »Ich habe auch hart dafür gearbeitet.« Sofort schämte er sich für seine leeren Worte und wusste nichts weiter zu sagen. Zum Glück kam der Kellner, um die Bestellung aufzunehmen.

Während des Essens konnte es Nils nicht lassen, sein Lieblingsthema »verantwortungslose Schweizer Banken, die mit Steuerbetrügern und Diktatoren lukrative Geschäfte machen« anzuschneiden. Obwohl er sich vor dem Treffen vorgenommen hatte, einen Bogen darum zu machen. Was folgte, war das übliche Ritual: ein hitziger Schlagabtausch. Obwohl Roger längst vieles ähnlich sah wie Nils, übernahm er bereitwillig seine gewohnte Rolle. Es war ein kleines sadistisches Vergnügen, den emotionalen Nils in Rage zu bringen.

»Ohne den internationalen Erfolg des Schweizer Finanzplatzes wäre es nicht möglich, den Lehrern in der Schweiz derart gute Anstellungsbedingungen anzubieten. Jeden Franken, den der Staat ausgibt, respektive verschleudert, muss die Privatwirtschaft zuerst verdienen. Ihr Beamten arbeitet in einer geschützten Werkstatt.«

»Quatsch!«, konterte Nils. »Nennen wir das Kind doch bei seinem Namen. Die Schweizer Großbanken definieren sich durch Abzockerei, Kasinokapitalismus und Raubrittertum. Sie machen gemeinsame Sache mit den Mächtigen und Reichen dieser Welt und bereichern sich schamlos auf dem Buckel der Armen und der Schwachen.«

»Ach was! Die hohe Wertschöpfung der Finanzbranche ist eine logische Folge von überdurchschnittlichem Einsatz und hoher Qualifikation der Mitarbeitenden.«

»Dass ich nicht lache!« Nils' Gesicht lief rot an. »Du mit deinen neoliberalen Plattitüden! Ihr profitiert vor allem vom Bankgeheimnis und von der politischen Stabilität der Schweiz.«

Roger lehnte sich nach vorn. »Das sagen bequeme Linke und andere Gutmenschen, die dauernd das Geld der anderen umverteilen wollen … Parasiten!«

Das reichte. Nils suchte genervt die Toilette auf. Eine Strategie, die er nicht das erste Mal anwandte, wenn er im Gespräch mit Roger kurz vor dem Explodieren war. So konnte er sich wieder etwas sammeln und beruhigen. Das Problem in unserer Gesellschaft ist,

»Im Gegenwert von rund 250 Millionen. Verteilt auf etwa 300 Kunden«, antwortete Roger, der als Chef des Private Banking den Überblick hatte. »Die Papiere waren der große Renner. Hoher Zinscoupon und eine Kapitalgarantie.«

Bieri wurde noch bleicher.

Roger konnte sich noch gut an die Geschäftsleitungssitzung erinnern, als die Zusammenarbeit mit Lehman Brothers Thema war. »Jede Garantie ist nur so gut wie der Garantiegeber. Sind die Anlagezertifikate einer amerikanischen Investmentbank sicher genug für unsere Kunden?«, hatte er damals gefragt. Bieri hatte die Bedenken vom Tisch gewischt. Lehmann Brothers ist 1850 gegründet worden und sei ein renommierter Anbieter. Außerdem seien die Konditionen sowohl für die Kunden wie auch für die Switzerland-Bank selbst attraktiv.

Riebli, der die Rechtsabteilung seit dreißig Jahren führte, sprach aus, was viele dachten. »Das Schlimmste ist, dass wir diese Produkte an sicherheitsorientierte Kunden verkauft haben, die auf das Geld angewiesen sind. Nicht an die Zocker. Wir werden wohl oder übel dafür geradestehen müssen.«

»Wieso? Im Verkaufsprospekt steht, dass Lehmann Brothers die Kapitalrückzahlung garantiert. Es ist nicht unser Fehler, wenn diese Scheißbank Konkurs macht. Das ist höhere Gewalt«, relativierte Bieri sofort.

Roger wusste, dass das nur die halbe Wahrheit war. Über ein Ausfallrisiko der Zertifikate hatte im Beratungsgespräch niemand auch nur ein Wort verloren. Das Verkaufsgespräch hatte sich wie immer um das gedreht, was die Kunden gerne hören wollten: ein ansprechender Zinscoupon und eine garantierte Kapitalrückzahlung.

Bieri holte tief Luft und setzte den Ton: »Wir stehen mitten in der größten Krise des Finanzsystems seit der großen Depression in den Dreißigerjahren. Auch unsere Bank wird darunter leiden. Schadenersatzzahlungen können wir uns keine leisten. Wir können froh sein, wenn wir in zwölf Monaten noch alle eine Stelle haben. Ich erwarte, dass wir jetzt zusammenstehen und am selben Strang ziehen.« Schadensbegrenzung sei jetzt das Thema.

»Wir müssen die aufgebrachten Kunden beruhigen und sie von Panikverkäufen abhalten.« Allen war klar, dass es um die Schadensbegrenzung für die Bank ging. Nicht für die Kunden.

Roger atmete tief durch und versuchte, ruhig zu bleiben. Er machte sich keinerlei Illusionen. Etliche Kunden würden ihn für den Totalverlust verantwortlich machen. In guten Zeiten war er der Magier, der hochgeschätzte Geldvermehrer. In schlechten Zeiten trug er an allem Schuld. Beides war falsch. Wenn die Flut kommt, hebt sie alle Boote an, bei Ebbe passiert das Gegenteil. Die Möglichkeiten eines Anlageberaters wurden von den Kunden massiv überschätzt, besonders von denen, die sich in ihren Entscheidungen von Gier und Angst leiten ließen. In guten Börsenzeiten wollten sie immer noch mehr Rendite und waren sehr risikobereit. In der Baisse bekamen sie rasch kalte Füße, vergriffen sich im Ton und neigten zu Aktivismus und Panik. Tobler, der Inhaber der großen Baufirma Tobler & Co., gehörte in diese Kategorie. Ein Patron der alten

Sorte, der es gewohnt war, zu sagen, wie die Dinge zu laufen hatten.

»Ich verlasse das Sitzungszimmer nicht, bis mir Ihre Bank den Verlust von 500.000 Franken mit dieser garantierten Anlage ausgeglichen hat.« Es war ihm ernst. Seine Stimme war ruhig und bestimmt, sein Blick eiskalt.

Roger setzte sein ganzes Instrumentarium an Floskeln und Ausreden ein. »Damit hat doch niemand rechnen können … Wir haben nach bestem Wissen und Gewissen gehandelt … Wir sind genauso bestürzt, können aber nichts machen … Wir haben alle Sorgfaltspflichten eingehalten … Sie sind einer von vielen, der durch diese Tragödie betroffen ist … Andere Banken haben gleichermaßen gehandelt … So leid es mir tut, aber das Anlagerisiko liegt immer beim Kunden.«

Doch Tobler war nicht zu besänftigen und weigerte sich, den Raum zu verlassen. Nach einer Stunde wusste Roger nicht mehr weiter und holte Bieri ins Sitzungszimmer. Doch der ging schwierigen Kundengesprächen lieber aus dem Weg und begleitete Roger nur widerwillig. Es dauerte nicht lange und Tobler verlor seine Contenance. »Großkotzige Betrüger und Halsabschneider!«, schrie er und schlug mit den Fäusten auf den Tisch.

Bieri riss die Augen auf, wies darauf hin, dass das zu weit gehe. Darauf bezeichnete ihn Tobler als Idioten. Roger musste trotz der unangenehmen Situation ein Schmunzeln unterdrücken. Es tat ihm gut, Bieri auch einmal in der Defensive zu sehen.

»Sie hören von meinem Anwalt!«, waren die letzten Worte von Tobler, bevor er die Tür zum Sitzungszimmer hinter sich zuknallte. Wortlos standen sich Bieri und Roger gegenüber. »Selbst Idiot!«, sagte Bieri und verließ schnaubend den Raum.

Wie die meisten anderen Banker war Roger auch privat von den Kursstürzen betroffen. Sein Wertschriftendepot hatte sich seit Beginn der Krise halbiert. Eine gute Million ging den Bach runter. Gesprochen hatte er darüber mit niemandem – Anleger und Banker berichteten nicht gerne von Verlusten. Das wäre einem Gesichtsverlust gleichgekommen. »Wenn die Flut rausgeht, sieht man, wer nackt geschwommen ist.« Dieses Bonmot von Warren Buffet ging Roger in diesen Tagen oft durch den Kopf. Er sah viele Arbeitskollegen in der Bank nackt rumstehen. Splitternackt. Meier, sein Stellvertreter im Private Banking, traf es besonders hart. Meier, Familienvater um die vierzig, hatte auch noch mit Fremdkapital spekuliert und saß nun auf einem Schuldenberg von einer halben Million. Von seiner arroganten Art war nichts mehr zu spüren. Schlecht sah Meier aus.

Die Belastung am Arbeitsplatz wirkte sich auch zu Hause aus. »Ist es bis in deine kleine Welt vorgedrungen, was derzeit an den Finanzmärkten abgeht? Ist dir bewusst, dass wir alles verlieren könnten? Meinen Job, das Wertschriftendepot, unser Haus.« Roger war außer sich, nachdem Jennifer ihn gerügt hatte, weil er eine Orangenschale nicht auf den Kompost, sondern in den Kehricht geworfen hatte.

Tatsächlich, mit der globalen Finanzkrise hatte sich Jennifer nur oberflächlich beschäftigt. Sicher, den Konkurs von Lehmann Brothers hatte auch sie mitbekommen, aber dass dieses Ereignis in New York derartige Auswirkungen auf die Switzerland-Bank und Roger haben könnte, war ihr nicht bewusst. Die Börse war für sie immer noch ein Buch mit sieben Siegeln. «Es tut mir leid, Roger, ich kann verstehen, dass dich das alles sehr beschäftigt.« Zuerst wollte sie ihn in die Arme nehmen. Das ging ihr dann aber doch zu nahe respektive zu weit.

Er ließ sich von ihren Worten nicht besänftigen, und sein ganzer Frust der letzten Tage schwappte über Jennifer. Dass das nicht fair war, wurde ihm immer erst im Nachhinein bewusst. »Geld kommt für dich wohl aus dem Bankomat! So sorglos möchte ich auch leben können. Du bist dir gar nicht darüber bewusst, was es für ein Privileg ist, wenn man sich finanziell um nichts kümmern muss!«, hörte sie ihn noch zischeln, als er das Wohnzimmer verließ, um im Gästezimmer zu schlafen. Das Ehebett wurde beiden zu eng.

~

Jennifer und Roger Graf saßen im Licht der letzten Sonnenstrahlen vor ihrem Haus in Gümligen. Nicht zusammen, sondern voneinander abgewandt und mit einem Abstand, der treffend die Distanz in ihrer Beziehung symbolisierte. Er auf der Terrasse beim Esstisch mit der *Financial Times* vor sich, sie in einem Korbsessel mit der *Annabelle* auf dem kleinen Sitzplatz beim Apfelbaum. Die Tage wurden kürzer und das erste Laub lag auf dem Rasen. In der letzten Woche war sie dreimal kurz davor gewesen, Roger reinen Wein einzuschenken. Aber sie wartete auf den richtigen Moment – wohl wissend, dass es den nicht gab. Immer fehlte das letzte Quäntchen Mut, doch der Leidensdruck durch die

Ambivalenz, die Überforderung und die schlaflosen Nächte stieg immer weiter an.

»Wolltest du nicht letzte Woche den Rasen endlich mähen?«, fragte er plötzlich. Er war meisterhaft darin, seine Unzufriedenheit und seine Probleme auf Jennifer zu projizieren.

Sie erhob sich von ihrem Sessel und setzte sich neben ihn an den Tisch. Sie sah Roger in seine braunen Augen, und plötzlich war es ganz leicht: »Ich habe einen anderen Mann.«

Das Zirpen einer Grille war das Einzige, was Jennifer in diesem Moment wahrnahm. Es war totenstill, und es schien, als stünde die Zeit still. Sie atmete ruhig und wartete gefasst auf den Sturm, der sich vor ihr zusammenbraute. Es dauerte eine gefühlte Ewigkeit, bis die Worte von Jennifer in Rogers Bewusstsein eingesunken waren. Diese fünf Worte waren so ungeheuerlich, dass sich alles in ihm sträubte, sich damit auseinanderzusetzen. Er erwartete jeden Moment, aus diesem schlechten Traum zu erwachen. Aber nichts passierte. Er saß immer noch mit Jennifer vor dem Haus.

»Was? Was erzählst du mir denn da?«, brachte er schließlich heraus.

»Es tut mir wahnsinnig leid, Roger. Ich weiß, dass es nicht richtig ist.«

Er wollte aufstehen, spürte aber, wie seine Knie schwach wurden, und ließ sich wieder auf den Stuhl zurückfallen. Wieder war nur das Zirpen der Grille zu hören. »Was meinst du damit, dass du einen anderen Mann hast? Eine Schwärmerei, eine freundschaftliche Beziehung? Mehr?«, fragte Roger, ohne den Kopf zu heben, weil er Jennifers Blick nicht hätte ertragen können, ihre Worte eigentlich auch nicht. Ihm kam es vor, als wäre er gar nicht richtig Teil dieser Szene, die sich da abspielte. Seltsam entrückt. Aus der Distanz beobachtend wie sein ganzes Leben auseinanderfiel.

»Habt ihr …« Ein Teil von Roger wollte Details, um das Unglaubliche einordnen zu können, aber da war auch die Hoffnung auf Entwarnung, und dass sich alles als Missverständnis herausstellen würde. Ein anderer Teil in ihm wollte sich abwenden, nichts mehr hören, verdrängen und wieder zur Tagesordnung übergehen.

»Ja, wir haben miteinander geschlafen«, sagte sie, und es klang nicht anders, als hätte sie »Es gibt Abendessen« gesagt. Belanglos.

»Wo?«, fragte Roger, als ob das wichtig wäre.

»Das spielt doch keine Rolle, Roger. Es tut mir so leid.« Wortlos saß er im Sessel. Kleine Schweißperlen waren auf seiner Stirn zu erkennen, und plötzlich änderte sich die Atmosphäre. Er atmete schneller und sprang auf.

»Lass uns reingehen. Die Kinder und die Nachbarn müssen das nicht hören.«

Jennifer folgte ihm mit fünf Metern Abstand und bemerkte, wie er seine Fäuste ballte. Sie ahnte, was jetzt passieren würde.

»Wo habt ihr gefickt? Antworte mir sofort!«, schnitt Rogers Stimme messerscharf durch den Raum im Untergeschoss, noch ehe die Türe richtig zu war.

»Roger, bitte, das bringt doch nichts«. Doch er ließ nicht locker, und schließlich sagte sie leise: »Überall, wo sich uns eine Gelegenheit bot.« Jennifer wandte den Kopf ab. Sie konnte Roger nicht in die Augen sehen, aber eigentlich hatte sie sich diesen Moment noch viel schlimmer vorgestellt.

»Was verdammt noch mal heißt überall? In unserem Auto, im Wald, im Keller, auf der Polstergruppe, auf dem Küchentisch, in unserem Ehebett?«, schrie Roger.

Jennifer starrte mit gesenktem Kopf vor sich auf den Boden. Betretenes Schweigen.

»Du verdammtes Luder, was meinst du eigentlich, wer du bist? Was hast du dir dabei gedacht?« Roger verlor die Kontrolle und griff nach einer Bastelschere. Legte sie aber gleich wieder zurück. Er hätte Jennifer am liebsten ins Gesicht geschlagen und sie an der Gurgel gepackt. »Wer ist das Schwein?«, schrie er stattdessen.

»Er heißt Jürg, und er ist kein Schwein.«

»Wie lange läuft das schon?« Auf seiner Stirn trat eine Ader hervor, was beängstigend wirkte.

»Über drei Jahre.« Jennifer schloss die Augen.

»Drei Jahre lang hintergehst du mich schon? Drei Jahre lang hintergehst du unsere Familie?« Rogers Gesicht wurde noch röter. »Was hat er denn, was ich nicht habe? Ich habe dir doch immer alle Wünsche erfüllt. Heirat, Haus, Familie, Wohlstand. War das immer noch nicht genug? Warum?«

»Ich weiß es nicht, Roger. Ich habe mich verliebt, ohne dass ich das gesucht hätte. Vielleicht war es die Gefühlswärme, die mich angezogen hat. Ich habe in unserer Beziehung jahrelang gefroren. Ich war traurig und einsam.« Jennifer begann zu weinen.

»Wir haben zwei Kinder, Jennifer. Wie kannst du uns das antun? Wie kannst du das alles aufs Spiel setzen? Hast du kein Verantwortungsbewusstsein? Hast du kein Herz?« Er atmete tief und heftig.

»Es tut mir wahnsinnig leid, Roger. Ich wollte dir schon lange alles sagen, aber ich hatte Angst.« Jennifer rang mit ihren Händen. »Angst, mit zwei Kindern allein dazustehen. Angst, dass du mir oder sogar den Kindern etwas antust. Angst davor, dass es unsere Eltern und unsere Freunde erfahren. Ja, ich war feige! Dessen bin ich mir bewusst. Dafür schäme ich mich. Es tut mir leid!«

Roger fühlte sich schwindlig und suchte Halt an der Werkbank.

»Ich habe immer geglaubt und gehofft, dass es vorbeigeht«, sagte Jennifer ruhig. »Ein Seitensprung, eine Schwärmerei, eine Affäre auf Zeit. Schlimm genug. Nie wollte ich unsere Familie aufs Spiel setzen, Roger. Das kannst du mir glauben.«

»Das hast du aber. Hast du denn geglaubt, dass ich das einfach so hinnehmen würde? Dass ich dir verzeihen würde? Schwamm drüber? Einfach so?« Er holte kurz Luft und polterte dann von Neuem los: »Hat er einen größeren Schwanz? Oder kennt er sich mit perversen Techniken aus, die es dir angetan haben?« Roger konnte in seinem verletzten Stolz nicht anders, als diese Fragen zu stellen. Fragen, deren Antworten er gar nicht kennen wollte und auch nicht ertragen konnte. Trotzdem ging es die ganze Nacht so weiter. Emotionsgesteuert und ohne jede Reflexion. Er musste seine marternden Gedanken irgendwie in Worte fassen und hinausschleudern. Es war die einzige Möglichkeit, deren gnadenlose Intensität etwas zu mildern.

Die Schuldfrage war rasch geklärt. Sie und nur sie

war an allem Schuld. Das hatte sie erwartet. Als ob sich die Schuldfrage in Beziehungen stellen würde. Als ob es so einfach wäre. Aber es hatte keinen Sinn, mit ihm zu diskutieren. Sie musste jetzt einfach hier sein und ruhig bleiben. Sie hatte keine Ahnung, woher sie die Kraft dafür nahm.

Am frühen Morgen wich sein Ärger sukzessive einer großen Erschöpfung, und er begann plötzlich, zu weinen und zu schluchzen. Jennifer nahm ihn in die Arme wie ein kleines Kind. Er ließ es geschehen und wurde langsam wieder ruhiger. Irgendwann ging sie in die Küche und braute ihm einen Beruhigungstee. Dazu gab es ein Honigbrot. Um 6.30 Uhr verließ Roger nach einer schlaflosen Nacht das Haus. Wortlos. Jennifer war übel, und sie suchte das Badezimmer auf. Kurz darauf war sie auf den Knien und übergab sich in die WC-Schüssel. Die ganze Nacht hatte sie die Vorwürfe und Beschimpfungen Rogers ertragen und alles geschluckt. Jetzt war auch sie am Ende. Alles musste wieder raus. Kotze, Gestank, Erschöpfung.

»Aufstehen, Frühstück!«, rief sie kurz darauf in die Kinderzimmer. Ein neuer Tag in ihrem Leben hatte begonnen. Alles hatte sich geändert, und sie hatte keine Ahnung, wohin es sie treiben würde. Die Ungewissheit war belastend. Aber kein Vergleich zur Last des Doppellebens, das sie jahrelang geführt hatte.

Sie hatte das Richtige getan. Das einzig Mögliche.

# 6

OKTOBER 2008

Roger suchte Zuflucht unter dem Dach der Auguetbrücke, die unterhalb von Muri-Gümligen über die Aare nach Belp führte. Es regnete in Strömen, und die Aare führte Hochwasser. Kakaobraun bahnte sich der Fluss seinen Weg durch das Berner Mittelland. Kaum zu glauben, dass Tim mit mir vor sechs Wochen unter der Brücke durchgeschwommen ist, dachte Roger. Die Erinnerung war noch sehr präsent. Jennifer und Finn winkten lachend von der Auguetbrücke. Tim schwamm das erste Mal in der Aare und war wahnsinnig stolz. Obwohl er so tat, als wäre es nichts Besonderes. Ein großer Moment. Roger war nervöser als Tim, denn ungefährlich ist die Aare nicht. In einem Fluss zu schwimmen ist gänzlich anders als im Schwimmbecken. Man muss auf vieles Acht geben. Die starke Strömung, der heikle Ein- und Ausstieg, gefährliche Brückenpfeiler und auch auf die zahlreichen

Schlauchboote, die bei gutem Wetter auf der Aare trieben. Wenn etwas schiefläuft, ist kein Bademeister in der Nähe, der helfen kann.

Mehr als eine Stunde stand Roger auf der alten Holzbrücke und starrte in die reißende Aare. Er war durch und durch nass, es blies ein frischer Wind, und er zitterte am ganzen Körper. Trotzdem konnte er sich nicht dazu durchringen, zurück zum Haus zu gehen, das kein Zuhause mehr war. Einziger Lichtblick war eine kleine Tigerkatze, die sich an seine Beine schmiegte und zufrieden schnurrte. Roger liebte Katzen und kraulte diese zärtlich unter dem Kinn. Etwas Gesellschaft tat gut.

Gut zwei Wochen waren vergangen, seit ihm Jennifer die Karten offengelegt hatte. Seither lebte Roger im Ausnahmezustand, unfähig, eine Entscheidung zu treffen. Er wohnte immer noch im Familienhaus, schlief aber im Gästezimmer. Immer und immer wieder versuchte er sich aufzurappeln. So wie er es in seinem Leben nach Tiefschlägen immer getan hatte. Aber diesmal wollte der Kraftakt nicht gelingen. Er konnte nirgendwo Halt finden, schaffte es aber auch nicht, darüber zu sprechen. Anderen gegenüber Emotionen zu zeigen oder gar um Hilfe zu bitten, war noch nie sein Ding gewesen. Es gab Momente, da kamen mit der Wut Gedanken an die Oberfläche, die ihm fremd waren. Das wird sie büßen, dachte er. Sie wird auf den Knien um Vergebung winseln. Er würde ihr auf eine Art und Weise Leid zufügen, wie sie sich das in ihren dunkelsten Träumen nicht hätte vorstellen können. Er verlor mitunter jeden Bezug zur Realität, weil der Zorn kaum auszuhalten war. Er fühlte sich wie damals, als er als Zehnjähriger von der Schule nach Hause kam und sofort auf das Badezimmer zusteuerte, wo er am Vortag in der Badewanne vier Barsche eingesetzt hatte, die er am Sonntag im Murtensee gefangen hatte. Er wollte im Garten ein kleines Biotop bauen und Barsche züchten. Die ganze Nacht waren seine Gedanken um dieses Projekt gekreist, und er hatte nicht schlafen können. Mehrmals hatte er in der Nacht die Barsche besucht, um frisches Wasser einzulassen. Doch als er an diesem Mittag in das Badezimmer kam, war das Wasser in der Wanne ausgelassen. Keine Spur mehr von den kleinen gestreiften Barschen. Er fand die Fische bei seinem Vater in der Küche. Sie brutzelten in der Bratpfanne in heißem Öl.

Wich die Wut von ihm, war Roger so verzweifelt vor lauter Sorge um Tim und Finn, dass ihm die Tränen kamen. Würden die beiden damit umgehen können, wenn sich die Eltern trennten? Würden die Schulleistungen nachlassen und beide verhaltensauffällig werden? Musste er um das Sorgerecht kämpfen? Brauchten sie ihn noch, oder würde der Neue seine Rolle übernehmen?

Er versuchte es mit Joggen, um auf andere Gedanken zu kommen. Aber nach weniger als einem Kilometer war die Luft raus. Danach spazierte er verloren und orientierungslos im Jogginganzug an der Aare entlang. Zum Glück waren bei diesem Hundewetter nur wenige Spaziergänger unterwegs. Lass die Wolken vorbeiziehen und sei dir bewusst, dass der blaue Himmel immer da ist. Selbst dann, wenn ein heftiger

Sturm oder gar ein Tornado vorbeifegt. Der blaue Himmel ist immer da. Du kannst ihn momentan nur nicht sehen. Roger versuchte, sich dieses Bild eines Yoga-Lehrers in Erinnerung zu rufen – gelernt bei einem Achtsamkeitskurs vor ein paar Jahren. Aber so sehr er sich auch bemühte, den blauen Himmel zu sehen, es gelang ihm nicht. Es blieb dunkel, und der Sturm tobte unablässig.

Wenn Roger in diesen Tagen Energie spürte, dann immer in Form einer unbändigen Wut. Auf Jennifer, auf ihren Liebhaber, auf die ganze Situation. Immer und immer wieder kam er zu dem Schluss, dass Rache und Vergeltung die einzig möglichen Antworten auf Jennifers Ehebruch waren, dass Verzeihen und Vergeben etwas für Schwächlinge war. In kurzen klaren Momenten der Reflexion konnte sich Roger seine Wut kaum erklären. Ihre Ehe war seit Jahren zerrüttet und die Kinder der einzige Grund, weshalb er noch mit Jennifer zusammen war. Seine Sorge um Tim und Finn war nachvollziehbar. Aber die Wut und der Hass auf Jennifer? Ein Paradox. Eigentlich müsste er doch froh sein. Sollte doch dieser Jürg schauen, wie er mit ihr zurechtkam. War es möglich, dass er tief in seinem Innersten immer noch Gefühle für Jennifer hatte? Er war unsicher und konnte keine klaren Gedanken fassen. Alles war so verwirrend. Der verletzte Stolz marterte ihn. Er konnte nicht damit umgehen, dass Jennifer einen anderen wollte. Die offene Wunde brannte täglich stärker, und er wusste nicht, wie er sie versorgen sollte. So begann die Wunde zu eitern, anstatt zu heilen.

Was Roger überhaupt nicht gefiel, war die passive Rolle, in der er sich wiederfand. Jennifer hatte vorgelegt, und er musste nun irgendwie reagieren, aber er hasste Fremdbestimmung. Er war es gewohnt, den anderen seine Agenda aufzuzwingen, deswegen war sein Verstand dauernd damit beschäftigt, Wege zu finden, wie er den Spieß umdrehen und das Heft wieder in die Hand nehmen könnte.

# 7

## NOVEMBER 2008

Wortlos saß Roger seinem Jugendfreund Nils Amsteg in ihrem Stammlokal *Luce* gegenüber. Nils erzählte gerade mit leuchtenden Augen von seinen Fliegenfischerferien in Lappland, und Roger musste dabei an die unbeschwerten Zeiten denken, als sie zusammen in der Gürbe bei Belp den Forellen nachgestellt hatten.

»Lappland ist ein Paradies. Die Kraft und die Ruhe der Natur wirken immer noch nach«, erzählte Nils. »Die Weite, die unberührte Natur, die gelben Blätter der Birke im Herbstkleid, der lichte Morgennebel auf dem See, wilde Äschen und Forellen und natürlich die Holzsauna direkt am Ufer.«

Roger nickte. »Das täte mir auch gut«, meinte er nur. Er hatte sich auf das Bier mit Nils gefreut, doch jetzt saß er einfach nur da und fühlte sich elend. Wie sooft in den letzten Wochen.

»Was ist mit dir los, Roger? Du siehst blass und müde aus.«

»Jennifer hat einen anderen und will mich verlassen«, platzte es plötzlich aus Roger heraus, und er fühlte sich sofort etwas leichter. Gleichzeitig hätte er sich am liebsten verkrochen.

Nils machte große Augen und sein Bierglas fiel ihm fast aus der Hand. Die Grafs waren so eine Art Vorzeigefamilie. Nichts hatte darauf hingedeutet, dass dem nicht so war.

»Ausgerechnet ihr zwei, … das hätte ich nie erwartet. Das tut mir furchtbar leid!« Was kann man noch glauben, wenn das nicht echt war, dachte Nils. Die tollen Jungs und das geschmackvoll eingerichtete Haus in bester Lage. Sie, die liebenswerte Mutter und Familienfrau – er, der erfolgreiche Banker. Überall, wo man hinsah, Erfolg. Alles nur Fassade?

»Die Stimmung war schon sehr lange mies. Mehr Streit als Liebe, mehr Kälte als Wärme. Es war trotzdem ein Schock! Ich habe da wohl vieles verdrängt«, sagte Roger nachdenklich und massierte mit den Fingern seine Schläfen.

»Kann ich dir irgendwie helfen? Brauchst du Geld?« Auf der einen Seite war Nils' Betroffenheit tief und echt. Auf der anderen Seite tat es ihm irgendwie gut, dass er mit seiner gescheiterten Ehe nicht allein war. Ein verwirrendes Gefühl, für das er sich schämte.

»Danke, Nils. Ich schätze dein Angebot sehr, aber im Moment komme ich klar.« Das Mitgefühl und die Hilfsbereitschaft taten Roger gut, auch wenn Nils mit Sicherheit weniger verdiente, und er sein Geld gar nicht brauchte.

»Wie geht es den beiden Jungs?«, fragte Nils besorgt.

Roger nahm die Hände vor den Kopf, und es dauerte einen Moment, bis er sich gefasst hatte. »Sie wissen noch nichts. Zuerst muss klar sein, wie es weitergeht. Wir wollen die beiden nicht unnötig belasten.«

Bei Nils kam die eigene Scheidungsgeschichte wieder hoch. Er und seine Frau hatten bei ihrer Trennung ebenfalls versucht, die Kinder zu schützen. Aber das gelang nur teilweise. Es gab wüste Szenen und verbale Angriffe unter der Gürtellinie, für die sich Nils auch Jahre danach noch schämte. Am Ende war nur noch kalter Hass da, und ein Gespräch war nicht mehr möglich. »Ihr lebt also immer noch zusammen unter einem Dach? Familie und Freunden gegenüber tut ihr so, als wäre nichts passiert? Gute Miene zum bösen Spiel. Wie hältst du das aus?« Nils fuhr mit den Fingern durch seine Locken und sah Roger fragend an.

»Irgendwie gelingt es mir, die Fassung zu bewahren«, antwortete Roger. Aber ihm war klar, dass der Zustand nicht mehr lange andauern konnte. Die Gefühlsschwankungen waren fast nicht auszuhalten, und er war am Ende seiner Kräfte.

Nils fragte nach Jennifer und wie sie mit allem zurechtkam. Jennifer hatte das Ideal einer glücklichen Familie stets hochgehalten. Für sie war es sicher auch nicht einfach, dachte er. »Hat sie Schuldgefühle?«

»Schuldgefühle sind ja wohl das Mindeste! Es gibt Momente, da bin ich kurz davor, ihre Eltern anzurufen, um ihnen zu erzählen, was für eine Schlampe ihre Tochter ist. Nur aus Rücksicht auf Tim und Finn halte ich mich zurück.« Rogers Stimme zitterte.

»Ihr braucht Hilfe von außen, Roger«, sagte Nils,

der Roger noch nie so erlebt hatte. »Es gibt Probleme, die man nicht selbst lösen kann. Habt ihr einen Paartherapeuten?« Nils lehnte sich über den Tisch nach vorne und schaute Roger in die Augen.

»Wie bitte? Damit ist Jennifer mir auch schon gekommen. Sie hat ein Problem, nicht ich! Soll sie doch zum Psychiater rennen!« Rogers Gesicht lief rot an.

»Quatsch! Selbst wenn eure Beziehung nicht mehr zu retten ist, ein Paartherapeut kann euch dabei helfen, wieder ins Gespräch zu kommen.« Eine Alternative zur Paartherapie sei eine Mediation, erklärte Nils, der sich mit so etwas auskannte. »Eine neutrale Person hilft dir dabei, konstruktive Lösungen zu finden. Freunde und Familie taugen dazu nicht. Die sind meist parteiisch.«

»Mal schauen«, grummelte Roger und rümpfte die Nase. »Ich überleg's mir.«

»Ihr müsst euch zusammenraufen, Roger. Vor allem wegen Tim und Finn«, sagte Nils eindringlich. »Habt ihr schon über die Wohnsituation gesprochen?«

Roger hatte schon mehrmals im Internet nach einer Wohnung gesucht, sich aber noch nicht zum Ausziehen durchringen können. Es war sein Haus, gekauft mit seinem Geld. Es ging ihm gegen den Strich, Jennifer und ihrem Liebhaber den Weg einfach so frei zu machen, lieber hätte er Jennifer einfach rausgeworfen! Gleichzeitig war es für Roger klar, dass Tim und Finn im Haus bleiben sollen. Der große Garten, die Nähe zur Schule. Auf keinen Fall wollte er sie in dieser Situation aus ihrem gewohnten Umfeld reißen. Am liebsten wäre er mit den Kindern im Haus geblieben und hätte deren Betreuung übernommen. Aber er wusste selbst, dass es ohne sein hohes Einkommen nicht gehen würde, und er unmöglich zu Hause bleiben konnte. Selbst dann nicht, wenn Jennifer wieder einen Bürojob finden würde.

»Weil Jennifer einen anderen hat, muss ich mein Haus samt Tim und Finn verlassen! Ist das fair?« Roger hatte feuchte Augen. »Kannst du dir vorstellen, wie sich das anfühlt?«

Nils nickte wortlos und versuchte noch einmal, Roger davon zu überzeugen, sich Hilfe zu suchen. »Kein falscher Stolz, Roger. Du musst nicht alles allein in den Griff bekommen!«

»Ich werde in Ruhe darüber nachdenken«, sagte er. Dann winkte er ungeduldig dem Kellner. »Zahlen bitte!« Beim Abschied sagte Roger eindringlich: »Ich bitte dich, das als unser Geheimnis zu betrachten.« Da war es wieder, das jahrzehntelang eingeübte Verhaltensmuster, alles unter dem Deckel zu halten, damit die Fassade glänzt. Trotzdem war er einen großen Schritt weiter: das erste Mal in seinem Leben hatte er sich mit persönlichen Problemen einem anderen Menschen anvertraut. Und insgeheim spielte er mit dem Gedanken, professionelle Hilfe anzufordern.

IN GEDANKEN VERSUNKEN SCHLENDERTE Nils am Hirschengraben vorbei Richtung Monbijou. Normalerweise hätte er die Straßenbahn No. 3 bis zum Eigerplatz genommen. Dort in der Nähe hatte er mit Katharina eine ruhige Dreizimmerwohnung im Dachgeschoss. Aber an diesem Abend brauchte er Bewegung, um das Gespräch zu verdauen. Dass Roger ihn als einzigen Menschen eingeweiht hatte, erstaunte ihn. Nils sah in

Roger einen guten Kollegen, aber nicht einen engen Freund. Ihre Gespräche drehten sich um Politik, Sport, Ferien und die Kinder. Über Gefühle und Persönliches haben sie sich nie ausgetauscht. Hatte er sonst niemanden? War er in seinem Erfolg derart allein?

# 8

## WEIHNACHTEN 2008

Kraftlos schob Roger alle Probleme und Entscheidungen vor sich her. Das bisschen Energie, das ihm blieb, brauchte er für seine Arbeit. Das Umfeld in der Finanzbranche war immer noch äußerst schwierig und forderte ihn bis ans Limit und darüber hinaus. Jennifer versuchte immer wieder, mit Roger gangbare Wege zu finden. Ohne Erfolg, er war zu nichts zu bewegen. Schon gar nicht dazu, sein Haus zu verlassen. Sie erwog mehrmals, das Haus mit den Kindern zu räumen, aber zu diesem Schritt fehlte ihr letztlich der Mut.

»Schön wollen wir es haben«, so die Idealvorstellung von Rogers Mutter für die traditionelle Weihnachtsfeier. Unerträglich. Schon der Gedanke daran. Harmonie und Feststimmung auf Kommando. Was schon in den Vorjahren eine Herausforderung war, schien Roger in diesem Jahr gänzlich unmöglich. Er wollte keine Weihnachtslieder singen und zu den alljährlich gleichen

Geschichten milde lächeln. Eine Zumutung. Auch Jennifer war nicht nach Feiern zumute, aber sie wusste, wie wichtig die Weihnachtsfeier für Tim und Finn war und für die Großmütter. »Es wird dann schon gehen«, sagte sie lapidar zu Roger und wandte sich ab.

Roger beneidete jene, die vor Weihnachten irgendwohin reisten und erst zurückkamen, wenn der ganze Spuk vorüber war. Aber insgeheim wusste er, dass es kein Entrinnen gab. Nicht am Heiligabend. Die Weihnachtstage in diesem Jahr waren für ihn wie eine Metapher auf sein Leben: eine gigantische Lüge. Nichts als eine schöne Fassade, die Glück und Harmonie suggerierte. Die Kerzen am Weihnachtsbaum gaben nur oberflächlich etwas Wärme ab. Im Innern von Roger blieb es eiskalt – der Kontrast könnte nicht größer sein. Roger konnte Jennifer ansehen, dass sie ebenfalls gestresst war. Das tröstete ihn ein wenig. Aber sie hatte wenigstens eine Perspektive, denn sie konnte bald in die Arme ihres Geliebten flüchten, während er zum Wochenendvater degradiert wurde. Ich bin gefangen in dieser Scheißsituation, in die mich Jennifer gebracht hat, dachte er. Was kann ich tun? Wo ist mein Handlungsspielraum? Er hasste es, in der Defensive zu sein. Bisher hatte sein Leben immer seine eigene Handschrift getragen, doch jetzt schienen andere die Fäden seines Lebens in der Hand zu haben. Das Leben hatte ihn in eine Sackgasse geführt.

»Komm jetzt, Papi!« Jäh wurde Roger von Finn aus seinen Gedanken gerissen. Der Blondschopf versuchte aufgeregt, den Vater an den Händen aus dem Sessel zu ziehen. Unter dem Tannenbaum warteten Geschenke. Roger lächelte Finn zu, strich ihm zärtlich durch die blonden Haare und erhob sich müde vom Sessel. Ich muss jetzt da durch, dachte er.

Auf ihn warteten der feierlich gedeckte Tisch, die zwei Caquelons und die Fleischplatten für das traditionelle Fondue Chinoise, die geschmückte Nordmanntanne, die Geschenke unter dem Baum und viele Kerzen in allen Größen und Farben. Dazu roch es nach Lebkuchen, Weihnachtsgebäck und Glühwein. Viel zu viel weihnachtliche Glückseligkeit für Roger. Es könnte auch ein Begräbnis sein, dachte er beim Anblick der vielen Kerzen. Die ganze Familie war vollzählig anwesend. Rogers beleibte Schwester Andrea, ihre drei Söhne und ihr Ehemann Max, der Bundesbeamte, präsentierten sich herausgeputzt und bei bester Laune. Genauso die Eltern von Max, die gerade angeregt mit Rogers Eltern plauderten, obwohl sie sich im Grunde gar nicht mochten. Was doch das Fest der Liebe alles möglich macht, dachte Roger stirnrunzelnd.

Mehrmals flüchtete er möglichst unauffällig vom feierlich gedeckten Familientisch. Meist ging er auf die Toilette, ein paar Mal auch nach draußen an die frische Luft. Tief durchatmen und versuchen, etwas Ruhe im Chaos der Gefühle zu finden. Mehrmals füllten sich seine Augen mit Tränen. Besonders schlimm war es, als Tim und Finn zusammen ihr traditionelles Weihnachtsgedicht »Bald ist Weihnacht« vortrugen:

> “ Bald ist Weihnacht, wie freu ich mich drauf, da putzt uns die Mutter ein Bäumlein schön auf. Es glänzen die Äpfel, es funkeln die Stern, wie haben wir doch alle das Weihnachtsfest gern.

Danach sangen sie zusammen Halleluja, begleitet von Jennifer auf der Gitarre. Mit leuchtenden Augen stand Finn vor dem Tannenbaum. Unbeschwertes Glück, das nur Kinder in sich tragen. Roger konnte sehen, dass Tim den Auftritt etwas peinlich fand, aber er ließ sich nicht viel anmerken und machte seine Sache gut. Er erinnerte sich daran, wie er Tim nach dessen Geburt vorsichtig auf den Oberkörper von Jenny legte. Unbeschreibliches Glück. Roger war unglaublich stolz auf die beiden, und das berührte ihn in diesem Jahr so sehr, dass er nach dem Applaus fluchtartig hinaus an die kalte Winterluft musste. Sein Atem wurde zu weißem Nebel. Kaum waren die Tränen getrocknet, überkam ihn wieder die Wut. Wie konnte Jennifer das seinen Kindern und ihm nur antun? Wie konnte sie nur ihre Geilheit über das Eheversprechen und das Familienglück der beiden Jungs stellen? Obwohl er nur im Hemd vor dem Haus stand, spürte er die beißende Kälte nicht. Plötzlich lief er los, immer schneller und schneller. Bis er außer Atem war, und die Oberschenkel schmerzten. Dann machte er Liegestützen. Zwanzig, dann nochmals zwanzig. Rauf und runter, bis er nicht mehr konnte und entkräftet und stöhnend auf dem Gehsteig lag. In jeder Beziehung am Boden. Und das am Heiligabend.

»Können wir Ihnen helfen?« Ein älteres Ehepaar blieb neben ihm stehen. Er mit Stock und Hut, sie mit langem Wintermantel und grauer Wollmütze.

»Uhh, nein, nein. Danke. Alles gut!« Er stand auf und lief zum Haus seiner Eltern zurück. Erst jetzt spürte er die empfindliche Kälte. Überall in den Häusern sah er warmes Licht, hin und wieder einen Tannenbaum mit Kerzen und Glitzerdekor. Warme

Tränen liefen über seine Wangen und verschafften ihm etwas Erleichterung. Die Wut auf Jennifer wich der Sorge um Tim und Finn und der beklemmenden Angst, die beiden zu verlieren. »Ist alles gut?«, fragte ihn seine Mutter, als er wieder durch die Eingangstür trat.

»Alles bestens. Es wurde mir nur etwas zu warm.« Ansehen konnte er sie nicht. Das sorgenvolle Gesicht, das sie mit Sicherheit aufgesetzt hatte, wäre zu viel gewesen. Er baute eine Mauer um sich auf und hoffte, dass ihm die anderen so wenig wie möglich anmerkten. Mitlachen, mitsingen, mitfeiern. Innerlich teilnahmslos, eine Hülle. Dass er seiner Mutter nichts vormachen konnte, war ihm klar. Er war sich sicher, dass sie am nächsten Morgen anrufen würde. Ich werde das Telefon ganz sicher nicht abnehmen, dachte er. Er schaffte es, die Familienfeier ohne unschöne Szenen hinter sich zu bringen, doch nach dem Fest sprach er kein einziges Wort mehr. Tim und Finn schliefen auf dem Nachhauseweg im Audi sofort ein. Roger beobachtete die beiden im Rückspiegel – die zwei hatten keine Ahnung, was das für ein Luxus war. Dass ein tiefer und erholsamer Schlaf nicht selbstverständlich war, war ihm in den letzten Monaten sehr bewusst geworden. Der Schlaf war, genauso wie Jennifer, aus seinem Leben geflüchtet.

Eine Gewissheit brachte die Familienfeier: Es wurde ihm klar, dass er um seine Familie kämpfen wollte, er wollte noch eine Chance! Immer wieder kreisten seine Gedanken um das Thema Eheberatung – alleine würden Jennifer und er es nicht schaffen. Aber die Abneigung, Hilfe anzunehmen, überwog immer noch.

# 9

JANUAR 2009

Roger litt wie nie zuvor in seinem Leben. Das Leiden war größer als damals mit dreizehn, als ihm ein Auto über den Fuß gefahren war und vier seiner fünf Zehen mehr abgetrennt als noch verbunden gewesen waren. Auch der offene Oberschenkelbruch nach einem Motorradunfall, nur drei Tage nach dem zwanzigsten Geburtstag, war ein Klacks dagegen. Es war ein anderer, bisher unbekannter Schmerz. Einer, der tiefer ging, ohne dass er ihn genau hätte orten können. Er war überall. Er war den Gefühlsausbrüchen machtlos ausgeliefert. Die Angst, seine Jungs zu verlieren, und sein gekränkter Stolz machten ihm das Leben zur Hölle. Seine Gedanken waren wie Salz, das sein Ego auf die offenen Wunden streute. In seiner Magengegend zog sich alles zusammen, sein Puls raste und er zitterte am ganzen Körper. Bewusste Atmung, positives Denken, Beruhigungstee – nichts half.

Immer häufiger flüchtete Roger aus dem Haus. Nur

sportliche Aktivität verschaffte ihm etwas Linderung. Er lief. Aber gemütliches Joggen genügte nicht, er musste an die Leistungsgrenze gehen. Den seelischen Schmerz mit körperlichem Leiden betäuben. Einmal rannte er mitten in der Nacht bei Neumond im stockdunklen Wald umher, bis er schweißüberströmt zusammenbrach. Am Boden liegend schrie er sich solange die Seele aus dem Leib, bis der Hals schmerzte. Dann starrte er regungslos in die Sterne, die teilnahmslos und kalt auf ihn herabblickten. Die körperliche Erschöpfung verschaffte Roger etwas Erleichterung, aber die innere Ruhe war nie von Dauer. Er konnte nur gerade so viel Druck ablassen, dass er nicht vollends durchdrehte.

Wenn sich der Jähzorn in ihm ausbreitete, verlor er jede Kontrolle über sich. In diesen Momenten war er zu allem imstande. Auch zu physischer Gewalt, obwohl es bisher nie dazu gekommen war. In einer besonders dunklen Stunde hatte er sich gedanklich ausgemalt, wie er die beiden mit einem Fleischmesser richten würde. In ruhigeren Momenten war er schockiert über die Brutalität seiner Gedanken und erinnerte sich daran, wie er und Jenny damals eng umschlungen durch Paris schlenderten. Glücklich waren sie damals und voller Zuversicht. Was ist nur passiert?, dachte er und wusste nicht, wie ihm geschah. Immer öfter spielte er mit Suizidgedanken, dachte sich Abschiedsbriefe aus. Er würde keinen Zweifel daran lassen, wer Schuld an seinem Tod trug, und malte sich aus, wie Jennifer von ihrem Umfeld ein Leben lang dafür geächtet würde. Damit wäre auch ihr Leben gelaufen!

Wenn er es im Haus nicht mehr aushielt, schlief er ein paar Stunden im Audi. Meist fuhr er auf den kleinen Parkplatz für Spaziergänger vor dem Wald. Dort bemerkte ihn mitten in der Nacht niemand. Bevor Tim und Finn am Morgen erwachten, war er wieder zurück. Im Morgengrauen hatte ein älterer Mann einmal seine Nase an der vom Atem angelaufenen Seitenscheibe plattgedrückt. Aus Neugierde. Als er einen Mann im Wagen liegen sah, wich der Spaziergänger erschrocken zurück und sein Schäferhund bellte. Bis zum Obdachlosen ist es nicht mehr weit, dachte Roger und wischte sich eine Träne aus den Augen.

# 10

FEBRUAR 2009

Roger konnte sich auf nichts und niemanden konzentrieren und wirkte oft fahrig. Die Finanzmärkte, das Geld seiner Kunden, die Vorgaben von Bieri. All das interessierte ihn nicht mehr. Belanglosigkeiten im Vergleich dazu, was ihn privat umtrieb. Er empfand es als Zumutung, dass er sich damit auch noch beschäftigen musste.

Immer noch sah er sich außerstande, seine Sorgen und sein Leid mit jemandem zu teilen. Das Gespräch mit Nils war bisher die einzige Ausnahme. Insgeheim hoffte Roger noch immer auf eine Lösung, welche ihm die Schmach ersparen würde, als gehörnter Ehemann dazustehen. Das Schlimmste wären mitleidige Blicke und Aussagen, wie »Tut mir leid, Roger. Das hätten wir nie erwartet«. Er wollte auf keinen Fall öffentlich in die Rolle des bemitleidenswerten Opfers gedrängt werden. Er wusste auch nicht, mit wem er seine Situation besprechen sollte. In der Bank konnte er das Thema nicht ansprechen. Schwächen will dort niemand zeigen. Gefragt ist Stärke. Für sein Image wäre es zweifellos katastrophal, würde er bankintern Hilfe suchen. Immer öfter konnte er abends lange nicht einschlafen. Sein Schlaf war unruhig, und er erwachte jede Nacht mehrmals. Tagsüber war er müde und schlecht gelaunt. Es kostete ihn täglich mehr Kraft, sich nichts anmerken zu lassen, und er begann damit, sich mehr und mehr zurückzuziehen.

An einem Samstag im Februar war es dann so weit: Roger musste sich eingestehen, dass er Hilfe brauchte. Dieser Einsicht ging ein weiterer Tiefpunkt voraus. Ein Erlebnis, das ihm glasklar vor Augen führte, dass er kurz davor war, gegen eine Wand zu fahren. Er war zu Fuß unterwegs an der Aare Richtung Gümligen entlang des Naturreservats Elfenau. Jeder Schritt war eine Anstrengung. Am Schluss führte der Fußgängerweg auf einen kleinen Hügel. Dort war sein Auto geparkt. Die kurze Steigung brachte Roger an seine Grenzen. Immer wieder musste er anhalten und tief durchatmen. Noch vor ein paar Monaten wäre er da raufgesprintet. Locker, leichtfüßig – ein Pappenstiel. An diesem nebligen Sonntagmorgen konnte er sich kaum auf den Beinen halten. Fühlt sich so eine Erschöpfungsdepression an?, fragte er sich. In diesem Moment ließ Roger die Illusion, es alleine schaffen zu können, los. Zu Hause angekommen setzte er sich an den Computer und registrierte eine neue E-Mail-Adresse mit dem sinnigen Namen lebenskrise@yahoo.com. Die erste Nachricht von diesem Konto sandte er dem Zürcher Psychologen Max Studer, der auf seiner Website auch anonyme Online-Beratungen anbot. Kurz und knapp beschrieb Roger seine Situation. Er wollte von Studer wissen, wie er die Situation einschätzte, und ob die Ehe vor dem Hintergrund der Ereignisse überhaupt noch eine Chance hatte. Parallel dazu überwies er Studer einen Honorarvorschuss von 1000 Franken. Mittels Bareinzahlung auf der Post. So waren keine Rückschlüsse auf ihn möglich.

In immer kürzeren Abständen checkte Roger in den nächsten Tagen seine E-Mails. Wieder nichts! Spürte denn dieser Studer nicht, in welchen Nöten er sich befindet? Dann endlich, drei Tage später, eine Nachricht von Dr. Max Studer im Posteingang. Sofort begann Roger zu lesen:

*Hilfe anzunehmen setzt Demut und Mut voraus. Dazu gratuliere ich Ihnen*, stand einleitend. Nach etwas Blabla kam Studer auf den Punkt: *Eine Chance, das Feuer wieder zu entfachen, besteht nur, solange noch Glut vorhanden ist. Wenn die Asche schon kalt ist, ist es zu spät. Wichtig ist, dass sich Ihre Frau und Sie wieder echt begegnen. Das heißt, dass sich beide für die Argumente, die Ängste und die Sorgen des anderen öffnen. Meist werden in Trennungssituationen nur noch die immer gleichen Schuldzuweisungen wiederholt. Beide sind im Streitmodus, und konstruktive Gespräche finden nicht mehr statt. Mit dieser Haltung kommt man in der Sache aber nie weiter. Sie schreiben, dass Ihnen die beiden Söhne das Wichtigste sind. Für die beiden ist nicht die Trennung an sich das große Problem, sondern die Art und Weise, wie die Eltern miteinander umgehen. Findet sich eine konstruktive Lösung, ohne dass die Kinder von einem oder gar von beiden Partnern für ihre Zwecke instrumentalisiert werden, dann werden sich die beiden Jungen rasch vom Tiefschlag erholen. Es ist eminent wichtig, dass beide – auch wenn es schwierig ist – eine konstruktive Haltung einnehmen und sich gegenseitig mit Respekt begegnen.*

Im PS war das Geschäftliche aufgeführt: *Bisheriger Aufwand: 60 Minuten / Restguthaben: 240 Minuten.*

Immer und immer wieder las Roger den Text. Viel Konkretes konnte er den Zeilen nicht entnehmen. Für das stattliche Honorar schien ihm der Text etwas gar allgemein abgefasst. Trotzdem spürte er eine gewisse Erleichterung ohne zu wissen, warum. Lag es an Studers Worten? Oder daran, dass er sich sein Leid von der Seele schreiben konnte, und dass jemand zugehört hatte? Vielleicht war es auch nur die Tatsache, dass sich endlich etwas bewegte. Sofort hakte er nach und stellte weitere Fragen. Rasch und zuverlässig kam jeweils die Antwort Studers. Seine unaufgeregten, sachlichen Ausführungen auf all die emotionalen Fragen waren Balsam. Offenbar waren für Studer Probleme dieser Art daily business. Roger fasste zunehmend Vertrauen und öffnete sich mehr und mehr wenn auch immer noch im Schutze der Anonymität. Es tat ihm gut, sich mit jemandem auszutauschen. Auch wenn es nur ein Online-Kontakt mit einer Person war, die er nur vom überbelichteten Foto auf der Website kannte. Die Mails von Studer waren Licht im Dunkeln. Rare Momente der Zuversicht und der Hoffnung. Ansonsten war die depressive Stimmung dominant. Auch die Suizidgedanken ließen Roger nicht los. Oft sah er sich in Gedanken von einer Brücke springen. Die Vorstellung, sein Leben mit ein paar Sekunden Freiflug zu beenden, faszinierte ihn. Als das Restguthaben bei Studer noch dreißig Minuten betrug, bat ihn Roger um eine Rückmeldung in Bezug auf seine Person:

*Haben Sie ein Gefühl dafür entwickelt, wo ich stehe, Herr*

*Studer? Wie sieht es aus, wenn man aus Distanz auf mein Leben schaut?*

Zwei Tage später war Studers Antwort im Posteingang: *Ferndiagnosen sind schwierig und mit Vorsicht zu genießen. Ich versuche es trotzdem. Ich habe den Eindruck, dass Sie sich danach sehnen, zur Ruhe zu kommen. Gleichzeitig spüre ich einen großen Ehrgeiz und Vorwärtsdrang, der sich schlecht mit diesem Wunsch verträgt. Ruhe ist nur im Gegenwärtigen zu finden. Zwischen den Zeilen habe ich gelesen, dass Sie im Leben viel erreicht haben. Trotzdem sind Sie nicht erfüllt und glücklich. Erfüllung kommt vom Herzen. Erfolge füttern aber nur das Ego. Ich habe den Eindruck, dass Ihr tägliches Tun nicht dem entspricht, was Ihr Innerstes gerne machen würde. Ist es Ihnen wichtiger, in den Augen der Gesellschaft erfolgreich zu sein, als Ihre ureigenen Bedürfnisse zu leben? Kontrolle scheint Ihnen wichtig. Vertrauen Sie darauf, dass es auch dann gut kommt, wenn Sie nicht alles im Griff haben. Es lässt sich im Leben ohnehin viel weniger kontrollieren, als man denkt. Sie verpuffen viel Energie damit, dem Leben Ihre Erwartungen aufzudrängen. Lassen Sie sich auch mal einfach nur treiben. Übertriebene Proaktivität ist nur eine vermeintliche Stärke. Ich sehe darin eher eine Schwäche, die als Stärke maskiert ist. Dem übersteigerten Kontrollbedürfnis entspringt auch die Angst, sich anderen gegenüber zu öffnen. Damit machen Sie sich verletzbar. Ja, das kann wehtun, und es ist gut möglich, dass Sie in solchen Momenten die Kontrolle über Ihre Emotionen verlieren. Aber nur so ist Nähe möglich. Zu sich und zu anderen Menschen. Menschen suchen unbewusst immer Verbundenheit und Liebe. Erfolg, Besitz und Macht sind kein vollwertiger Ersatz. Erfüllung und Zufriedenheit werden Sie damit nicht erlangen können.*

Das saß. Roger lehnte sich zurück und seine Augen füllten sich mit Tränen. Studer fasste in Worte, was er schon lange spürte. Ein Leben lang fühlte er sich mehr bewundert als geliebt. Andere Menschen begegneten ihm mit Respekt. Aber Liebe und Zuneigung? Die schienen stets für andere reserviert.

~

Roger kaute auf seinen Fingernägeln und wartete. Es war ein paar Jahre her, seit Roger Gaby das letzte Mal getroffen hatte. Zufällig hatte er auf Facebook wahrgenommen, dass sie die Familienfotos mit ihrem Ehemann gelöscht hatte. Posts mit Aussagen wie »Durchstarten« oder auch »nach dem Regen scheint die Sonne« verstärkten seinen Eindruck, dass sie in einer ähnlichen Situation stecken könnte. Ein paar Mails und drei Wochen später kam es zum Treffen im *Kaffee Einstein* in der Kramgasse der Berner Altstadt.

»Was machst du so?«, fragte Roger.

»Seit sechs Jahren bin ich Inhaberin einer kleinen Kleiderboutique in der Berner Altstadt. Meine Stilberatung für Frauen im mittleren Alter ist weit über die Stadt hinaus bekannt. Ich habe Kundinnen aus der ganzen Deutschschweiz.« Gaby war sichtlich stolz.

Roger nickte anerkennend und schaute sie lächelnd an. Die Verbindung zwischen ihnen, die er auch schon früher gespürt hatte, war wieder da. Gaby war eher klein gewachsen mit runden weiblichen Formen. Ihre sinnlichen vollen Lippen waren immer noch ein Hingucker, ihr warmes Lachen sowie ihre sonnige und gesprächige Art machten den Umgang mit ihr zum Vergnügen. Der Small Talk dauerte nicht lange. Wenn etwas Bedeutendes im Raum steht, lässt sich schlecht über Nebensächlichkeiten reden. Sofort waren sie beim Thema, und Gaby packte mit erstaunlicher Offenheit ihre Geschichte aus.

»Viele Faktoren haben dazu geführt, dass wir uns auseinandergelebt haben. Die alles auffressende tägliche Routine, Streit wegen Kleinigkeiten und fehlende Wertschätzung dem anderen gegenüber. Der übliche alltägliche Ehewahnsinn halt. Das alles überlagert von seiner Unzufriedenheit und dem Leistungsdruck in seinem Job.« Es sprudelte richtiggehend aus Gaby raus. »War das wirklich alles? Putzen, Kochen, Einkaufen und die Rolle des Blitzableiters für alle anderen Familienmitglieder?« Sie nahm einen Schluck von ihrem Latte und starrte an die Decke. »In ein paar Jahren als Wiedereinsteigerin in einem Sekretariat landen? Das war für mich eine Sackgasse ohne Perspektiven.« Dann erzählte sie Roger, wie sie ihren jetzigen Lebenspartner Thomas in einer Skihütte am Hornberg im Berner Oberland kennengelernt hatte. Nach einem sonnigen Tag im Schnee, einem ausgelassenen Abendessen mit den Skiclubkollegen und viel Rotwein waren sie miteinander ins Gespräch gekommen. Thomas, ein sportlicher Single mit kurzen braunen Haaren und einer randlosen Brille, arbeitete in der Informatikabteilung einer großen Versicherung. Seine zurückhaltende ruhige Art empfand Gaby als angenehm, wenn auch manchmal etwas spröde. «Irgendwann saßen Thomas und ich allein zusammen vor der Hütte. Es war nicht besonders kalt an diesem Abend. Der Mond stieg hinter dem gegenüberliegenden Berg auf, und wir redeten über Gott und die Welt. Das Gefühl, dass mir jemand interessiert und einfühlsam zuhörte, hatte ich schon lange nicht mehr gehabt.«

Roger hörte aufmerksam zu und ahnte, was als Nächstes kommen würde.

»Am nächsten Tag ging ich auf Distanz. Mir war klar, wie viel auf dem Spiel stand. Ein flüchtiger Wangenkuss beim Abschied am Sonntagabend. Mehr war da nicht.« Aber das tiefgehende Gespräch mit Thomas ließ Gaby nicht mehr los. Am Montag konnte sie sich auf nichts konzentrieren und hatte Schmetterlinge im Bauch. »Ein verliebtes Gefühl wie damals mit achtzehn. Nur stärker. Ich wollte seine Stimme hören. Mein Verstand war den ganzen Tag damit beschäftigt, dieses drängende Bedürfnis zu unterdrücken. Bereits am Dienstag kapitulierte ich und rief Thomas an. Als Vorwand diente irgendein fadenscheiniger Grund. Er sagte nur: «Das klingt jetzt vielleicht komisch, aber du fehlst mir.«

Roger runzelte die Stirn. »Du hast einen Ehemann und zwei Kinder. Warum dieses Spiel mit dem Feuer?« Was Gaby erzählte, könnte auch Jennifers Geschichte sein, dachte er. Es war aufschlussreich und aufreibend zugleich.

Gaby lehnte sich nach vorne, sah Roger in die Augen. »Ich hatte keineswegs die Absicht, mit Thomas durchzubrennen. Es war für mich zu dem Zeitpunkt undenkbar, meine Familie zu verlassen. Ich wollte damals nur ein weiteres Gespräch mit Thomas und … ähm … vielleicht eine gute Freundschaft aufbauen.«

»Weißt du eigentlich, wie naiv das klingt?« Roger war versucht, seinen ganzen Frust mit Jennifer auf Gaby zu projizieren. Beide sind labil und unverantwortlich, ging ihm durch den Kopf. Einem naiven Teenager hätte Roger das verzeihen können. Aber einer gestandenen, intelligenten Frau über vierzig? Faule Ausreden! Auch er war wegen ein paar Schmetterlingen im Bauch und etwas Romantik verlassen worden. Nach zwanzig Jahren! »Meines Erachtens hat es mit Charakter zu tun, ob man Versuchungen widerstehen kann oder nicht. Mir wäre das jedenfalls nicht passiert, und ich vermute deinem Ex-Mann auch nicht. Wer in der Kirche A sagt, muss im Leben dann auch B sagen. Dass eine Ehe nicht immer nur einfach ist, ist ja wohl von Anfang an klar. Aber ja, in unserer Wegwerfgesellschaft gilt das alles nichts mehr. Wahrscheinlich bin ich einfach nur altmodisch.« Das leichte Erröten seiner Backen verriet, wie es in ihm brodelte.

Gaby war überrascht über die urteilende und aggressive Haltung von Roger. Einen Moment überlegte sie, ob sie aufstehen und das Lokal verlassen sollte, weil sie auf derartige Gespräche gut verzichten konnte. Schuldgefühle hatte sie auch so schon genug. Sie blieb sitzen, weil sie spürte, dass es ihr wichtig war, ihre Seite darzulegen.

»Ich kann verstehen, dass du so fühlst Roger. Vor ein paar Jahren hätte ich vermutlich genauso reagiert. Glaub mir, es ist schneller passiert, als man denkt. Du steigst in einen Zug ein, nur um dich dort etwas umzusehen. Dann fährt er ab und du kannst nicht mehr aussteigen. Es entwickelt sich eine Eigendynamik, über die man rasch die Kontrolle verliert.«

»Aber irgendwann einmal kommt der erste Kuss. Das macht man doch freiwillig und im vollen Bewusstsein. Man hintergeht damit seine Familie«, antwortete

Roger und hatte Mühe, Gaby zu verstehen. Sie war doch früher immer grundsolide, aufrecht und ehrlich gewesen. Dann lehnte er sich über den Tisch nach vorne. »Die Verantwortung lässt sich doch nicht einfach so wegreden. Man muss doch auch Nein sagen können. Wohl wissend, dass das Nein zu Versuchungen ein Ja zur Familie ist!«

»Wenn es so einfach wäre, Roger. Schwarz und weiß. Wenn du sichergehen willst, dass dir das nie passiert, musst du eine Mauer um dich herum bauen. Dann kann dir niemand zu nahe kommen.« Einen kurzen Moment hielt Gaby inne und schaute Roger in die Augen. »Aber hast du dann gelebt?«, fragte sie. Roger saß Gaby wortlos gegenüber und konnte ihr in diesem Moment weder zustimmen noch widersprechen.

»Und noch etwas: Ich wünsche dir von Herzen, dass dir das nie passiert. Aber die Hände ins Feuer legen, würde ich selbst für dich nicht!« Gaby stand auf und zog ihren schwarzen Mantel an. »Sorry, ich muss mit meiner jüngsten Tochter Evi zum Arzt. Ich wünsche dir viel Kraft, Roger. Ich kann nachfühlen, wie schwierig das für dich ist.«

Das glaube ich kaum, dachte Roger. Der Abschied war eher kühl.

DIE SITUATION ERINNERTE Roger an seinen ersten Besuch in einem Sexkino. An einer Hausecke hatte er damals als 18-Jähriger unauffällig gewartet, bis weder Fußgänger noch Autos zu sehen waren. Dann war er zügig an die Kinokasse gelaufen, um danach möglichst rasch im Inneren zu verschwinden. Unerkannt ins Kino zu gelangen, war das eine, aber wesentlich unangenehmer war das Verlassen der anrüchigen Lokalität, vor allem, weil die Scham nach dem Kinoerlebnis dominanter war als vorher. Außerdem konnte man von innen nicht sehen, ob jemand draußen auf dem Gehsteig flanierte. Der Lehrer oder die Nachbarin aus dem ersten Stock zum Beispiel.

Wieder stand er an einer Hausecke und wartete den richtigen Moment ab, um das Haus zu betreten. Die erste Paartherapiesitzung stand an. Auf keinen Fall wollte er vor der Praxis von einem Kunden oder gar von Bieri gesehen werden. Der Besuch bei einem Paartherapeuten war ein untrügliches Zeichen für private Probleme und vor allem für die Unfähigkeit, diese selbst lösen zu können. Nicht vereinbar mit seiner beruflichen Position.

Wieso habe ich Jennifers Drängen nur nachgegeben? Sie ist es ja, die ein Problem hat respektive das Problem ist. Soll sie doch zum Psychiater gehen, damit er sie von ihrer Unzufriedenheit kurieren kann. Mit diesem Gedanken kam die Wut zurück. Wie immer. Sobald er sich mit seinen negativen Gedanken identifizierte, wurde er von den Emotionen überwältigt. Der Ärger gab ihm den nötigen Energieschub, um endlich die Straße zu überqueren und das Bürohaus zu betreten, in dem Paartherapeut Samuel Meissner seine Praxis hatte. Beim Betreten der Praxisräume im zweiten Stock fiel ihm neben der Garderobe ein Bild mit einem Zitat aus Indien auf:

> Großes geht verloren, wenn wegen Kleinigkeiten gestritten wird.

Jennifer saß bereits im Wartezimmer. »Hallo, danke dass du gekommen bist«, sagte sie freundlich, wenn auch distanziert und unsicher. Insgeheim hoffte Roger, dass er heute von einem Fachmann in Beziehungsfragen Bestätigung dafür erhalten würde, dass Jennifer unmoralisch und egoistisch gehandelt hatte. Dass es charakterlos und unverantwortlich war, die Familie für eine belanglose Liebelei aufs Spiel zu setzen. Doch es kam anders.

Samuel Meissner, um die sechzig und eine durchaus sympathische Erscheinung, führte sie ins Besprechungszimmer. Er trug eine runde Intellektuellenbrille und einen eher langweiligen Kurzhaarschnitt. Im ersten Moment erinnerte er Roger an Gandhi – mit dem Unterschied, dass dieser keine Haare hatte. Im Besprechungszimmer standen sich zwei braune, schlichte Sessel gegenüber. Messner setzte sich auf einen einfachen Stuhl, der etwas außerhalb platziert war. Der Raum strahlte Ruhe und Harmonie aus. Sofort fielen Roger die Taschentücher auf, die neben den beiden Sesseln in einer Box am Boden lagen. Ein Fluchtimpuls kam in ihm hoch. Zu spät.

»Schön, dass Sie da sind. Ein mutiger Schritt. Nur die Elite der Paare kommt zu mir, jene, die ihre Beziehungsprobleme konstruktiv angehen.« Nach einer kurzen Pause fügte er an: »Untersuchungen zeigen, dass sich eine Beziehung bereits im Vorfeld der ersten Sitzung positiv verändert. Haben Sie etwas davon bemerkt?«

»Leider nein«, sagte Roger trocken.

Dann war es an Jennifer. Sie schilderte die Situation aus ihrer Sicht. Mit ruhiger Stimme erläuterte sie in groben Zügen, wie es dazu gekommen war, dass beide nun hier saßen. »Es tut mir furchtbar leid, ich habe das alles nicht gewollt«, sagte sie dabei mehr als einmal. Roger kam es wie eine Beichte vor. Zum Schluss sagte sie: »Wir haben momentan nur einen gemeinsamen Nenner: unsere Söhne. Tim und Finn sollen nicht in unsere Beziehungsprobleme hineingezogen werden.«

Meissner hörte ihr geduldig zu. Dann drehte er sich zu Roger und sagte mit einfühlsamer Stimme: »Wie ist das für Sie, Herr Graf? Ist etwas zusammengefallen? Ist etwas passiert, was Sie nie für möglich gehalten hätten?«

Diese einfache, schon fast banale Frage löste in Roger starke Emotionen aus. Trauer, Zukunftsangst, verletzter Stolz, Ohnmacht – ein Mix aus allem, wie ihm schien. Es war, als würde diese Frage auf den Punkt bringen, was er in den letzten Wochen und Monaten standhaft verdrängt hatte: »Ja, es ist tatsächlich etwas zusammengefallen. Mein ganzes Leben wird mir unter den Füßen weggezogen. Alles, was mir im Leben wichtig war, und für das ich hart gearbeitet habe, bricht weg. Weil meine Frau mich und die Kinder seit drei Jahren mit einem anderen hintergeht.« Ohne dass er wusste, wie ihm geschah, war er der Erste, der ein Taschentuch brauchte. Das fängt ja gut an, dachte er und verspürte abermals einen Fluchtimpuls. Er konnte sich nicht daran erinnern, wann er sich das letzte Mal so verletzlich gefühlt hatte. Er hatte sich sonst immer im Griff, aber diesmal war er machtlos, die Emotionen übermannten ihn. Zu seinem Erstaunen fühlte es sich weniger demütigend an, als er es erwartet hatte.

Das lag auch daran, dass Meissner Rogers Gefühlsausbruch ruhig und ohne jede Wertung hinnahm. Mitfühlend zwar, aber ohne den Moment mit Bedeutung aufzuladen. Jennifer berührte die Szene stärker. In all den Jahren hatte sie Roger nie so verletzlich erlebt. Mit seiner Wut konnte sie besser umgehen als mit diesen unerwarteten Tränen, weil sie ihn in diesem Moment am liebsten in die Arme genommen und getröstet hätte.

Als sich Roger wieder etwas gefangen hatte, sagte ihm Meissner ruhig, aber bestimmt: »In Beziehungen stellt sich die Schuldfrage nicht. Beide haben ihren Anteil am Problem. Es bringt rein gar nichts, wenn wir hier den Schuldigen für Ihre Eheprobleme finden wollen. Wir sind hier nicht vor Gericht. Wir versuchen gemeinsam, Perspektiven und Lösungsansätze zu entwickeln.«

Danach schilderten beide, was aus ihrer Sicht in der Ehe schief lief. Jennifer sprach von Rogers patriarchaler Besserwisserei und seiner dominanten Art, die ihr nur wenig Freiraum und Entwicklungsmöglichkeiten geboten hatte. »Seit vielen Jahren, lange bevor ich Jürg kennengelernt habe, friere ich in unserer Beziehung, Roger. Seit der Geburt der Kinder beachtest du mich nicht mehr. Als wäre ich gar nicht mehr existent.« Sie hatte Tränen in den Augen.

Roger beklagte vor allem die fehlende Dankbarkeit von Jennifer. »Unser ganzer Wohlstand ist auf meinen unermüdlichen Einsatz zurückzuführen. Ich habe nicht selten sechzig und mehr Stunden pro Woche gearbeitet. Ist das jetzt deine Art, Danke zu sagen?«

Die beiden sprachen über unerfüllte Lebensträume, zerstörte Illusionen und ihre Verletzungen. Sogar das unbefriedigende Sexualleben war ein Thema. Meissner sah sich gerne als Regisseur der Dramen, die sich in seinem Besprechungszimmer abspielten. Nur hin und wieder griff er in die Handlung ein, um seine Sicht einzubringen. Im Wesentlichen überließ er aber den Protagonisten die Bühne und ließ sie selbst gestalten.

»Es gibt immer drei Realitäten«, erklärte er, als ihre Standpunkte einmal hart aufeinanderprallten. »Jene von Roger, die von Jennifer und dann noch die objektive Sicht. Keiner von Ihnen darf glauben, dass seine subjektive Sicht der Dinge deckungsgleich mit der objektiven Betrachtung ist. Versuchen Sie offener für die Standpunkte des anderen zu sein. Hören Sie zu. Versuchen Sie einander zu verstehen. »Meissner nahm einen Schluck Wasser und wechselte danach abrupt das Thema. »Ich empfehle Ihnen einen Aidstest.«

Augenblicklich hatte die Außenbeziehung von Jennifer eine neue Dimension bekommen.

»Ähm, ich glaube nicht, dass das nötig ist«, stammelte Jennifer.

»Können Sie da sicher sein, Frau Graf?«

Jennifer wurde blass. Nicht einen Moment hatte sie darüber nachgedacht, dass sie mit ihrem unbekümmerten Verhalten nicht nur sich selbst, sondern auch Roger gefährdet hatte. Anfänglich hatte Jürg noch Kondome benutzt, doch auf sein Drängen hin hatten sie später darauf verzichtet. Ungeschützter Sex über Jahre. Zwischen ihr und Roger war zwar in dieser Zeit nicht viel gelaufen, aber genug, um auch ihn möglicherweise mit dem HI-Virus zu infizieren.

»Offenbar kannst du eine Ansteckung nicht ausschließen!« Roger riss Jennifer aus ihren Gedanken. Seine Stimme hatte einen vorwurfsvollen und gehässigen Unterton.

Nach einer Pause sagte sie mit zittriger Stimme: »Ich kann mir das nicht vorstellen.«

»Sicher ist sicher. An Ihrer Stelle würde ich diese Möglichkeit abklären. Selbst dann, wenn die Wahrscheinlichkeit gering ist. Hier ist eine Adresse. Es genügt vorerst, wenn nur Sie den Test machen, Frau Graf.« Meissner überreichte Jennifer ein Merkblatt mit allen Angaben.

Am Schluss dieser ersten Sitzung war Meissner sichtlich zufrieden. »Sie haben das beide sehr gut gemacht!«, sagte er und blickte beide anerkennend an. »Gehen Sie nun möglichst jeden Tag zusammen auf einen Spaziergang und führen Sie dabei ein Gespräch. Erfahrungsgemäß ist es einfacher, wenn man nebeneinander hergeht und sich nicht anstarren muss. Ich bin gespannt auf Ihre Erlebnisse!«

Auf dem Nachhauseweg im Auto war die Stimmung etwas entspannter als zuvor. Alles war etwas leichter. Es war, als hätten sie einen Teil ihrer Last bei Meissner zurückgelassen. Sie konnten dieses und jenes in Ruhe besprechen. Nichts Persönliches zwar, nur organisatorische Fragen. Aber immerhin. Selbst unverfängliche Themen hatten in den letzten Wochen unweigerlich zu Streit und zu gegenseitigen Schuldzuweisungen geführt.

# 11

MÄRZ 2009

Obwohl Gaby keine große Lust gehabt hatte, Roger nochmals zu sehen, traf sie sich mit ihm im *Kaffee Einstein*. Sie liebte das stilvolle Ambiente mit alten Holzbalken und unverputzten Backsteinwänden. Im zweiten Stock des Hauses hatte einst Albert Einstein gewohnt, außerdem war das Kaffeehaus in unmittelbarer Nähe ihrer Boutique.

»Unser letztes Gespräch hat mich runtergezogen, Roger«, offenbarte sie ihm ohne Umschweife. »Ich fand dich ziemlich selbstgerecht und arrogant.« Sie wirkte selbstsicher und bestimmt. Ihr elegantes schwarzes Kleid, die schlichte Perlenkette und das dezente Make-up brachten Gabys Formen und ihre Ausstrahlung voll zur Geltung.

Wie bitte? Selbstgerecht und arrogant? Eine ziemliche Unverfrorenheit, das von einer Ehebrecherin zu hören, dachte Roger. »Tut mir leid, Gaby, ich wollte dich nicht verletzen«, sagte er trotzdem ruhig. »Ich habe wohl nicht die richtigen Worte gefunden.«

»Ich kann verstehen, wie sehr dich die Sache mit deiner Frau mitnimmt, Roger. Gleichzeitig finde ich, dass du es dir zu einfach machst. Ob du's glaubst oder nicht, aber auch du hast Anteile an euren Beziehungsproblemen. Ich habe den Eindruck, dass du in einem Schwarz-Weiß-Schema gefangen bist. Die Realität ist aber grau.« Sie atmete tief durch und versuchte ruhiger zu sprechen. »Ich hoffe, das klingt jetzt nicht belehrend, aber die Opferrolle steht dir nicht besonders gut.« Schmunzelnd ergänzte sie: »Sexy ist sie auch nicht!«

Opferrolle! Gaby hielt ihm den Spiegel vor, und was er darin sah, gefiel ihm nicht. Ein Opfer wollte er zuletzt sein. Sicher hatte er manches versäumt, und er hätte Jennifer mehr Aufmerksamkeit und Verständnis entgegenbringen können. Aber das legitimierte ihr Verhalten noch lange nicht! Einen Moment lang war es beklemmend still. »Was mich am meisten quält, ist, dass sie nicht mit offenen Karten gespielt hat.« Roger gestikulierte mit den Armen und versuchte Ruhe zu bewahren. »Sich in einen anderen zu vergucken, ist das eine, aber dass sie es jahrelang hinter meinem Rücken getrieben hat, kann ich weder verstehen noch entschuldigen. Sie hat mich für dumm verkauft und gedemütigt.«

Gaby schaute Roger mitfühlend in die Augen und sagte leise: »Einverstanden, das hätte deine Frau sicher besser machen können. Ich vermute, sie hatte Angst davor, die Wahrheit ans Tageslicht zu bringen. Angst vor den Konsequenzen.«

»Feigheit als Entschuldigung?«, erwiderte Roger bitter.

»Kannst du sicher sein, dass dir das nicht auch hätte passieren können? Was, wenn sich eine entsprechende Gelegenheit ergeben hätte? Genauso gut könntest du in ihrer Rolle stecken. Ich würde mich jedenfalls davor hüten, andere vorschnell zu verurteilen.«

»Na ja, wer weiß. Wieso hast du eigentlich nicht rechtzeitig mit deinem Mann gesprochen und mit ihm zusammen versucht, die Ehe wieder auf Kurs zu bringen?«

Doch, Gaby hatte das immer und immer wieder versucht. Nie hat sie einen Hehl daraus gemacht, dass sie nicht glücklich war. Sie hatte ihm mehrmals eine Paartherapie vorgeschlagen. Aber ihr Ex-Mann hatte weder Lust noch Energie gehabt, um sich vertieft auf ihre Beziehungsprobleme einzulassen. Seine Arbeit als Verkaufsleiter einer großen Handelsfirma war fordernd und ließ ihm wenig Freiraum. Außer fürs Golfspielen natürlich. Einmal hatte sie ihn nach langem Drängen so weit, dass er in eine Sitzung eingewilligt hatte. Einen Tag vor dem Termin sagte er eigenmächtig ab. Einfach so. Seine Begründung: Das Geld könnten sie anders besser einsetzen. Das würden sie auch selbst schaffen. »Es macht mich traurig, dass wir nicht alles versucht haben. Die Ungewissheit, ob wir es vielleicht doch hätten schaffen können, quält mich manchmal«, sagte Gaby mit geröteten Augen. »Als es schon längst zu spät war, wollte er dann doch noch zu einem Berater. Er wolle um mich kämpfen, hat er gesagt.«

»Genauso geht es mir auch, Gaby. Ich kämpfe um Jennifer und um meine Familie. So einfach mache ich es dem anderen nicht!«, sagte Roger und lehnte sich über den Tisch.

»Ob das funktioniert? Was man mit Kämpfen gewinnt, kann man auch nur mit Kämpfen halten. Das wird auf die Dauer sehr anstrengend. Loslassen wäre wohl erfolgversprechender, ist aber ungleich schwieriger«, sagte Gaby und lehnte sich zurück.

Stille. Roger ließ die Worte auf sich wirken.

»Hat deine Frau nie versucht, eure Beziehung wieder auf eine glücklichere Basis zu bringen?«, fragte Gaby.

Gerne hätte Roger verneint. Etwas vorzubringen, das Jennifer allenfalls etwas entlasten könnte, ging ihm gegen den Strich. »Mag sein, dass sie sich hin und wieder dahingehend geäußert hat. Mir ging es da wohl wie deinem Ex-Mann. Die Aufgabenfülle des täglichen Lebens ließ wenig Zeit für Beziehungsarbeit.« Das war nicht die ganze Wahrheit. Jennifer hatte immer und immer wieder darauf hingewiesen, dass es so nicht weitergehen konnte. Dass sie sich allein gelassen fühlte, und dass sie den Roger von damals vermisste. Jenen Roger, der in der Hochzeitsnacht feierlich geschworen hatte, dass er sie immer auf Händen tragen würde. Nach einem Schluck Wasser fügte Roger noch an: »Einmal habe ich in eine Feng-Shui-Beratung eingewilligt. Etwas halbherzig, wenn ich ehrlich bin. Im Vordergrund standen die Einrichtung und das Farbkonzept der Wände. Ziel war mehr Harmonie im Haus.« Damit die Energien und somit die Liebe wieder fließen konnten, wie die lebensfrohe Beraterin damals augenzwinkernd gesagt hatte.

Gaby lächelte verschmitzt: »Da hätte mein Ex wohl

auch mitgemacht. Am Haus und an der Einrichtung zu arbeiten, wäre ihm sicher leichter gefallen, als an der Beziehung oder gar an sich.«

Da hat sie nicht unrecht, dachte Roger und bedauerte in diesem Moment, dass er nicht mehr unternommen hatte, um die Beziehung zu retten. Dann schaute er auf die Uhr und merkte, dass er schon spät dran war. »Ich muss los, Gaby. In zwei Stunden habe ich in Zürich ein Meeting. Ich melde mich wieder.« Er stand auf. Eine herzliche Umarmung und weg war er.

ZWEITE SITZUNG von Roger und Jennifer bei Paartherapeut Samuel Meissner. Kritisch und doch auch fasziniert stand Roger Meissners Art gegenüber, unabhängig von gängigen Moralvorstellungen zu argumentieren. Weder der Treueschwur in der Kirche noch allgemeingültige gesellschaftliche Wertvorstellungen waren für ihn relevant. Er stand über all diesen moralinsauren Vorgaben, die seiner Ansicht nach nicht besonders kompatibel mit dem menschlichen Wesen waren. Was Meissner interessierte, war die Realität im Hier und Jetzt. Er konzentrierte sich ausschließlich darauf, zusammen mit dem Paar gangbare Wege aus der Misere zu finden. Es schien ihm auch nicht besonders erstrebenswert, die Ehe um jeden Preis zu retten. »Manchmal ist eine Trennung der beste Weg. Welcher Weg für Sie der beste ist, wollen wir zusammen ausloten«, hatte Meissner das letzte Mal gesagt. Wichtig sei es, einen Weg zu finden, der den Kindern einen Rosenkrieg erspare. »In einem Jahr werden Sie und die Kinder eine wichtige Lebenserfahrung gewonnen haben: Jene, dass es immer Lösungen gibt, auch wenn die Probleme groß und komplex sind. Am Ende wird es gut.«

Erwartungsvoll eröffnete Meissner die zweite Besprechung: »Wie lief es mit den Hausaufgaben? Welche Erfahrungen haben Sie auf den gemeinsamen Spaziergängen gesammelt?«

Jennifer erzählte, dass sich beim ersten Spaziergang ein konstruktives Gespräch ergeben hatte. Von da an ging es aber kontinuierlich bergab. Beim vierten Spaziergang habe Roger die Nerven verloren und sie angeschrien. Zu allem Übel war ihnen in diesem Moment auch noch eine Nachbarin entgegengekommen, die mit ihrem Dackel unterwegs war.

Roger nickte stumm, als ihn Meissner ansah. Er hatte nichts beizufügen. Ihm war es ohnehin wichtiger, einen Aspekt aus der letzten Sitzung nochmals aufzugreifen:

»Ihre Aussage, dass sich die Schuldfrage in Beziehungen nicht stellt, ist ja schön und gut, Herr Meissner. Fakt ist aber auch, dass wir hier nur sitzen, weil Jennifer mich mit einem anderen Mann hintergangen hat. Das lässt sich doch nicht einfach so schönreden!«

Meissner stand auf und zeichnete mit blauer Farbe einen großen Kreis auf den Flipchart, der neben seinem Sessel stand. »Dieser Kreis symbolisiert das Problem, für das wir zusammen Lösungen suchen. Wie groß ist Ihr Anteil an diesem Problem, Herr Graf? Was schätzen Sie?« Schweigen. »Sehen Sie. So einfach ist es mit der Schuldfrage nicht. Alles eine Frage der Optik. Ich skizziere Ihnen ein Extrembeispiel. Ein Ehemann hat seine Frau über Jahre physisch und psychisch gedemütigt.

Schließlich flüchtet sie in die Arme eines Arbeitskollegen und verlässt ihren Ehemann von einem Tag auf den anderen. Wer ist schuld?«

»Das kann man doch nicht mit unserer Situation vergleichen!«, intervenierte Roger.

»Es ist auch kein Vergleich. Es ist ein Beispiel dafür, dass sich die Schuldfrage nicht so einfach klären lässt.

Angenommen man könnte die Schuld klar zuweisen, wären wir dann weiter? Wären die Probleme dann gelöst?« Wieder war es still. »Ich bleibe dabei. Die Suche nach dem Schuldigen bringt uns nicht weiter.« Meissner entging es nicht, dass Roger diese Sicht der Dinge nur widerwillig akzeptierte. »Aufgrund meiner jahrzehntelangen Erfahrung weiß ich, dass das, was Jennifer widerfahren ist, allen passieren kann.« Meissner sprach erst weiter, als er sich Rogers Aufmerksamkeit sicher war. »Man verliebt sich nie mit dem Verstand. Wenn der Funken gesprungen ist, entwickelt sich eine Eigendynamik, die sich nicht mehr kontrollieren lässt. Das habe ich schon hundertfach erlebt. Selbst Juristen, Controller und Bankmanager, die sonst alles im Griff haben, sind dagegen nicht gefeit«, sagte Meissner und lächelte Roger liebevoll zu. »Ich vermute, dass Ihre Beziehung schon länger nicht mehr erfüllend und von Liebe getragen war«, fuhr Meissner fort. Weder Jennifer noch Roger widersprachen. Meissners Ansicht nach war das der ideale Nährboden für Außenbeziehungen. Die meisten Menschen suchten unbewusst immer nach Wärme, Liebe, Wertschätzung und Geborgenheit. Wenn diese Grundbedürfnisse zu Hause nicht gestillt werden, dann wird es gefährlich. Jennifer war die Erleichterung anzusehen. Meissners Worte taten ihr gut.

Zumindest in den Augen Meissners war sie also weder die Rabenmutter noch die egoistische Schlampe.

»Sehen Sie eine Chance, unsere Liebe wieder zu beleben? Wir waren am Anfang sehr glücklich miteinander. Wie kann ich unsere Ehe retten?«, sprudelte es plötzlich aus Jennifer hinaus, und sie begann zu weinen. Damit hatte Roger nicht gerechnet. War da doch noch ein Funken Hoffnung?

»Die Liebe von damals ist für immer auf dem Friedhof. Was Sie brauchen, ist ein Neuanfang, eine neue Sicht auf Ihre Partnerschaft.« Dann wandte er sich Roger zu: »Sie kennen Ihre Frau nicht richtig, Herr Graf. Es gäbe da so viel Neues zu entdecken. So viel Spannendes und Schönes. Voraussetzung dafür ist, dass Sie ihr offen begegnen. Echt begegnen, mit Interesse und Empathie.«

Wie bitte, ich kenne Jennifer nicht? Nach fast zwanzig Jahren? Das schien Roger sehr weit hergeholt. Er runzelte die Stirn und wandte sich ab.

Meissner registrierte Rogers Ablehnung, ließ sich aber davon nicht beirren. Menschen trügen viele Bilder über andere in sich. Diese Bilder seien oft wie in Stein gemeißelt. Aber stimmten sie noch? Vielleicht waren sie längst überholt, aber das fand man nur heraus, wenn man sich vorurteilsfrei begegnete. »Das gilt natürlich auch für Sie, Frau Graf. Auch Sie kennen Roger nicht. Ein frisches Interesse an ihm könnte Wunder vollbringen.«

Schweigen. Meissner kannte den Wert von Pausen. Der Mensch brauchte Zeit, um Neues zu verarbeiten. Zudem wurde das Gesagte mit Bedeutung aufgeladen, wenn nicht gleich der nächste Satz angehängt wurde.

»Kennen Sie das Anfängerprinzip des Zen-Buddhismus?«, fragte Meissner nach einer Weile. Kopfschütteln von beiden. Nach Ansicht Meissners war man nicht mehr offen für andere Sichtweisen, wenn man zu wissen glaubte, wie der Hase läuft. Besser wäre es aber, sich jeden Tag von neuem als Anfänger zu sehen – wie Kinder, die offen waren für alles, neugierig und voller Experimentierfreude.

Der Gedanke gefiel Roger. Es schien, als würde ihm Meissner damit eine Tür öffnen.

»Das Anfängerprinzip hat einen weiteren großen Vorteil.« Meissner lehnte sich bedeutungsvoll nach vorne. »Anfänger dürfen auch Fehler machen. Nicht alles wird gelingen, und das muss es auch nicht. Probieren Sie dieses und jenes aus, gehen Sie zusammen auf Entdeckungsreise. Auch im Bett!«

»Unmöglich, das kann ich im Moment nicht. Für Sex muss bei mir alles stimmen. Ähm …, Sex setzt für mich gegenseitige Liebe voraus«, erwiderte Jennifer sofort.

»Das ist ein Glaubenssatz, der alles verkompliziert«, konterte Meissner. Seiner Meinung nach waren Nähe, Wärme und Stimmung oft eine Folge von Sex und nicht umgekehrt. »Momentan gehen die Emotionen bei Ihnen hoch. Das sind doch beste Voraussetzungen für guten Sex. Viele Paare in Ihrer Situation entdecken eine neue, intensivere Sexualität.«

Jennifer und Roger schauten sich einen Moment lang wortlos an. War körperliche Nähe denkbar oder nicht? Roger war dieser Möglichkeit nicht mehr abgeneigt. Dass Jennifer von einem anderen Mann begehrt wurde, erhöhte in seinen Augen ihre Attraktivität.

Außerdem wäre das auch eine wunderbare Chance, sich an diesem Jürg zu rächen. Was für eine Genugtuung es doch wäre, Jennifer wieder für sich zu gewinnen und als Sieger aus dem Hahnenkampf hervorzugehen.

Meissner riss ihn aus seinen Gedanken: »Denken Sie daran, dass es nie zu spät ist, die Dinge mit frischen Augen zu sehen. Dazu ein passendes chinesisches Sprichwort:

> Die beste Zeit, einen Baum zu pflanzen, war vor zwanzig Jahren. Die zweitbeste ist heute.«

Dann schaute er auf die Uhr. Zeit, die Sitzung abzuschließen. Zum Schluss ermunterte er beide nochmals dazu, sich in den kommenden Tagen offen und vorurteilslos zu begegnen.

Roger fand das einen Versuch wert. Er fühlte sich zu Jennifer hingezogen wie schon lange nicht mehr. Sie hingegen war hin- und hergerissen. Einerseits wollte sie ihrer Ehe eine echte Chance geben, gleichzeitig kam ihr das wie ein Verrat an ihrer Liebe zu Jürg vor.

~

TIM WAR in der Schule und Finn auf Besuch bei einem Schulkameraden. Es roch nach frischem Kaffee, und die Nachmittagssonne warf ihr warmes Licht in die Küche. Jennifer nutzte die Zeit, um ihre Mails auf dem Notebook zu checken. Roger hatte ihr geschrieben. Einen Moment zögerte sie, dann aber siegte die Neugierde.

*Liebe Jennifer,*

*ich frage mich gerade, wie ich dich anreden soll. Die Kosenamen von früher wie Liebste, Schatz, oder Häschen sind unpassend. Guten Tag oder Hallo sind zu distanziert und kühl. Liebe Jennifer scheint mir nicht schlecht, wenn auch gewöhnungsbedürftig.*

*Ich habe dir jahrelang nicht mehr geschrieben. Erinnerst du dich an meine Liebesbriefe in den ersten Jahren unserer Beziehung? Hast du die eigentlich aufbewahrt? In den letzten Jahren habe ich nicht nur das Briefeschreiben vernachlässigt. Hätte ich mich in der Bank so wenig engagiert wie in unserer Beziehung, wäre ich heute arbeitslos. (Arbeitslos wäre mir lieber als beziehungslos!) Unsere Ehe musste jahrelang hintenanstehen. Immer war anderes dringender oder (vermeintlich) wichtiger. Ich habe jahrelang nicht mehr in unsere Beziehung investiert. Kein Wunder, dass mit der Zeit auch nichts mehr zurückgekommen ist. Ich habe dich jahrelang nur kritisiert und Ansprüche gestellt.*

*»Sei du die Veränderung, die du in anderen sehen willst«, heißt es. Stimmt! Das will ich mir zu Herzen nehmen.*

*Es ist mir rückblickend betrachtet unerklärlich, wie Bitterkeit und Kälte in unsere Beziehung kamen. Dass du trotzdem all die Jahre bei mir geblieben bist, habe ich unbewusst als selbstverständlich betrachtet. Unsere Beziehung war für mich eine der wenigen Gewissheiten im Leben. Dass sich diese Gewissheit nun einfach so in Luft aufgelöst hat, macht mir zu schaffen.*

*In den Sitzungen bei Meissner ist mir klar geworden, dass ich dich immer noch liebe. Die Liebe war nur etwas zugeschüttet, aber sie ist immer noch da! Ich bin bereit, dir zu verzeihen, und würde alles für die Chance auf einen Neuanfang geben. Ich wollte immer Superman für dich sein, stattdessen war ich ein Arschloch. Gib mir die Chance, das zu ändern.*

*Wir hatten schwierige Jahre, und es lief nicht so, wie wir uns das beide vorgestellt haben. Lass uns aber nicht vergessen, dass wir auch schöne Jahre hatten und dass unsere Liebe echt und tief war. Darauf könnten wir etwas Neues zusammen aufbauen. Für einen Neuanfang braucht es zwei, und beide müssen es von Herzen wollen. Ich will nicht, dass du nur aus Mitleid oder aus Sorge um die Kinder bei mir bleibst. Das ist es nicht, was ich suche. Ich will eine echte Chance.*

*Es ist deine Entscheidung, Jennifer. Mach, was du für richtig hältst, und geh deinen Weg. Alles andere dient niemandem. Wenn du die Liebe zu Jürg leben willst, dann will ich dir nicht im Weg stehen. Sei dir aber bewusst, dass nach der rosaroten Phase auf Wolke 7 letztlich jede Beziehung den Gesetzen der Schwerkraft unterliegt. Bisher hattet ihr nur die schönen und leidenschaftlichen (Ja, es tut weh, wenn ich das schreibe.) Momente zusammen. Der Alltag wird gänzlich anderes sein. Der Zauber des Neuanfangs verflüchtigt sich, wenn der Gewöhnungseffekt nach ein paar Monaten einsetzt. Wenn du dich für Jürg entscheidest, werde ich das akzeptieren müssen. Wichtig wäre mir in diesem Fall, dass wir uns weiter in Würde begegnen und eine loyale, freundschaftliche Beziehung pflegen. Durch unsere Kinder bleiben wir ohnehin ein Leben lang verbunden. Sicher wäre am Anfang Distanz nötig, damit die Wunden heilen können. Sicher gäbe es immer wieder mal Streit. Aber eine Freundschaft hält das aus.*

*Ich bin gespannt auf das nächste Kapitel in unserer Beziehung.*

*In Liebe, Dein Roger*

*PS: Hast du den Aidstest gemacht?*

Jennifer saß vor ihrem Kaffee, den Kopf auf den Händen aufgestützt und starrte am Bildschirm vorbei in den Garten. Sie war derart in Gedanken versunken, dass sie es gar nicht hörte, wie Finn nach Hause kam.

»Bist du traurig, Mami?«, fragte Finn mitfühlend.

Jennifer erschrak, als er plötzlich in der Küche stand, fasste sich aber rasch wieder.

»Nein, nein, Finn. Es ist alles gut. Ich habe etwas im Auge.« Sie lächelte und sagte noch: »Ich hab dich lieb«, aber da war er schon auf dem Weg in sein Zimmer. Jennifer stand auf, ging ins Badezimmer und schloss die Tür hinter sich ab. Dann setzte sie sich auf den Rand der Badewanne und ließ ihren Tränen freien Lauf.

# 12

APRIL 2009

Kurt Steger überragte Roger noch um ein paar Zentimeter. Seine braunen schulterlangen Haare fielen über den Kragen seines klassischen schwarzen Mantels. Sein Vater war vor ein paar Jahren gestorben und hatte ihm ein großes Vermögen hinterlassen. Daraufhin hatte er sein Arbeitspensum als Lehrer für Deutsch und Philosophie am freien Gymnasium in Zürich auf die Hälfte reduziert und sich vermehrt dem Leben und karitativen Tätigkeiten zugewandt. Keiner von Rogers Kunden war so kritisch wie Steger. Von Finanzmärkten und Geldanlagen hatte Steger anfänglich keine Ahnung. Einerseits weil ihn das nie interessiert hatte, andererseits weil er vor dem Erbanfall kein Geld für Anlagen hatte. Steger war also das perfekte Opfer im Beuteschema eines Private Bankers: vermögend, aber in Geldfragen unerfahren. Am meisten Geld lässt sich mit unbedarften Erben, im speziellen mit reichen Witwen, verdienen. Jene Kunden, die ihr Vermögen selbst aufgebaut haben, waren ungleich anspruchsvoller. Kurt Stegers Lernkurve war aber sehr steil, und schon bald ließ er sich nichts mehr vormachen.

»Gestern hat mir ein Freund einen guten Witz erzählt«, sagte Steger, kurz nachdem er in einem der großzügigen Besprechungsräume der Switzerland-Bank Platz genommen hatte. Roger ahnte Ungutes, als ihn Steger mit seinen dunkelbraunen Augen fixierte. »Darf ich Ihnen den Witz kurz erzählen, bevor wir zum Geschäftlichen kommen?«

»Gerne«, antworte Roger.

»Sagt ein Banker mit polierten schwarzen Schuhen und Nadelstreifenanzug zum neuen Kunden: Sie haben das Geld, und wir haben die Erfahrung. Am Ende unserer Zusammenarbeit haben wir das Geld, und Sie haben die Erfahrung.«

Roger zwang sich zu einem höflichen Lächeln. Natürlich kannte er den Witz schon. Ein beliebter Schenkelklopfer in der Finanzbranche. Er ahnte auch sofort, worauf Steger hinauswollte.

»Folgt unsere Geschäftsbeziehung auch diesem Muster, Herr Graf? Ich habe mich seit unserer letzten Besprechung intensiv mit den strukturierten Produkten auseinandergesetzt, welche Sie mir empfohlen haben. Den Mehrwert, von dem Sie gesprochen haben, kann ich durchaus erkennen. Aber auf der Seite der Bank und nicht bei mir. Die Produkte scheinen mir kompliziert, nicht transparent und zudem sehr teuer. Habe ich etwas übersehen? Bitte begründen Sie mir Ihre Empfehlung noch einmal.«

Stille. Roger war in einem Dilemma. Einerseits teilte er die Ansicht Stegers. Andererseits hatten er und sein Team klare Vorgaben der Geschäftsleitung, diese Anlagekategorie zu pushen. Einer der Hauptgründe, weshalb er seinen Job nicht mehr ausstehen konnte. Roger senkte den Kopf und suchte fiebrig nach den richtigen Worten. »Danke für Ihre Offenheit, Herr Steger. Selbstverständlich sind weder die Bank noch ich als Berater daran interessiert, Sie zu übervorteilen. Wir sind an einer langfristigen Zusammenarbeit mit Ihnen interessiert. Das setzt Fairness und Transparenz unsererseits voraus. Ich vermute Missverständnisse als Ursache ihrer kritischen Beurteilung.«

Steger lehnte sich nach vorne und die Intensität, welche von ihm ausging, ließ Roger zurückweichen. »Ein Missverständnis? Die Fakten scheinen mir klar. Die Gebühren stehen in einem äußerst unbefriedigenden Verhältnis zum Ertrag, den Sie mit dem anvertrauten Geld erwirtschaften. Ich habe den Eindruck, dass Ihre Bank die eigenen Interessen höher priorisiert als meine.«

»Ich bedauere, dass dieser Eindruck bei Ihnen entstanden ist. Ich kann Ihnen aber versichern, dass wir es nicht nötig haben, Sie hinters Licht zu führen.« Roger fühlte sich persönlich angegriffen und reagierte nicht ganz so souverän wie sonst.

»Tut mir leid, ich wollte Sie nicht persönlich angreifen. Sie machen nur Ihren Job«, antwortete Steger und lehnte sich in den Sessel zurück.

Insgeheim bewunderte Roger Steger für seine Scharfsinnigkeit. So wie auch der Händler im Bazaar von Sharm el Sheikh für jene Touristen, die nicht auf jeden billigen Verkaufstrick reinfallen, mehr Respekt empfindet. Die üblichen, sorgfältig gestrickten Geschichten, die fast allen Kunden einleuchteten, wirkten bei Steger nicht mehr. Aber was sollte Roger machen? Eingestehen, dass seine Bank zwar alle Regeln des Marketings meisterhaft beherrschte, aber in Bezug auf sinnvolle Anlagemöglichkeiten wenig zu bieten hatte? Sollte er Steger sagen, dass jene Berater am meisten verdienen, die meisterhaft darin waren, dünne Luft in süffige Geschichten zu verpacken? Dass die erfolgreichsten Banker jene waren, die wertlose Prognosen mit ernster Miene so vortrugen, als ginge es um wertvolle Einsichten? Sollte Roger weiterhin Expertise und Gewissheit vortäuschen, wo es keine gab? Es gab Tage, da fühlte sich Roger wie ein Parasit. Ein Schaumschläger, der selbst keine Werte für die Gesellschaft schuf, sondern nur damit beschäftigt war, bei den anderen abzuschöpfen. Wie lange konnte er noch aufrecht vor dem Spiegel stehen und seine Arbeit mit Floskeln wie »die Pharmaindustrie ist auch nicht besser« oder »das Geschäft mit der Dummheit ist erlaubt« legitimieren?

Am Ende der Sitzung einigten sie sich darauf, dass Roger den Anlagevorschlag noch einmal von Grund auf überarbeitete. Steger wollte Direktanlagen in Aktien und Obligationen und keinerlei Finanzprodukte mehr. In seinen Augen verursachten diese zwar hohe Kosten, erzielten aber auf lange Sicht keinerlei Mehrwert. Nach der Besprechung lud Roger Steger zum gemeinsamen Mittagessen ein, was dieser dankend annahm. Kurz darauf saßen sich die beiden am Paradeplatz im *Ristor-*

*ante Santa Lucia* gegenüber. Roger entschied sich für Spaghetti alla carbonara, Steger für eine Pizza Verdure ohne Mozzarella, was der Kellner mit hochgezogenen Augenbrauen quittierte. Dazu je ein Glas Rotwein, ein Brunello aus der Toskana.

»Normalerweise trinke ich am Mittag keinen Alkohol. Ich brauche am Nachmittag meine volle Leistungsfähigkeit«, sagte Roger schon fast entschuldigend, nachdem er den letzten Schluck getrunken hatte.

»Umso mehr schätze ich es, dass Sie heute mit mir angestoßen haben. Wie geht es Ihrer Familie? Sie haben mir das letzte Mal erzählt, wie sie mit den Jungs Fußball spielen.«

Mit dieser Frage hatte Roger nicht gerechnet. Er fand keine passenden Worte und druckste herum. Dann wurde er plötzlich von seinen Emotionen übermannt. Er spürte, wie sich seine Augen mit Tränen füllten, und das ganze Leid der letzten Monate an die Oberfläche drängte. Ich Idiot, hätte ich doch nur auf den Wein verzichtet, dachte er.

»Es läuft nicht besonders gut, meine Frau will mich verlassen«, stammelte Roger und war erstaunt über seine eigene Offenheit.

Steger machte große Augen, lehnte sich wortlos zurück und suchte nach den richtigen Worten. »Oh, das tut mir leid.«

Roger spürte, dass die Betroffenheit von Steger echt war. Es war auf einmal eine Nähe zu ihm da, die Roger guttat. »Ja. Es lief sicher nicht alles rund in unserer Ehe. Trotzdem kam das für mich sehr überraschend und ohne Vorwarnung. Ein Schock.«

»Wie ist es für die beiden Söhne?«

»Sie wissen noch nichts davon. Eigentlich weiß es noch fast niemand. Ich bitte Sie, das für sich zu behalten.«

»Klar, Sie können sich darauf verlassen.«

Danach saßen sich Roger und Steger schweigend gegenüber. Über Banalitäten ließ sich jetzt nicht mehr reden. »Ich habe noch einen Termin mit meinem Arzt und muss leider los«, sagte Steger unvermittelt. »Ich würde aber unser Gespräch gerne weiterführen, wenn Sie Zeit und Lust haben. Darf ich Sie am Donnerstag in einer Woche zum Mittagessen einladen?«

Roger war erstaunt über die Einladung und zögerte einen Moment. Dann sagte er aber lächelnd zu. »Gerne. Ich würde mich freuen.«

Dritte Paartherapiesitzung bei Samuel Meissner. Die schräg einfallenden Sonnenstrahlen zeichneten Muster auf den dunklen Parkettboden im Besprechungszimmer. Das Fenster war gekippt, und es roch nach Frühling.

»Wie war die Entdeckungsreise? Haben Sie Neues über Ihren Partner herausgefunden?« Meissner war wie immer bestens gelaunt.

Schweigen. Beide warteten auf eine Antwort des anderen, woraufhin Meissner Jennifer fragend anschaute.

»Ähm, anfänglich haben wir versucht, einander unvoreingenommen zu begegnen. Aber bereits nach zwei, drei Tagen waren die alten Bilder und Vorurteile wieder da. Ich glaube, wir haben schon zuviel Geschirr zerschlagen.«

Meissner blieb ruhig und wandte sich Roger zu.

»Es war frustrierend. Ich habe mich um Jennifer bemüht! Ich habe ihr beispielsweise einen großen Strauß roter Rosen nach Hause gebracht und ihr einen Brief geschrieben. Mehrere Male habe ich durchblicken lassen, dass ich mit ihr schlafen möchte. Auch meine Einladung für ein Wochenende im Romantik-Hotel Hornberg hat sie ausgeschlagen. Es braucht zwei, die wollen! Allein habe ich keine Chance.« Roger saß mit hängenden Schultern im Sessel und blickte hilfesuchend zu Meissner.

Derweil lehnte sich Jennifer nach vorne und erwiderte energisch: »Du hast nur einen Teil der Geschichte erzählt, Roger. Als ich nicht mit dir ins Bett wollte, hast du gleich wieder angefangen, mir Vorwürfe zu machen. Ich brauche Zeit, ich kann nicht einfach von einer Minute auf die andere den Schalter umlegen.«

Roger sah den Therapeuten an. »Muss ich auf den Knien winseln, damit sie mir eine Chance gibt?«, fragte er aufgebracht.

Dieser blieb ruhig und sagte: »Bitte sprechen Sie Ihre Frau direkt an, Herr Graf. Alles spielt sich zwischen Ihnen und Ihrer Frau ab.«

»Nein, Roger, du musst auf keinen Fall auf den Knien winseln. Abgesehen davon habe ich mich hundertfach für meinen Fehler entschuldigt. Ja, es stimmt, du hast dich in den letzten paar Wochen ein paar Mal bemüht. Aber halbherzig und ohne Geduld, wenn ich nicht sofort eingelenkt habe. Ohne Wärme und Verständnis, wenn ich Zeit brauche. Nach wie vor nörgelst du an mir herum. Die Fenster sind nicht sauber, die Kinderzimmer ein Chaos, das Essen ist einmal zu scharf, dann wieder zu fad, hin und wieder versalzen oder sonst irgendwie nicht genießbar. So richtig passt es nie. Der Rasen ist dir nie grün genug. Als wären wir in Wimbledon! Eine schlechte Note von Tim – auch meine Schuld. Eine Schnittwunde von Finn – mein Fehler, schlecht aufgepasst. Schlechte Stimmung beim Besuch deiner Eltern – die Gastgeberin ist schuld. Wer denn sonst! Ständig machst du mich klein. So elend klein! Ich kann es dir nie recht machen. Und das seit Jahren!« Jennifer griff aufgebracht und mit rotem Kopf nach einem Taschentuch. Es kam äußerst selten vor, dass sie ihrem Frust freien Lauf ließ. Meist schwieg sie und machte die Faust im Sack, weil Roger wortgewandter war als sie und ihr die Worte im Mund umdrehte, wenn sie sich beklagte. Am Schluss hatte sie dann immer das Gefühl, an allem schuld zu sein.

»Sonst noch etwas?«, reagierte Roger mit einem sarkastischen Unterton und geballter Faust. Er spürte sofort, dass dies nicht die richtige Reaktion war und dass Jennifer recht hatte. Sie war jahrelang die Projektionsfläche für seinen Frust gewesen, der Blitzableiter und der Abfalleimer für all seine negativen Emotionen.

Die Reaktion von Meissner kam trotzdem unerwartet: »Sie sind eine Zumutung für Ihre Frau!«, schleuderte er Roger an den Kopf.

Rogers Puls raste. Im ersten Moment wollte er aufstehen und davonlaufen. Meissner hatte sich auf die Seite der Ehebrecherin gestellt! Das konnte doch nicht wahr sein! Doch er blieb sitzen.

Meissner lehnte sich in seinen Sessel zurück, als

wäre nichts passiert. Er erzählte mit ruhiger Stimme, dass man eine Ehe mit einem Garten vergleichen konnte. Je mehr Zeit beide für das Jäten, Gießen und Düngen einsetzen, umso schöner würden die Blumen wachsen. Desto mehr Freude machte der Garten. Es war offensichtlich, dass im Beziehungsgarten von Jennifer und Roger vieles vernachlässigt wurde. Da gab es keine duftenden und farbigen Blumen mehr, nur noch wucherndes Unkraut.

»Anschauungsunterricht bieten frisch Verliebte«, meinte Meissner. »Beeindruckend wie viel Zeit und Energie die füreinander investierten: SMS, Briefe, Blumen, Telefonate, Verständnis, Unterstützung. Kein Wunder, dass dort viel zurückkam. Im Leben erntet man, was man sät. Besonders in Beziehungen.«

Roger saß mit verschränkten Armen da, er war mit Meissner nicht einverstanden. »Das letzte Mal haben Sie gesagt, dass man eine Ehe loslassen muss, um sie retten zu können. Erzwingen könne man in der Liebe ohnehin nichts.« Er überlegte kurz, wie es Meissner genau formuliert hatte. »Alles, was bei uns bleiben will, soll bleiben. Alles, was von uns gehen will, soll gehen. Alles, was zu uns kommt, soll zu uns kommen. Ist das nicht ein Widerspruch zu ihrem Bild mit der Gartenarbeit, Herr Meissner?«

»Sie haben gut aufgepasst.« Meissner lächelte anerkennend. »Ich sehe keinen Widerspruch. Loslassen bedeutet nicht Gleichgültigkeit. Man kann sich sehr wohl für die Ehe engagieren, aber ohne zu klammern und zu fordern. Auf die Haltung kommt es an.«

Dann war die Zeit auch schon wieder um. Die unaufgeregte und gelassene Art Meissners war für beide wohltuend. Es gab keinen Grund, etwas zu verstecken und nichts, wofür man sich schämen müsste. Ihre Probleme waren für ihn nichts Besonderes.

Im Auto, zurück auf dem Weg nach Gümligen, fragte Roger beiläufig: »Hast du einen Termin für den Aidstest?«

Jennifer schwieg, was Roger als ein Nein interpretierte. »Warum verdammt noch mal machst du den Scheißtest nicht?« Roger schlug mit beiden Händen auf das Steuerrad.

»Ich habe Angst.« Jennifers Augen füllten sich mit Tränen, und sie wandte sich ab.

Roger holte tief Luft. »Wovor hast du Angst? Gibt es etwas, dass du mir verschweigst?«, fragte er mit ruhigerer Stimme.

»Nein, nein. Tut mir leid. Ich werde mich morgen anmelden.«

Jennifer getraute sich nicht, Roger zu erzählen, dass Jürg vor ihrer Beziehung Sex mit verschiedenen Frauen gehabt hatte, die er auf Online-Portalen kennengelernt hatte. Mit seiner Ehefrau lief schon seit vielen Jahren nichts mehr. Jennifer hatte Verständnis dafür, dass er Wege gesucht hatte, um seine sexuellen Bedürfnisse zu befriedigen und um etwas Wärme zu erfahren. Für sie war es ein Vertrauensbeweis, dass er ihr das alles erzählt hatte.

An Aids hatte sie nie gedacht. Jürg offenbar auch nicht.

»Was du da erzählst, ist Quatsch, Roger«, brummelte Peter Bieri, der die Switzerland-Bank seit mehr als zehn Jahren erfolgreich führte. Bieri, großgewachsen und wesentlich älter als Roger, war ein Chef der alten Schule. »Wir zocken unsere Kunden nicht ab! Wir befriedigen Bedürfnisse wie jedes andere Unternehmen auch. Nicht anders als die Pharmaindustrie oder die Unterhaltungselektronik.« Bieri machte eine abfällige Handbewegung, und seine Blancpain Le Brassus am Handgelenk blitzte im Sonnenlicht, das sein großzügiges Büro durchflutete. »Wir verkaufen Finanzprodukte, von denen wir überzeugt sind. Auch, aber nicht nur wegen des Profits. Wir verkaufen den Kunden, was für sie gut ist.«

»Wirklich?«, antworte Roger mit sarkastischem Unterton. »Die Produkte, welche wir verkaufen müssen, sind mittlerweile so kompliziert, dass wir sie selbst nicht mehr verstehen. Wir verkaufen dem Kunden nur, was für ihn gut ist? Das ist angesichts der aktuellen Ereignisse eine gewagte Aussage!«

»Ganz ruhig, Graf. Ist es unser Fehler, wenn der amerikanische Immobilienmarkt zusammenbricht, und Lehman Brothers in der Folge Konkurs geht? Sind wir verantwortlich für die globale Finanzmarktkrise? Das ist höhere Gewalt! Ein Desaster dieses Ausmaßes hat doch niemand kommen sehen. Auch du und ich nicht. Außerdem verbitte ich mir diesen Ton!« Bieri schlug die Faust auf den Tisch, und seine blauen Augen funkelten erbost.

Doch Roger ließ sich nicht einschüchtern. Er und sein Team betreuten mehr als dreihundert Kunden, die wertlose Anlagepapiere von Lehman Brothers im Wertschriftendepot hatten. Keiner dieser Kunden hatte damals beim Kauf gewusst, dass er mit dieser Anlage das Risiko eines Totalverlustes eingegangen war. Diese Kunden machten Roger und seinen Leuten nun seit Tagen die Hölle heiß. Die Tatsache, dass die Bank Schadenersatzansprüche konsequent ablehnte, fand Roger ethisch nicht vertretbar. Bieri wusste genau, dass diese Produkte nicht gekauft, sondern aktiv verkauft worden waren. Er war es ja, der diesbezüglich klare Vorgaben gemacht hatte.

»Scheiß auf die Ethik, Graf! Schon Bertolt Brecht hat gesagt: Erst kommt das Fressen, dann kommt die Moral. Wir machen Angebote wie jede andere Firma auch. Wenn der Kunde unser Angebot annimmt, ist das ja wohl nicht unserer Fehler. Wir bevormunden unsere Kunden nicht, die sind selbst urteilsfähig!« Bieris Adern traten am Hals und auf der Stirn gut sichtbar hervor.

Die Argumentation von Bieri widerte Roger an. Bieri wusste genau, dass der Kunde ein Finanzprodukt kaufte, weil er dem Berater und auch der Bank vertraute. Noch mehr widerte ihn allerdings an, dass er selbst ein Teil dieses Systems war. Ein System, das die Maximierung des eigenen Einkommens zur Handlungsmaxime erkoren hatte. Zum Heiligen Gral. »Wir missbrauchen das Vertrauen unserer Kunden. Das lässt sich doch nicht einfach so schönreden!«

Stille. Bieri war über die Tonalität Rogers verblüfft. Das war er nicht gewohnt. »Du denkst zu viel, Graf, du grübelst zu viel. Du verlierst dich in Spitzfindigkeiten. Kein Wunder, dass du die Verkaufsziele mit deinem Team im letzten Jahr nicht erreicht hast.« Jetzt kam Bieri zum Kern der Sache, zum eigentlichen Grund für das von ihm einberufene Meeting. »Wie du weißt, muss ich die Leistung der Bank gegenüber dem Verwaltungsrat verantworten. Deine schlechten Zahlen werden deswegen auch zu meinem Problem. Ich hoffe, du bist dir dessen bewusst.« Bieris Stimme war nun leise und dunkel.

Schweigen. Roger war in der Defensive und suchte nach passenden Worten, doch Bieri kam ihm zuvor. »Du hast dich da in etwas verrannt, Roger.« Sein Ton war jetzt fast väterlich. »Das kann ich verstehen, die turbulenten Märkte und die Reaktionen der Kunden stressen uns alle. Jetzt ist es aber wichtiger denn je, dass wir Ruhe bewahren und unsere Interessen nicht aus den Augen verlieren.« Dann fixierte Bieri Roger mit seinem Blick. »Du musst wieder mit mehr Überzeugung ans Werk, mit Emotionen. Das war doch früher deine große Stärke, Roger«, sagte er dann.

Bieri hatte recht. Unsicherheit und differenzierte Argumente waren Gift für den Verkaufserfolg. Erfolgversprechend war es hingegen, bei den Kunden Emotionen wie Angst oder Gier anzusprechen. Ein zufriedener Kunde kaufte nicht, er schichtete sein Portfolio nicht um. Folglich war es der Job des Bankers, Emotionen zu wecken, um so seine Kunden aus der Komfortzone zu locken und zum Handeln zu bewegen.

Plötzlich schleuderte Bieri einen Chart über den Tisch. Darauf war die Entwicklung des Schweizer Aktienmarktes in den letzten fünfzig Jahren abgebildet. »Sieh dir diese Kurve an, Roger. Ausschläge nach oben und unten, längere Seitwärtsbewegungen ohne klare Richtung, Boomphasen, dann aber auch heftige Rückschläge. Die Börse ist ein Spiegelbild des Lebens! Wir sind ganz nah dran, Roger, sozusagen am Puls des Lebens. Es gibt keinen spannenderen und intensiveren Job. Zudem werden wir für das Privileg, hier arbeiten zu dürfen, auch noch fürstlich entschädigt.« Bieri lehnte sich nach vorne. »Was willst du eigentlich, Roger? Für den Staat arbeiten, zum halben Lohn? Wie willst du das deiner Frau erklären, wenn der Gürtel enger geschnallt werden muss? Und das nur, weil du aus einer Laune heraus einen Job willst, der ethisch einwandfrei ist!«

Mach dir keine Sorgen, was meine Frau anbelangt, dachte Roger müde. Die vögelt jetzt einen anderen. Auf die muss ich keine Rücksicht nehmen. Er fuhr sich durch die Haare und starrte an die Decke.

Dann startete Bieri einen letzten Versuch, Roger zurück auf die Erfolgsstraße zu bringen. »Wenn es uns gut geht, geht es doch allen gut, Roger. Es profitieren viele mit, wenn die Boni üppig ausfallen. Denk nur an die hohen Steuern, die uns die Allgemeinheit abknöpft. Unser Einkommen fließt doch wieder in den Wirtschaftskreislauf zurück.« Bieri stand auf, ging zum Fenster und schaute auf die Straße. »Eigentlich hat unser Wirken sogar eine soziale Komponente. Wir sorgen in der Gesellschaft für eine Umverteilung: Die hohen Gebühren, die unsere wohlhabenden Kunden abliefern, kommen dem Handwerker oder der Putzfrau zugute, die du dank deines hohen Einkommens anstellen kannst. Wir machen eigentlich nichts anderes als die Steuerverwaltung. Umverteilung. Nur mit mehr Stil.« Bieri lächelte Roger versöhnlich an und war ganz offensichtlich mit sich zufrieden.

Roger blieb nichts anderes als ein wortloses Nicken. Er war sprachlos ob der Philosophie, die sich Bieri da zurechtgelegt hatte. Aber das war eben auch seine große Stärke. Damit hatte er es bis ganz nach oben geschafft. Bieri war, wie viele Top-Verkäufer, ein Meister im Geschichtenerzählen – weglassen, vereinfachen, zuspitzen. Klare verständliche Botschaften. Mit den Fakten nahm es Bieri dabei nie besonders genau.

# 13

MAI 2009

Paartherapeut Meissner saß entspannt in seinem Sessel, seine Hände wärmte er an einer roten getöpferten Teetasse, die ihm einst seine Tochter zu Weihnachten geschenkt hatte. Etwas Wärme tat gut, denn bei Jennifer und Roger nahm er nur eine kühle Distanz wahr. Nach einem gelungenen Neuanfang sah das nicht aus. Meissner eröffnete die Sitzung. »Was gibt es Neues? Was haben Sie seit der letzten Besprechung zusammen erlebt?«

»Ich habe resigniert.« Roger ergriff mit gesenktem Kopf das Wort. »Meine Hoffnung, dass Jennifer und ich wieder zusammenfinden, ist gestorben. Es ist demütigend für mich, Tag für Tag zu spüren, dass sie lieber mit einem anderen zusammen wäre. Ich fühle mich im Weg, irgendwie im falschen Film.«

Meissner schaute Jennifer an, die Mühe hatte, Worte zu finden. »Es stimmt, leider. Meine Gedanken sind den ganzen Tag bei Jürg, und ich spüre, dass ich diese Liebe leben will, ja leben muss. Es tut mir wahnsinnig leid.« Jennifer rang mit den Worten.

»Bitte schauen Sie nicht mich an, Frau Graf, sondern Ihren Mann. Sprechen Sie zu ihm direkt.«

»Es tut mir so leid, Roger«, sagte Jennifer mit brüchiger Stimme und schaute ihm in die Augen. »Es ist vorbei. Keine Ahnung, wie es so weit gekommen ist. Ich weiß nicht, wo und wann wir auf den falschen Weg geraten sind, aber die Gefühle sind weg, und sie kommen nicht mehr zurück.« Sie schlug verzweifelt die Arme über dem Kopf zusammen und schluchzte.

Meissner fragte sich, ob Jennifer aus Erleichterung darüber weinte, dass die unangenehme Wahrheit nun endlich ausgesprochen war, oder ob sie um den Traum einer glücklichen Familie trauerte, der in diesem Moment endgültig platzte. Wohl beides. Dann geschah etwas, das Meissner überraschte und berührte. Roger wuchs über sich hinaus und versuchte tröstende Worte zu finden.

»Komm schon, Jenny. Es ist jetzt, wie es ist. Machen wir das Beste daraus, vor allem für Tim und Finn.«

»Das haben Sie beide sehr gut gemacht«, meinte Meissner anerkennend. »Jennifer hat offen und ehrlich dargelegt, was sie denkt und fühlt. Roger hat mit Stil und Wärme auf die für ihn schwierigen Aussagen reagiert. Sie machen das beide wunderbar. Besser geht es nicht. Vorbildlich, ich bin beeindruckt.« Meissner setzte die Technik der positiven Affirmation gerne ein, wenn er sah, dass seine Klienten auf dem richtigen Weg waren.

»Was sind die nächsten Schritte, Jenny? Wer bleibt im Haus? Wie regeln wir die Betreuung von Tim und

Finn?« Roger wollte die Jungs öfter bei sich als nur jedes zweite Wochenende. So viel war ihm klar. Wenn ihn etwas mit Glück erfüllte, dann seine Rolle als Vater. Die Gefahr, den Draht zu Tim und Finn zu verlieren, machte ihm am meisten Angst. »Und wie informieren wir unser Umfeld? Was können Sie uns raten, Herr Meissner?« Roger war wieder in der Rolle, die ihm am meisten zusagte. Er ging voraus und nahm die Zügel in die Hand. Dass er in Bezug auf den Trennungsentscheid vor Tatsachen gestellt wurde, war schwierig genug. Jetzt wollte er wenigstens den Trennungsprozess nach seinen Vorstellungen gestalten: durchdacht, effektiv, effizient.

»Die vielen offenen Fragen müssen Sie schrittweise miteinander klären. Das sprengt den Rahmen dieser Sitzung. In Bezug auf die Information Ihres Umfelds gelten die üblichen Regeln guter Kommunikation«, holte Meissner aus. »Informieren Sie offen und transparent. Legen Sie alle Karten auf den Tisch. So brodelt die Gerüchteküche nicht oder zumindest weniger. Es wäre von Vorteil, wenn Sie eine gemeinsame Botschaft verfassen. Weisen Sie darin darauf hin, dass niemand Partei ergreifen muss. Es bringt nichts, wenn sich andere einmischen. Spielen Sie das übliche Opfer-Täter-Spiel nicht mit. Den Schuldigen zu suchen, ist kindisch und wird der Realität ohnehin nicht gerecht.« Er nahm einen Schluck Tee und fuhr fort: »Wenn Sie das schaffen, gewinnen Sie beide. Vor allem Sie, Herr Graf.« Meissner wandte sich Roger zu. »Sympathie und Anerkennung werden Ihnen gewiss sein. Einen derart souveränen Auftritt schaffen nur die wenigsten. Viele verlassene Ehemänner suhlen sich gerne in der Opferrolle. Das nützt niemandem etwas, am wenigsten Ihnen.«

Opfer sein wollte Roger ohnehin nicht. In der Rolle des Souveränen gefiel er sich viel besser.

Jennifer hatte sich äußerlich wieder etwas gefasst. Nur noch die geröteten Augen und die verschmierte Wimperntusche waren Zeugnis der vielen Tränen. Innerlich aber brach es ihr das Herz, wenn sie daran dachte, dass sie Tim und Finn mit der Veränderung konfrontieren musste.

Nun war es Roger, der unvermittelt von einer emotionalen Welle überrollt wurde – das Gefühl von Souveränität war wie weggeblasen. »Es macht mich unsäglich traurig, dass wir Tim und Finn nun nicht vorleben können, wie man eine Ehekrise meistert. Dass man als Familie auch in schwierigen Zeiten zusammenhält.« Er kämpfte mit den Tränen.

»Das kann ich verstehen, Herr Graf. Was Sie den beiden Kindern aber vorleben können, ist, wie man in Würde auseinandergeht. Sie können ihnen zeigen, wie man mit Veränderungen umgeht, die sich niemand gewünscht hat. Sie können vorleben, dass man auch in schwierigen Zeiten gute Wege für alle finden kann. Auch das sind wichtige Lebenserfahrungen für die beiden. Sehr wichtig ist, dass Sie immer und wieder betonen, dass die Trennung nichts, aber auch gar nichts mit ihnen zu tun hat. Kinder neigen dazu, sich für die Probleme zwischen den Eltern verantwortlich zu fühlen. Schildern Sie Tim und Finn detailliert, was die Veränderung für sie konkret bedeutet, und was sich in ihrem Alltag verändert. Je klarer Sie aufzeigen können, wie es weitergeht, desto weniger werden die Kinder leiden. Es ist die Unsicherheit, die zu Ängsten führt. Wenn Tim und Finn verstehen, dass sie weder Papi noch Mami verlieren und auch die Großeltern nicht, wird es einfacher für die beiden, sich an die neue Situation anzupassen.«

Meissner stand auf und öffnete die Fenster. Die Luft im Raum war stickig. »Wichtig ist auch, dass sie in den ersten Wochen und Monaten sehr achtsam sind. Fragen Sie bei den Lehrpersonen nach, ob die Kinder neue Verhaltensweisen zeigen. Nehmen Sie die Sorgen und die Ängste der Kinder ernst. Gebrauchen Sie auf keinen Fall verharmlosende Floskeln wie ›Das ist doch alles nicht so schlimm‹. Macht das alles für Sie Sinn?« Der Therapeut schaute die beiden freundlich an. Roger und Jennifer nickten wortlos.

Meissner stand auf und skizzierte auf dem Flipchart die vier Phasen von Veränderungsprozessen, die seiner Ansicht nach auch Tim und Finn durchlaufen mussten. Zuerst will man die Situation nicht wahrhaben. Danach wird das Unerwünschte hartnäckig verdrängt. Darauf folgt eine Phase der Ablehnung. Bei den Kindern war damit zu rechnen, dass sie mit allen Mitteln gegen die Veränderung ankämpfen würden. Erst danach kam die Phase der Akzeptanz, Tim und Finn würden sich auf die neue Situation einstellen. Man konnte den Anpassungsprozess nicht abkürzen, höchstens etwas beschleunigen. Das konnte nur gelingen, wenn Jennifer und Roger für die beiden da waren und offen kommunizierten, nichts beschönigten, nichts verheimlichten und auch keinen Schuldigen für die Situation suchten.

Meissner schaute beide eindringlich an. »Ich kann nicht genug darauf hinweisen: Das klassische Opfer-

Täter-Schema bringt die Kinder in einen Loyalitätskonflikt. In Ihrem Fall hätten die Jungs wohl das Gefühl, sie müssten Papi beistehen und gegen Mami rebellieren. Wegen ihr muss der Papi aus dem Haus. Sie ist die Böse, sie will das alles. Das belastet die Kinder stark und dient letztlich niemandem.«

»Und noch etwas«, ergänzte Meissner, »reden oder schreiben Sie nicht von Trennung oder Scheidung. Das tönt so dramatisch und endgültig. Niemand weiß, was die Zukunft noch alles bringen wird. Eleganter ist es, von Veränderung zu sprechen.«

Jennifers Hände zitterten. »Ich habe Angst. Nicht nur vor der Reaktion der Kinder, auch vor jener unserer Eltern. Besonders vor der Reaktion deiner Eltern, Roger.« Es schien, als würde Jennifer erst in diesem Moment die Tragweite ihres Entscheids so richtig bewusst.

Bevor Roger etwas erwidern konnte, ergriff Meissner das Wort. »Das wird kein leichter Weg. Aber Sie werden das schaffen, da bin ich mir sicher. Ein paar Tage oder Wochen werden die Wogen in ihrem Umfeld hochgehen, und Sie werden das große Thema sein. Aber die Wellen glätten sich erfahrungsgemäß rasch. Vor allem dann, wenn man sieht, dass Sie die Situation souverän und konstruktiv meistern. Schon bald werden andere Themen wieder in den Vordergrund treten, und die Situation wird sich rasch normalisieren.« Dann wandte sich Meissner Jennifer zu: »Ich kann mir vorstellen, dass es Menschen geben wird, die Ihre Entscheidung nicht verstehen und Sie deswegen verurteilen. Meistens sind es jene Menschen, die selbst die größten Probleme zu

Hause haben und in ihrer Beziehung unglücklich sind. Wahre Freunde werden zu Ihnen stehen.« Mittlerweile saß Meissner wieder in seinem Sessel, sichtlich zufrieden mit sich und über den Verlauf der Sitzung. Die Ehe war leider nicht zu retten, aber das Drama entwickelte sich trotzdem in eine gute Richtung. Der Regisseur hatte ausgezeichnete Arbeit geleistet. Dann blickte er zu Roger, der müde in seinem Sessel hing.

»Mit Ihnen, Herr Graf, möchte ich eine Lebenserfahrung teilen, die Sie vielleicht auch schon gemacht haben. Wahrscheinlich kommt das jetzt zu früh, aber vielleicht erinnern Sie sich in ein paar Monaten an meine Worte: Krisen bewältigen wir Menschen viel besser, als wir das im Vorfeld befürchten. Der Verstand fokussiert rasch auf die Vorteile der neuen Situation. Zudem finden wir immer andere, denen es noch viel schlechter geht. Das hilft.« Meissner schaute auf die Uhr. Neunzig Minuten vergingen wie im Fluge, wenn sich Spannendes abspielte. Auch dafür liebte er seinen Job.

»Ich bin froh und dankbar, dass wir zu Ihnen gefunden haben«, sagte Jennifer vor dem Abschied lächelnd. Am liebsten hätte sie Meissner umarmt. Er war ihr ans Herz gewachsen. Dem hatte Roger nichts hinzuzufügen, die Zusammenarbeit mit Meissner war auch für ihn eine Bereicherung.

Kaum im Auto auf dem Weg nach Hause war Roger schon am Organisieren. »Ich werde dir Vorschläge für eine gemeinsame Sprachregelung unterbreiten. Ich finde, dass wir unsere Eltern, Geschwister und natürlich auch die Kinder persönlich informieren.

Alle anderen mit einer E-Mail, das wir gemeinsam signieren.«

Typisch Roger, dachte Jennifer. Er übernimmt wie immer sofort den Lead, und wahrscheinlich habe ich demnächst eine Pendenzenliste samt Erledigungsterminen auf dem Tisch. Doch sie kommentierte das nicht. »Danke, ich bin froh, dass du das machst. Ehrlich gesagt, geht es mir nun plötzlich etwas schnell. Ich fühle mich überfordert.« Sie schwieg einen Moment. »Ach, übrigens. Morgen habe ich den Termin für den Aidstest.«

»Das wurde auch endlich Zeit«, brummelte Roger, ohne näher darauf einzugehen. Das Thema schien ihn weniger zu beschäftigen als sie.

# 14

JUNI 2009

Peter Bieri startete seinen blitzblank polierten schwarzen Jaguar. Ein erhebendes Gefühl nach einem anspruchsvollen Arbeitstag. Er liebte es, seinen beruflichen Erfolg sichtbar zu machen, und die Blicke der Passanten nahm er mit Genugtuung wahr. Der Jaguar, die Ferienwohnungen in Zermatt und in Ascona oder auch seine feinen Maßanzüge zollten Respekt und Anerkennung. Kein Zweifel: Bieri war weit gekommen im Leben. Jedenfalls nach den Maßstäben, die in seiner Szene galten.

Es war ein grandioser Abend, und ein Gefühl von Sommer lag in der Luft. Bieri war unschlüssig, wie er den Rest des Tages gestalten wollte. Nach Hause zu seiner Frau Sandra? Nein, keine Lust. Er war lieber mit Arbeitskollegen oder allein unterwegs. Ihre Ehe wurde schon lange nicht mehr durch Liebe getragen. Manchmal zweifelte Bieri, ob da überhaupt einmal so etwas wie Liebe gewesen war. Sie waren eher so etwas wie eine Interessengemeinschaft. Ihre Schönheit, als sie noch jung war, und sein Erfolg als junger Banker hatten sich optimal ergänzt. Sie war das perfekte Accessoire für Apéros und andere gesellschaftliche Anlässe. Er sorgte für das nötige Kleingeld, ohne das ihre ausgiebigen Shoppingtouren nur halb so viel Freude gemacht hätten. Eine Win-win-Situation. Beziehungen waren für Bieri immer schon Mittel zum Zweck gewesen, und an seine Großzügigkeit waren stets Bedingungen geknüpft. Es ging entweder um die Befriedigung seines Egos oder um materielle Vorteile. Er war wie ein Schachspieler, der die Figuren in seinem Leben hin und herschob. Berechnend und vorausschauend.

Seit Längerem hatte er den Eindruck, dass Sandra mit zunehmendem Alter den besseren Deal machte. Seine finanziellen Möglichkeiten ließen nicht nach, im Gegenteil. Ihre Ausstrahlung als Statussymbol hingegen war bei weitem nicht mehr jene von früher. Auch wenn sie, dank den Möglichkeiten der Schönheitschirurgie, für ihr Alter eigentlich immer noch passabel aussah. Im Gegensatz zu Bieri selbst, dessen Wanst eigentlich nur in maßgeschneiderter Business-Kleidung optisch zu ertragen war. In Unterhosen sei er eine Zumutung. Das jedenfalls ließ Sandra beim letzten Streit durchblicken.

»Ich verfüge über andere Reize, die mich attraktiv machen. Auch für junge Frauen«, hatte er kühl lächelnd geantwortet.

Was Sandra dachte, war Bieri ziemlich egal. Es wäre kein Drama, würde sie aus seinem Leben verschwinden. Dann könnte er nochmals richtig durchstarten und bräuchte auch keine Spuren mehr vertuschen, wenn er sich mit Prostituierten vergnügte. Nicht, dass ihn deswegen Gewissensbisse geplagt hätten. Derartige Privilegien waren für ihn wohlverdiente Früchte seiner harten Arbeit. Sandra hatte sich immer zu Höherem berufen gefühlt und nie gearbeitet. Sie war immer noch auf der Suche nach ihrer Berufung. In der Zwischenzeit beschäftigte sie sich intensiv mit Tennis, Shopping und verschiedensten Wellnessaktivitäten. Dass er das alles finanzieren musste, ärgerte ihn zunehmend. Bieri kurvte ziellos durch die Stadt, wie so oft in den letzten Jahren. Wieder einmal entschied er sich letztlich für den Besuch einer Kontaktbar. Kontakte auf Zeit zu jungen Frauen mit Migrationshintergrund. Ohne Verpflichtungen, ohne Streitereien und Nörgeleien. Einfach nur unbeschwerte Sinnesfreuden.

Während der Fahrt ins Etablissement ging ihm die Besprechung mit Roger durch den Kopf. Für Bieri war der Fall klar. Roger durchlief eine klassische Midlife-Crisis. Das Bewusstwerden der eigenen Endlichkeit und die dadurch provozierte Sinnfrage waren typisch für Männer in diesem Alter. Vor ein paar Jahren, kurz vor seinem fünfzigsten Geburtstag, hatte Bieri auch eine Phase gehabt, in der er alles infrage stellte. In schlaflosen Nächten hatte er damals versucht, einen höheren Sinn in seinem Leben zu finden. Er fand nichts und hielt sich fortan an ein Zitat, das er damals auf einem Zuckerbeutel gelesen hatte:

> „Lustgewinn ist Lebenssinn.

Bieris Sinnkrise ging vorüber wie eine heftige Sommergrippe, und sein Leben blieb in gewohnten Bahnen. Etwas Grundlegendes zu verändern, beispielsweise eine Arbeit außerhalb der Finanzbranche zu suchen, wäre ohnehin nicht infrage gekommen. Zu groß die Einkommenseinbuße, zu groß der Statusverlust. Niemand hätte das verstanden, schon gar nicht Sandra. Einschränken und mit weniger auskommen war eine Option jenseits ihrer Vorstellungskraft. Ein neues Ziel musste aber trotzdem her. Ziele als Orientierungspunkte im Chaos des Lebens waren für Bieri immer schon unabdingbar gewesen. Er wurde rasch fündig: vorzeitige Pensionierung mit sechzig! Die Jahre bis dahin werde ich so angenehm wie möglich gestalten, dachte er. Edler Wein, erstklassiger Champagner, noble Zigarren und hin und wieder eine schöne junge Frau. Doch trotz all dieser sinnlichen Freuden und acht Wochen Ferien im Jahr fühlte sich Bieri oft leer und antriebslos. Aber für Top-Performer wie ihn gab es schließlich Koffein und andere, härtere Aufputschmittel. Warum nicht davon profitieren?

Hin und wieder dachte Bieri etwas wehmütig an seine Jugendzeit zurück. Als achtzehnjähriger Idealist wollte er Arzt werden. Leben retten. Er hatte von Auslandseinsätzen mit Médecins Sans Frontières in Afrika geträumt, dann aber Wirtschaft an der Hochschule St. Gallen studiert, mit anschließendem Praktikum bei der Schweizerischen Bankgesellschaft, wo er das erste Mal Bankenluft schnupperte. Vielleicht war es der Einfluss seines Vaters, der jahrzehntelang eine Bankfiliale geleitet hatte. Sein Vater war ein Patriarch, der mit Liebe und Zuneigung so sparsam umging wie mit seinem Geld. Bieri hasste ihn, und als er endlich starb, war es eine große Genugtuung für ihn, das stattliche Erbe zu verprassen. Nach einem MBA an der Boston

University kam Bieri in den achtziger Jahren zurück nach Zürich und war in der Finanzbranche ein gefragter Mann mit glänzenden Perspektiven. Angesprochen hatte ihn damals auch der Glamour-Faktor des Private Banking. Die Reichen und die Schönen aus aller Herren Länder gingen am Paradeplatz ein und aus. Swiss Private Banking war eine starke Marke mit großer Ausstrahlung. Das Geldwäschereigesetz gab es damals noch nicht, und das Bankgeheimnis war eine Gewissheit. Goldene Zeiten in jeder Beziehung. Seine Gedanken schweiften zurück zu Roger Graf. Er wird über die Sinnkrise hinwegkommen. Auch Roger wird bald begreifen, dass es keine valablen Alternativen gibt. Dann wird er wieder voll mitziehen und gute Verkaufsresultate bringen, dachte Bieri, während er auf den Parkplatz der Bar abbog. Und falls nicht, muss ich ihn auswechseln. Es gibt genügend junge und ehrgeizige Banker, vor allem Deutsche, die alles tun würden, um in der Rangliste der besten Verkäufer ganz oben zu stehen. In jener Rangliste also, die Bieri monatlich in der Cafeteria aufhängte. Kein anderes Führungsinstrument hatte auch nur annähernd dieselbe Wirkung.

Bieri lächelte und betrat freudig das Lokal. Abschalten und entspannen stand auf dem Programm. Niemand hat sich das mehr verdient als ich, dachte er.

# 15

JULI 2009

Jennifer zitterte während der Autofahrt am ganzen Leib. Sie war mit Roger auf dem Weg nach Bolligen, wo seine Eltern wohnten. Ein herrlicher Sommerabend. Sie beneidete die Badenden, als sie am Schwimmbad in Ostermundigen vorbeifuhren. Ansonsten nahm sie von der Fahrt nichts wahr. Es war der Abend, an dem die Eltern persönlich über ihre Trennung informiert werden sollten. Seine und ihre Eltern am gleichen Abend.

»Zeitgleich informieren und Unerfreuliches rasch hinter sich bringen«, hatte Roger das Vorgehen knapp begründet. Wie von Jennifer erwartet, hatte er nach der letzten Sitzung bei Meissner eine Pendenzenliste erstellt. »Aufgaben Trennungsprozess« stand als Überschrift auf der schlichten Excel-Tabelle. Seither war Roger im Erledigungsmodus: abarbeiten und abhaken. Vor dem schmucken Einfamilienhaus in erhöhter Lage in Bolligen angekommen blieb sie einfach im Auto sitzen.

»So, komm jetzt da raus«, fuhr Roger sie an. »Du willst die Trennung. Soll ich jetzt noch auf Knien darum bitten, dass du endlich aussteigst?« Roger musste Jennifer buchstäblich aus dem Auto ziehen. Dabei müsste sie doch sprühen vor Lebensfreude und mit Lebenskraft geflutet sein. Sie stand doch kurz vor dem Ziel.

»Sorry, ich bin komplett von der Rolle. Als wäre ich im falschen Film«, sagte Jennifer.

Roger rollte mit den Augen. »Was falscher Film? Du bist sowohl Hauptdarstellerin wie auch Regisseurin in diesem Streifen. Ich bin nur in einer Nebenrolle. Die Marionette, die brav den Anweisungen folgt.«

Ein paar Minuten später saßen sie im Wohnzimmer seiner Eltern auf einem antiken Biedermeiersofa. Rogers Mutter servierte Tee im Porzellangeschirr und süßes Gebäck. Die Luft war zum Schneiden. Rogers Eltern waren in erhöhter Alarmbereitschaft, seit Roger am frühen Nachmittag den Besuch angekündigt hatte. Einen Grund hatte er nicht angeben. Äußerst ungewöhnlich. Roger kam sofort zur Sache. Nach Small-Talk war ihm nicht.

»Wir trennen uns. Jennifer hat sich in einen anderen Mann verliebt und will diese Liebe leben. Wir werden das Sorgerecht für Tim und Finn teilen. Ich suche zurzeit eine Wohnung in der Nähe des Hauses. Es ist mir wichtig, dass Tim und Finn nicht aus ihrem Umfeld rausgerissen werden.« Nach einer kurzen Pause lehnte sich Roger etwas nach vorne und blickte seine Eltern eindringlich an. »Tim und Finn sollen die Mami, den Papi, das Grosi und auch den Großvati weiterhin uneingeschränkt lieben können. Das setzt voraus, dass alle am selben Strick ziehen. Insbesondere wollen wir nicht, dass die Großeltern für oder gegen ein Elternteil Stellung beziehen. Tim und Finn sollen nicht in unsere Beziehungsprobleme reingezogen werden.« Damit lehnte Roger sich auf dem Sofa zurück und spürte, wie seine Anspannung nachließ.

Jennifer staunte, wie ruhig und abgeklärt Roger die Botschaft seinen Eltern überbracht hatte. Wie eine geschäftliche Orientierung über irgendeine belanglose organisatorische Veränderung. Dabei fiel in diesem Moment seine Familie auch offiziell auseinander. Ebenso überraschend war die gefasste Reaktion seiner Eltern. Es schien, als wären Rogers Worte noch nicht bis in ihr Bewusstsein vorgedrungen. Vielleicht war es eine Art Schockstarre.

»Es tut mir so leid«, war alles, was Jennifer weinend über die Lippen brachte.

Als Erster hatte sich Rogers Vater so weit gesammelt, dass er etwas sagen konnte. »Danke, dass ihr persönlich zu uns gekommen seid. Das sind schwierige Zeiten. Wir sind froh, dass ihr für Tim und Finn eine gute Lösung gefunden habt.«

Rogers Mutter blieb stumm. Sie saß wie versteinert da. Es war nicht klar, was sie am meisten beschäftigte. War es die Sorge um Roger? War sogar Mitgefühl für Jennifer da, auf deren Schultern die Verantwortung lastete? War es die Sorge um Tim und Finn? Oder ging es vorab um die Angst vor dem eigenen Gesichtsverlust? Das Bild einer glücklichen und erfolgreichen Familie, das sie bei jeder Gelegenheit gezeichnet hatte, würde mehr als nur ein paar Kratzer abbekommen. Die immer und immer wieder auf Hochglanz polierte Fassade fiel in sich zusammen. Und damit auch ein Teil ihrer Persönlichkeit. Beim Abschied drückte Rogers Mutter ihn kurz an sich und flüsterte: »Du bist stark, du schaffst das!« Auch Jennifer umarmte sie, wenn auch distanziert und wortlos. Trotzdem, das war weit mehr, als sich Jennifer im Vorfeld erhofft hatte.

Zurück im Audi war Jennifer sichtlich erleichtert. Den schwierigsten Gang hatte sie hinter sich. »Ich rechne es deiner Mutter hoch an, dass sie nicht über mich hergefallen ist«, sagte sie mit geschlossenen Augen.

»Mach dich darauf gefasst, dass die Vorwürfe noch kommen werden. Sie braucht wohl ein paar Tage, um zu realisieren, was passiert ist.« Roger sollte Recht behalten. Noch am selben Abend suchten die beiden auch Jennifers Eltern im Berner Breitenrain-Quartier auf. Für Jennifer war dieser Gang wesentlich einfacher. Ihre Mutter hatte immer schon gefunden, dass Roger zu viel Zeit im Büro verbrachte und er herzlicher zu Jennifer sein könnte. Ihrem Vater, der sich in der sozialdemokratischen Partei engagierte, war es seit jeher ein Dorn im Auge, dass sein Schwiegersohn bei einer großen Bank arbeitete. Damit war Roger in seinen Augen auch ein Teil des Raubtierkapitalismus, den er mit seinen Genossen leidenschaftlich bekämpfte. Dennoch, der Schock saß auch bei Jennifers Eltern tief. Auch wenn es den Eindruck machte, als kämen die Neuigkeiten weniger überraschend als bei Rogers Eltern.

Zu Hause waren beide müde und aufgewühlt. Die Bilder der Eltern, die ihnen betroffen und hilflos gegenübersaßen, liefen nochmals wie ein Film ab. Es war jetzt nicht mehr nur ihr Problem, ihr Leiden und ihre Verzweiflung. Ihre Ehekrise zog jetzt weitere Kreise. Weit über die Paarbeziehung hinaus. Das Schlimmste würde aber erst noch kommen. Der Gedanke daran, wie sie Tim und Finn in den nächsten Tagen vor Tatsachen stellen mussten, war nur schwer zu ertragen.

»Ich habe schon lange gespürt, dass ihr nicht glücklich seid«, sagte Jennifers Mutter am nächsten Tag am Telefon. »Wir wissen, dass du dir das nicht leicht gemacht hast, Jenny. Wir können mitfühlen, wie schwierig das für dich sein muss. Papi und ich stehen hinter dir … Wir sind auch für Roger und die Kinder da. Wir könnten beispielsweise Tim und Finn vermehrt betreuen. Du weißt ja, Papi und ich lieben die beiden.«

Diese Reaktion rührte Jennifer zu Tränen, und sie spürte eine große Dankbarkeit. Ihre Eltern stärkten ihr den Rücken, ohne zu werten oder zu verurteilen. Ein schöneres Geschenk hätten sie ihr nicht machen können.

~

*Das Ergebnis ist positiv! Gruß, Jennifer.*

Roger starrte auf sein iPhone und konnte nicht glauben, was er da las. Noch unglaublicher war die Tatsache, dass Jennifer ihm das Ergebnis des Aidstests in einer kurzen, nüchternen SMS mitteilte. Wie »Ich komme etwas später nach Hause« oder »Morgen regnet es.« Mit zittrigen Fingern wählte er ihre Nummer. Keine Antwort. *Ruf mich verdammt noch mal an!*, schrieb er danach. Eine Stunde später schrieb er wutentbrannt: *Wenn du mich nicht sofort anrufst, drehe ich durch!*

Wieder keine Antwort. Mittlerweile war es 22.30 Uhr. Keine Spur von Jennifer. Tim und Finn waren zwei Tage bei Jennifers Eltern. Sie hatte Roger zwar gesagt, dass sie heute Abend nicht zu Hause sei, an die Details konnte er sich aber nicht mehr erinnern. Roger war kurz davor, Jennifers Liebhaber Jürg anzurufen. Oder noch besser – persönlich bei ihm vorbeischauen. Ich hätte größte Lust darauf, dieses Arschloch zu vermöbeln, dachte er. Eigentlich ist das überfällig! Der soll spüren, was er alles angerichtet hat! Plötzlich wurde Roger bewusst, dass er weder dessen Nummer hatte, noch wusste, wo er wohnte.

Der Mitteilungston seines iPhones riss ihn aus den Gedanken: *??? Ich habe dir doch gesagt, dass ich mit Regula ins Kino gehe. LG Jennifer*

*Ruf mich jetzt sofort an!*, hämmerte Roger in die kleine Tastatur. Er spürte sich nicht mehr.

Kurz darauf klingelte es. Sofort nahm er den Anruf entgegen und schrie: »Warum teilst du mir das Testergebnis mit einer SMS mit?«

»Ich weiß nicht, was du meinst, Roger. Ich stand unter Zeitdruck, wollte dir aber das Resultat nicht vorenthalten. Ich wollte nicht, dass du dir unnötig Sorgen machst«, antwortete Jennifer überrascht.

»Wieso unnötig? Du hast geschrieben, der Test sei positiv ausgefallen!«

»Ja, alles ist gut. Ich habe den HI-Virus nicht. Das sind doch gute Nachrichten. Ich bin jedenfalls sehr erleichtert!« Roger war fassungslos. Typisch Jennifer, dachte er aufgebracht und brach das Gespräch sofort ab. Er hatte nicht die Nerven, sie darauf hinzuweisen, dass ein positives Resultat beim HIV-Test genau das Gegenteil bedeutete.

»Wie kann man nur so blöd sein?«, fluchte er laut, aber der Ärger wich rasch einer großen Erleichterung.

DER ZEITPUNKT, Tim und Finn mit der Veränderung zu konfrontieren, wurde von Roger und Jennifer mit Bedacht gewählt. Am Anfang einer Woche Familienferien im Wallis. Sie hatten eine heimelige Ferienwohnung in einem Chalet auf der Bettmeralp gemietet. Die Aussicht von der Veranda auf die Walliser Alpen war atemberaubend. Die Absicht war, rund um die Uhr für Tim und Finn da zu sein, falls Fragen auftauchten oder Ängste aufkamen. Sie wollten den Kindern eine Woche lang vorleben, dass sowohl der Papi wie auch Mami immer noch da waren und als Eltern funktionierten. Das Ziel war, den beiden Sicherheit im Umbruch zu vermitteln.

»Besser kann man es nicht machen«, hatte Meissner den Plan gelobt.

Als der Moment gekommen war, die Kinder ins kleine Wohnzimmer der Ferienwohnung zu rufen, hatten trotzdem beide weiche Knie. Roger wollte die Nachricht in Form einer Geschichte vermitteln. Stundenlang hatte er in der letzten Woche mit den richtigen Worten gerungen.

»Ich möchte euch eine Geschichte erzählen«, sagte er zu Tim und Finn, die in ihrem Zimmer am Lesen waren. Den Kindern gefiel die Wohnung richtig gut, weil das Kinderzimmer zwei Kajütenbetten hatte. So konnte jeder mit einem Leintuch einen Vorhang vor sein Bett ziehen und so ein eigenes Reich und etwas Privatsphäre haben. Nach einer Weile kamen beide etwas widerwillig ins Wohnzimmer. Papas Geschichten waren nicht mehr so gefragt wie noch vor ein paar Jahren, aber Finn machte es sich dann doch auf dem Schoß von Roger bequem. Tim saß vor Jennifer auf dem Teppichboden und lehnte sich bei ihr an.

»Kannst du bitte ruhig sitzen, Mami? Du zitterst so«, sagte Tim. Jennifer konnte nur mit Mühe die Tränen zurückhalten.

Nun saßen sie also alle da. Auf den ersten Blick die kleine glückliche Familie, die Jennifer sich immer gewünscht hatte. Ihr Magen krampfte sich zusammen, und auf ihren Armen bekam sie Gänsehaut. Nicht nur ihre Familie, sondern auch die von Jürg war am Auseinanderbrechen. Es wurde Jennifer immer stärker bewusst, dass sie einen hohen Preis für ihre Liebe bezahlen musste. War er am Ende zu hoch?

Roger spürte ein Engegefühl in seiner Brust, und sein Atem stockte. Wie in Trance und mit feuchten Augen fing er zu erzählen an. Schon beim Schreiben der Zeilen hatte er viele Tränen vergossen.

*»Es war einmal eine kleine Familie, die lebte glücklich in einem kleinen Dorf außerhalb von Bern. Die Eltern liebten ihre beiden Jungen über alles. Leider wurde die Beziehung zwischen den Eltern mit den Jahren immer schlechter. Sie stritten oft miteinander. Dieser Streit machte die beiden Jungen manchmal sehr traurig, obwohl der Streit nichts mit ihnen zu tun hatte. Die beiden Jungen traf keinerlei Schuld, es waren Probleme zwischen den Erwachsenen. Dann kam dazu, dass sich die Mutter in einen*

*anderen Mann verliebte. So machte das Zusammenleben keinen Sinn mehr, und die beiden wollten getrennte Wege gehen. Beide hatten aber ein gemeinsames Ziel: für die beiden Jungen weiterhin voll da zu sein. Die zwei waren für beide das Wichtigste im Leben. Das sollte auch so bleiben.*

*Die Mutter blieb im Haus und der Vater bezog in der Nähe eine Wohnung. Dort konnten ihn die Jungen jeden Mittwochabend und an jedem zweiten Wochenende besuchen. Sie lebten also ein paar Tage mit Mami und dann wieder mit Papi, was cool und abwechslungsreich war.*

*Die ersten Wochen nach der Veränderung waren für alle nicht einfach. Sie mussten sich an die neue Situation gewöhnen. Danach aber ging es immer besser und besser. Das Familienleben veränderte sich, aber die Liebe und das Glück blieben.*

*… Und wenn sie nicht gestorben ist, dann leben sie noch heute.«*

Als Roger fertig war, war es totenstill im Zimmer.

»Warum erzählst du uns diese Geschichte?«, fragte Finn schließlich.

Schweigen.

Mit verschränkten Armen hakte Tim nach: »Papi, geht es in dieser Geschichte um unsere Familie?«

»Ja, leider ja«, stammelte Roger. In der Paartherapie hatten sie die Situation in Gedanken ein paarmal durchgespielt, doch die Realität war etwas ganz anderes.

Tim und Finn klammerten sich schluchzend und außer sich an je einen Elternteil. Jennifer war hilflos, wortlos und überfordert und weinte einfach mit. Keine Spur von Erleichterung, jetzt wo die Karten endlich auf dem Tisch lagen – die Schuldgefühle wogen zentnerschwer.

Wer tröstet mich?, dachte sie. Trost und Mitgefühl

wird nur Roger zufallen. Er ist der Verlassene, der Betrogene. Ich bin die Rabenmutter, die ihre Familie opfert für ihre neue Liebe. Wer kann schon wissen, wie intensiv ich für das Zusammenbleiben der Familie gekämpft habe, auch wenn die Gefühle für Jürg letztlich siegten? Über mich zu richten, wird einfach sein.

Roger war der Einzige, der in diesen Minuten nicht weinte. Alles, was er fühlte, war blanker Hass. Er hasste Jennifer dafür, dass sie das Tim und Finn zumutete. Und ihm. Nur die Anwesenheit der Jungs hielt ihn davon ab, handgreiflich zu werden. Er ballte die Fäuste, bis er die warmen Tränen von Finn spürte, der sich immer noch an ihn klammerte. Rasch ging der Hass in Verzweiflung und Hilflosigkeit über. Ohnmacht.

Beide versuchten nach Kräften, die beiden Jungen zu trösten. Es dauerte mehr als zwei Stunden, bis alle Tränen getrocknet waren und wieder so etwas wie Normalität Einzug hielt. Finn hatte Durst und Tim musste auf die Toilette.

»Ich habe gestern noch eine DVD gekauft. ›Ratatouille‹ ist ein witziger Zeichentrickfilm über eine Ratte, die leidenschaftlich gerne kocht. Hättet ihr Lust, den Film heute mit uns anzusehen? Mami hat sogar Popcorn mitgebracht«, fragte Roger Tim und Finn, dankbar, dass ihm diese Idee am Freitag in letzter Minute noch gekommen war. Ein Rettungsring auf hoher See. Die Kinder packten bereitwillig zu. Die Aussicht auf einen Fernsehabend mit Popcorn hob die Stimmung etwas an, und das Weinen wich ersten Fragen: »Was passiert mit uns? Was ändert sich für uns?«

Jennifer und Roger hatten auf jede Frage eine

Antwort, was die Kinder zusehends beruhigte. »Es wird für alle einen guten Weg geben. Ihr werdet niemanden verlieren«, sagte Jennifer. Sie hatte sich inzwischen etwas gefangen. Doch Tims Frage: »Kennen wir den Mann, in den du dich verliebt hast?«, brachte sie wieder aus der Fassung.

»Nein, ihr kennt ihn nicht. Er heißt Jürg und hat zwei Kinder. Sie sind etwas jünger als ihr und beides Mädchen«, stammelte sie.

»Die sind sicher auch sehr traurig«, meinte Tim leise, worauf Jennifer wortlos nickte.

»Ich habe Angst, dass wir uns streiten, Mami«, sagte Finn mit brüchiger Stimme und geröteten Augen. »Dann wirst du mich auch verlassen, genau wie Papi. Mit dem hast du dich auch viel gestritten.«

Jennifer erklärte ihnen, dass sich die Liebe zwischen Erwachsenen verändern oder sogar ganz verschwinden kann. Die Liebe der Eltern zu den Kindern bleibe aber für immer. Das sei eine andere Art von Liebe. »Macht euch keine Sorgen, wenn wir streiten. Streiten gehört zum Leben. Wichtig ist, dass wir nach einem Streit darüber sprechen und uns wieder versöhnen. Unsere Liebe bleibt, da bin ich ganz sicher!«

»Ja, es geht uns gut, Grosi. Die Wohnung ist super, und gestern haben wir alle zusammen Ratatouille geschaut … Dieser Film mit der Ratte als Koch … Ja, natürlich ist das ein Zeichentrickfilm!« Finn verdrehte beim Telefonieren die Augen. »Während dem Film fiel Tim die Popcorntüte aus den Händen … Eine Riesensauerei auf der Polstergruppe!« Finns blaue Augen strahlten, und von den Tränen des Vortages war nichts mehr zu sehen, während er mit Rogers Mutter telefonierte. Die Kinder plapperten an diesem verregneten Vormittag mit den Großeltern, als wäre nichts passiert. Über die Trennung verlor keiner ein Wort. Die Großeltern getrauten sich nicht, nachzufragen.

»Ihr könnt beide absolut gar nichts für diese Situation. Die Probleme sind ausschließlich zwischen Mami und Papi. Wir lieben euch beide genauso wie vorher, und wir werden beide immer für euch da sein.« Roger wie Jennifer wiederholten in den folgenden Tagen ihre Kernbotschaft an die beiden Jungs immer und immer wieder. Bis Tim plötzlich augenrollend sagte: »Jaja, schon gut. Das haben wir schon lange begriffen. Ihr müsst das nicht dauernd wiederholen!«

Samuel Meissner hatte darauf hingewiesen, dass Kinder sich rasch auf die neuen Verhältnisse einstellen, wenn sie spürten, dass die Eltern gut mit der Situation umgingen. In der Tat war es erstaunlich, wie rasch es nach dem Tiefpunkt wieder aufwärtsging, und Jennifer war Roger unendlich dankbar, dass er die Kinder nicht gegen sie aufbrachte. Nicht einmal hörte sie von den Jungs einen Vorwurf, nie wurde sie als Schuldige hingestellt. Trotz der Erleichterung bei Jennifer gab es auch viele dunkle Stunden, aber wenn es ihr schlecht ging, zog sie einen Zettel aus ihrer Brieftasche, den ihr Finn am Samstagabend zugesteckt hatte. Eine Reaktion, die sie nie erwartet hätte. Schon gar nicht von ihrem neunjährigen Nesthäkchen. Ein paar Zeilen in krakeliger Kinderschrift, die ihr unendlich viel bedeuteten.

*Liebes Mami, was auch immer passiert, solange du mich*

*liebst, bin ich immer für dich da. Ich liebe dich und Papi über alles in der Welt. Ich verstehe dich. Ich liebe Papi und dich, obwohl das passierte.*

Jennifer las diese Zeilen immer und immer wieder. Mehrmals täglich. Jedes Mal hatte sie Tränen in den Augen. Sie trug die Notiz wie einen Schatz mit sich herum. Es war für sie ein Symbol der Hoffnung.

Roger saß vor dem kleinen Fernseher des Chalets und schaute ein Fußballspiel. Tim und Finn waren bereits im Bett, todmüde von der Wanderung auf die Riederalp, die sie am Tag unternommen hatten. Jennifer saß mit einem Tee vor dem Notebook und zögerte. Sie tat sich schwer damit, die Nachricht abzusenden, die an Freunde, Nachbarn, Verwandte und Bekannte gerichtet war. Lange waren sie sich uneinig darüber gewesen, ob die Information per Post versendet werden sollte, oder ob eine E-Mail es auch tun würde.

»Eine E-Mail ist unpersönlich. Ein Brief wäre der Situation wesentlich angemessener«, meinte Jennifer.

»Ach was! Briefpost ist ein Relikt der Vergangenheit. Wir sollten der Mitteilung nicht mehr Gewicht geben als nötig«, erwiderte Roger.

Jennifer war klar, dass diese E-Mail die Verbindung zu vielen Menschen kappen würde. Der Schritt war ein radikaler Bruch mit allem, was sie ein Leben lang praktiziert hatte: sich den anderen anpassen und dem Frieden zuliebe in Konfliktsituationen nachgeben. Denn selbst dann, wenn sie sich selbst untreu wurde, hatte sie stets eingelenkt. Andere hatten ihre Anpassungsfähigkeit immer mal wieder lobend erwähnt – als wäre das ein Kompliment. Tatsache war, dass die Trennung von Roger mit ihrem Wertesystem eigentlich nicht zu vereinbaren war. Sie saß wie versteinert vor dem Computer und scheute davor zurück, auf »Senden« zu drücken.

Roger blickte zu ihr hinüber. »Was ist los? Schreckst du im letzten Moment noch vor deinem eigenen Mut zurück? Oder wirst du dir gar des Fehlers bewusst, den du da zu verantworten hast?«

Plötzlich war es ganz leicht. Ein Klick mit der rechten Maustaste und die Mails waren in Lichtgeschwindigkeit auf dem Weg. Es war Tatsache. Die ersten Adressaten waren vielleicht schon am Lesen.

*Veränderung*

*Wir lassen unsere Paarbeziehung los. Der Weg, der zu diesem Entschluss geführt hat, war lang und schwierig. Wir haben in dieser Zeit Offenheit und Verständnis entwickelt, aber auch Vertrauen und Wertschätzung füreinander gewonnen. Dies erachten wir als solides Fundament für eine freundschaftliche Beziehung und für das Erreichen unseres gemeinsamen Ziels: in Bezug auf Tim und Finn weiterhin am gleichen Strick zu ziehen und für die beiden uneingeschränkt da zu sein. Wir teilen uns das Sorgerecht. Die Kinder werden unter der Woche einmal bei Roger übernachten. Die Betreuung der Kinder während der Ferien und Wochenenden teilen wir uns zu gleichen Teilen auf. Roger sucht zurzeit eine Wohnung in der Nähe des Hauses. Es ist nicht nötig und auch nicht erwünscht, für einen von uns Partei zu ergreifen. Wir freuen uns sehr, wenn ihr für uns alle auch in Zukunft so da seid wie bisher.*

*Liebe Grüße, Jennifer und Roger*

*PS: Ja, es gibt eine neue Liebe im Leben von Jennifer, die sie leben will. Nein, eine solche Person gibt es für Roger im Moment nicht.*

Es dauerte nicht lange, und die ersten Reaktionen trafen ein. Jennifer konnte anfangs nicht hinschauen, zu groß war die Angst von ihrem Umfeld, als Schuldige geächtet zu werden. Doch am Abend des letzten Ferientages nahm sie all ihren Mut zusammen und ging mit Roger die Mails durch. In vielen Zusendungen waren die Überraschung und auch echte Betroffenheit spürbar. Viele versuchten, aufmunternde Worte zu finden.

Ursula schrieb: *Auch aus Steinen, die in den Weg gelegt werden, kann man etwas Schönes bauen. Ich denke, dass euer Weg momentan sehr steinig ist, und ich wünsche mir, dass ihr daraus etwas Schönes erbauen könnt.*

*Eure Zeilen machen mich sprachlos, haben zum Nachdenken angeregt und mich zutiefst beeindruckt. Hinter eurer Mail steckt wohl ein langer Prozess und Weg mit vielen Hochs und Tiefs und tonnenweise Emotionen. Ich hoffe nun für euch von Herzen, dass ihr das Schlimmste überstanden habt und ihr eure Vision, euren beiden Jungs weiterhin so tolle und engagierte Eltern zu sein, möglichst gut umsetzen könnt und in euren Leben Ruhe einkehrt. Ich drücke die Daumen, dass dies gelingt!* Das kam von Daniel.

Auch Susanne fand berührende Worte: *Ich wünsche euch ganz fest, dass ihr diesen neuen Lebensweg mit gegenseitigem Respekt und gemeinsamer Fürsorge für eure Kinder gehen könnt. Ich bin überzeugt, dass sich kein Paar diese Entscheidung leicht macht, und es für alle Beteiligten eine enorme Belastung darstellt. Daher wünsche ich euch eine große Portion Kraft, Zuversicht, Verständnis und Geduld.*

*Wenn du einmal nicht weißt, wie es weitergehen soll, wird es immer wieder Brücken geben, die dir helfen, ans Ziel zu kommen. Ich bin jederzeit für dich und die Kinder da, auch als Brücke!* Das war von Julia und direkt an Jennifer gerichtet.

Jedes einzelne Wort tat Jennifer gut. Sie spürte etwas Erleichterung und weinte leise vor sich hin. Sie fragte sich manchmal, wo all die Tränen herkamen. Das Reservoir schien unendlich groß zu sein.

Von etlichen Adressaten der Mail war nichts zu hören, was Jennifer erst nach ein paar Tagen sukzessive bewusst wurde. Weder eine Mail noch ein Anruf. Überforderung? Desinteresse? Wie konnte man in dieser Situation nicht reagieren?

»Wenn du dir deine Illusionen erhalten willst, dann teste deine Freunde nicht«, kommentierte Roger achselzuckend, als Jennifer ihn darauf ansprach.

In diesen Tagen wurde sichtbar, auf wen man sich verlassen konnte und wer die »Schönwetterkollegen« waren. Es kam Jennifer vor wie beim Goldwaschen in der Grabenmühle bei Sigriswil, wo sie kürzlich mit den Kindern einen Nachmittag verbrachte. Nach dem Sieben blieben nur wenige Goldflitterchen in der Pfanne hängen. Der Rest, Kies und Sand, ging den Bach runter. Die Goldflitterchen standen für sie bildlich als die echten Freunde. Jene, die auch in schweren Zeiten da waren. Jene, die Mitgefühl zeigten und helfen wollten.

In einigen Fällen war die Reaktion oder eben die Nicht-Reaktion eine bittere Enttäuschung. »Eine Enttäuschung ist doch eigentlich positiv«, sagte ihre Mutter am Telefon tröstend, als Jennifer ihr davon erzählte. »Wir täuschen uns immer wieder in Menschen und Situationen. So ist es doch jedes Mal gut, wenn uns ein Irrtum bewusst wird. Das bringt uns der Wahrheit näher, und wir verlieren uns nicht in Illusionen.« Obwohl einleuchtend vermochten die gut gemeinten Worte den Schmerz nicht zu lindern.

Etliche schrieben Roger aufmunternde Worte, luden ihn zum Essen ein oder auf ein Feierabendbier. Diese Art von Unterstützung war bei Jennifer seltener. Brauche ich keine Unterstützung, keine lieben Worte? Denken jetzt alle, dass ich am Ziel angekommen und auf Wolke sieben bin? Wenn es doch nur so einfach wäre! Schuldgefühle und auch Existenzängste plagten Jennifer vom Morgen bis zum Abend. Auf der einen Seite konnte sie sich von den Fesseln der Ehe mit Roger befreien, und sie hatte die Chance, neu anzufangen. Auf der anderen Seite war die Situation angsteinflößend und traurig.

Jürg war ihr keine Hilfe. Der hatte mit seiner eigenen Trennung zu kämpfen und war selbst am Limit. Jeder kämpfte für sich, und die Nerven lagen bei beiden blank. Kein guter Nährboden für romantisches Liebesglück. Nach den täglichen Telefongesprächen mit Jürg fühlte sich Jennifer noch leerer. Nicht selten entluden sich Frust und Sorgen sogar noch in einem Streit über irgendeine Kleinigkeit. Das hatten sich beide gänzlich anders vorgestellt.

Roger erlebte die Welle der Solidarität als zwiespältig. Auf der einen Seite freuten ihn die vielen Reaktionen, sie linderten die Einsamkeit, die er bisweilen empfand. Auf der anderen Seite störte ihn das Motiv. In vielen Worten hörte er Mitleid heraus. Mitleid erhalten Opfer. Diese Rolle hasste er. Viel lieber wäre er Täter gewesen. Einer, der agiert und nicht zum Reagieren verdammt war. »Es ist nicht nur Jennifers Schuld. Ich habe zu viel in meine Karriere und zu wenig in die Beziehung investiert. Ich habe sie lange vernachlässigt und war auch kein Engel«, sagte er zu mehreren Kollegen. Diese Sicht auf die Ereignisse war ihm wesentlich lieber. Er wollte auf keinen Fall der bemitleidenswerte gehörnte Ehegatte sein. Er wollte der Kapitän auf seinem Schiff bleiben.

Bei einigen Kollegen glaubte er, auch eine gewisse Genugtuung zu spüren. Genugtuung darüber, dass auch bei ihm, dem Erfolgreichen, nicht immer alles nach Plan lief. »Geschieht ihm recht. Diese Lebenslektion kann dem arroganten Sack nur guttun.« Roger war sich sicher, dass es Menschen gab, die so dachten. Das tat ihm besonders weh. Das fühlte sich wie eine Niederlage an. Und mit Niederlagen konnte er noch nie gut umgehen.

## 16

AUGUST 2009

Wieder einmal war Roger spätabends allein unterwegs. Orientierungslos, in einem tiefen schwarzen Loch. Zuvor hatte er sich für ein paar Tage befreit und erleichtert gefühlt. Die ganze Geschichte war seit den Ferien auf der Bettmeralp auf dem Tisch, und die Reaktionen seines Umfelds waren positiv und unterstützend. Auch Tim und Finn schienen klarzukommen. Doch das anfängliche Gefühl von Leichtigkeit hatte nicht lange angehalten. Es wich einer großen Erschöpfung und vor allem einer unendlichen Leere. Roger fühlte sich in dieser Nacht einsam und verlassen wie nie zuvor. Er war auf der Suche nach irgendeinem Impuls, der ihn aus seiner Lethargie reißen würde. Sein Herz sehnte sich nach etwas Wärme und Nähe. Nichts dergleichen war auszumachen. Die aufkommende Kälte und ein leichter Nieselregen verstärkten das Bedürfnis nach kuscheliger Geborgenheit.

Soll ich nach Hause fahren? Ich habe ja gar kein

Zuhause mehr! Allein in einer Bar vor einem Bier auf einen Großbildschirm starren? Trostlos! Nils anrufen und etwas plaudern? Geht nicht, der hat sicher anderes zu tun! In die Bank gehen und die Märkte in den USA und später in Fernost beobachten? Etwas Zeitvertreib mit den Börsenkursen, die bewegen sich immer. Keine Lust! Dann endlich die erhoffte Eingebung: Da vorne um die Ecke ist doch dieses Thai-Bordell mit der jungen Asiatin, die mich vor Jahren so gekonnt verwöhnt hat. Mangels Alternativen machte er sich auf den Weg. Wie ein Löwe auf der Pirsch. Mit dem Unterschied, dass er sein Wild weder jagen noch erlegen musste. Dafür hätte er ohnehin keine Energie. Er wird sich seine Jagdtrophäe kaufen können. Ganz bequem. Das einzige Adrenalin, das wusste er aus Erfahrung, wird an der Eingangstür ausgeschüttet. In jenem kurzen Moment zwischen dem Betätigen der Klingel und dem Eintreten ins Lokal. Was, wenn mich hier jemand sieht? Ein Arbeitskollege, Bieri oder Nils? Was, wenn da jemand rauskommt, den ich kenne? Ein Bankkunde oder gar mein Vater?

Kurz darauf stand er vor dem schummrigen Eingang. Drei Thai-Girls boten hier ihre Dienste an. *Patpong Massage, Bangkok Dreams, Body to Body Massage.* Roger versuchte, aus den Namen der Studios Rückschlüsse auf die Qualität der Leistung zu ziehen. Schwierig.

*Body to Body* hätte ihn am ehesten angesprochen. Doch da leuchtete bereits das BESETZT-Zeichen. Irgendwie passend. Also läutete Roger bei *Bangkok Dreams.* Kurz darauf ging die Türe auf, und Roger wusste sofort, dass das alles ein Fehler war. Er würde hier mit Sicherheit nicht bekommen, wonach er sich sehnte. Schlagartig wurde ihm bewusst, dass ihn seine Erinnerung an das letzte Mal in die Irre führte. Schöngefärbt durch die vielen Jahre, die seither vergangen waren. Die Realität war ernüchternd. Die bereits etwas ältere Asiatin weckte kein Begehren in ihm. Sie war nur leicht bekleidet, ohne dass Roger mehr hätte sehen wollen. Er wollte innerlich flüchten, stattdessen betrat er ihre Wohnung. Er brachte es nicht übers Herz, der Frau einen Korb zu geben. Wie verletzend es ist, zurückgewiesen zu werden, wusste er nur zu gut. So stand er verloren im samtroten Gang und wusste nicht, wie ihm geschah.

»Schatzeli, worauf du hast Lust?« Ein kalter Schauer ging Roger den Rücken runter, und er blieb wie angewurzelt stehen. Einfach nur weg von hier, dachte er. »Was kostet Französisch ohne Gummi«, hörte er sich stattdessen sagen. »Geht nur mit Gummi, Schatzeli. Kostet 150 Franken. Sehr schön, Schatzeli.«

Er nickte, und sie führte ihn in ein leicht miefiges Zimmer mit einem großen Bett, Typ Spielwiese. Darauf ein selten kitschiges, purpurrotes Herz.

»Ausziehen, Schatzeli. Bin sofort zurück.«

Noch einmal dieses doofe »Schatzeli« und ich schlage hier alles zusammen, ging ihm durch den Kopf, während er mit zittrigen Fingern seine Hose aufknöpfte. Die Thailänderin kam splitternackt in den Raum zurück, was allerdings auf seine Libido keinerlei Auswirkungen zeitigte. Sie brachte ein Feuchttüchlein, ein Kondom und ein Massageöl mit. *Coconut delight* stand drauf. Aufgewärmt hatte sie es in der Mikrowelle.

Sie wies ihn an, sich auf das Bett zu legen. Als

Erstes reinigte sie ihn mit dem Feuchttüchlein. Mit schon fast schweizerischem Sauberkeitssinn, wie ihm schien. Dann trug sie großzügig vom warmen Kokosöl auf und begann, mit den Händen zu massieren. Dazu ein Lächeln, das ihm wie eine Mischung aus Mitleid und gespielter Freundlichkeit vorkam. Keineswegs Verlegenheit. Sicher keine Scham. Die zeichnete sich nur im Gesicht von Roger.

»Geht nicht, Schatzeli, was ist los?«, fragte sie nach einer Weile mit besorgter Miene. Der Gesichtsausdruck erinnerte ihn an seine Zahnärztin, als sie ihm kürzlich das Ziehen des Weisheitszahns nahelegte. Dann stand sie achselzuckend auf und bediente TV und CD-Player. Kurz darauf tobte auf dem Großbildschirm eine Orgie, in der ein paar muskulöse Männer Frauen verschiedener Hautfarben bedienten. Lieblos, trostlos, alles andere als erotisch.

Mit höchster Konzentration gelang es Roger dann doch, hart zu werden. Gerade hart genug, dass ihm die Frau mit einigen geschickten Fingerbewegungen das Kondom überziehen konnte. Und schon verschwand seine Männlichkeit in ihrem Mund. Das fühlte sich irgendwie wohlig an. Wäre da nur nicht der quälende Gedanke, was passieren würde, wenn sie zubeißt. Fünf Minuten später, dank handwerklichem Geschick der Thailänderin und unter Aufbietung aller Kräfte seitens Roger, wurde das Minimalziel der Übung doch noch erreicht. Wie ein Happy End fühlte es sich für ihn trotzdem nicht an.

»War schön?«, lächelte sie noch freundlicher als zuvor. Zweifelsohne glücklich, den Job hinter sich zu haben. Roger zog sich an und war berührt, als sie ihm den Reißverschluss nach oben zog und ihm die Hose und die offenen Hemdknöpfe zuknöpfte. In diesem Moment der unerwarteten Vertrautheit hätte er gerne mehr über diese Frau erfahren. Über ihr Leben, ihre Reise in die Schweiz und auch, ob sie ihre Familie vermisst. Ob sie Geld spart, um in Thailand ein neues Leben aufzubauen?

»Zufrieden, Schatzeli?« Roger nickte und setzte ein gezwungenes Lächeln auf.

Auf dem Nachhauseweg fühlte sich Roger noch einsamer als vorher. Die Gesellschaft und die Körperwärme einer exotischen Frau vermochten nichts an seinem Gemütszustand zu ändern. Im Gegenteil. Es wurde ihm bewusst, dass das Gegenteil von Einsamkeit nicht Gesellschaft, sondern Geborgenheit ist. Genau das fehlte ihm. Geborgen, geliebt und umsorgt zu sein.

Die Leere war kaum auszuhalten. Alles war leer: blutleer, gedankenleer, sinnentleert, selbst sein Hodensack war jetzt auch noch leer. Er hatte nichts mehr zu geben. Empfangen konnte er in diesem Zustand aber auch nicht. Ziellos irrte er umher. Bis er irgendwann auf der Lorrainebrücke stand. Von einem Impuls getrieben stemmte er sich das breite Steingeländer hoch. Dort setzte er sich hin, und seine Beine baumelten über dem Abgrund. Fasziniert blickte er auf die Aare, die etwa vierzig Meter weiter unten durchströmte. Hoch genug. Das war's, mehr brauche ich nicht, dachte er und lehnte sich etwas nach vorne. Die Aussicht auf einen Schlusspunkt, auf ein Ende dieses unwürdigen Daseins zog ihn magisch an. Eine ungekannte Todessehnsucht machte sich in ihm breit, und er fühlte sich ruhig und gelassen. Wie in Trance rutschte er noch näher an den Abgrund. Er starrte in den klaren Nachthimmel, von dem Tausende von funkelnden Sternen auf ihn teilnahmslos runterblickten. Wie unbedeutend wir Menschen im Universum doch sind. Wie irrelevant es doch eigentlich ist, wenn ich jetzt springe.

Er rutschte noch etwas weiter bis ans Limit. Weiter ging nicht. Vor seinem geistigen Auge tauchten Tim und Finn auf, die auf einer grünen Wiese vergnügt spielten. Sie hätten sicher anfänglich darunter zu leiden, wenn er nicht mehr da wäre. Aber auf lange Sicht würde ihr Leben einfacher werden, und Jennifers Neuer würde seine Rolle einnehmen, dachte er bitter. Finanziell war für die beiden auch gesorgt. Versicherungen zahlen auch bei Selbstmord, das hatte er letzte Woche noch abgeklärt. Seiner Verantwortung Tim und Finn gegenüber wollte er nachkommen. Ansonsten fühlte er sich nichts und niemandem mehr verpflichtet.

Dann nahm er seine Rolex vom Handgelenk und ließ sie fallen. Er schaute ihr gebannt nach, bis sie im Dunkel der Nacht verschwand. Im fahlen Licht, welches die Laterne am Uferweg abgab, sah Roger etwas Wasser aufspritzen, vermutlich verursacht durch den Aufprall der Uhr. Werde ich auf dem Kopf oder auf dem Rücken landen? Soll ich noch einen Salto versuchen, einen eleganten Kopfsprung wagen oder mich einfach wie ein Sack fallen lassen? Roger staunte ob der Absurdität seiner Gedanken. Als würde das eine Rolle spielen. In weniger als einer Minute würde alles vorbei sein. Endgültig.

»Passen Sie auf!«, rief ihm ein alter Mann mit brüchiger Stimme zu, der mit seiner Frau untergehakt über die Brücke ging.

»Können wir Ihnen helfen?«, fragte die Frau ihn ruhig, aber man sah ihr an, dass sie sich Sorgen machte. »Machen Sie ihre Nächsten nicht unglücklich. Kommen Sie bitte da runter. Lassen Sie uns reden. Es gibt immer einen Weg, man findet immer eine Lösung, das können Sie mir glauben. In meinem Alter kann ich das beurteilen.«

Roger spürte, wie ihn der Mut verließ. Der lange Flug, der harte Aufprall. Die Vorstellung, von einer fremden Person leblos und entstellt aus der Aare gezogen zu werden … grauenhaft. Morgen werde ich mir Schlaftabletten besorgen, dachte er und bewegte sich langsam vom Abgrund weg.

»Entschuldigung, offenbar habe ich Sie erschreckt«, sagte er. »Ein Missverständnis. Ich wollte nur rasch schauen, wie die Aare bei Nacht aussieht.« Roger sprang zurück auf den Gehsteig, und ohne ein weiteres Wort lief er an den beiden alten Leuten vorbei Richtung Stadtzentrum. Er schämte sich ob seiner leeren Worte. Nach etwa fünfzig Metern schaute er nochmals zurück und sah, wie die beiden immer noch am selben Ort auf der Brücke standen. Wie angewurzelt. Der Mann hielt seine Frau in den Armen und es sah so aus, als ob er sie stützen musste.

Nach Hause wollte Roger an diesem Abend nicht. Er buchte sich ein Zimmer im Hotel *City* am Bahnhof und fiel erschöpft auf das Doppelbett. Das weiße Kissen roch nach Lavendel, und Roger fühlte sich so verlassen und einsam wie noch nie in seinem Leben.

## 17

SEPTEMBER 2009

So traurig der Vorfall auf der Lorrainebrücke auch war – Suizid war für Roger eine reale Option. Mehrmals träumte er davon. Er sah sich auf dem Gleis liegen, während der Intercity heranbrauste, oder mit dem Rasiermesser in der Badewanne im blutroten Wasser. Der schlimmste Traum war aber jener, als er sich und Jennifer mit Benzin übergoss und ein Streichholz anzündete. Danach wälzten sie sich als brennende Fackeln schreiend auf dem Rasen. Tim und Finn standen hilflos und schluchzend daneben. Schweißgebadet wachte er jeweils aus diesen Träumen auf. Einschlafen konnte er danach nicht mehr. Liegen bleiben ging auch nicht. Also verließ er mitten in der Nacht das Haus, um ziellos im Mondlicht über die nahen Felder zu wandeln.

Er brauchte Hilfe, so viel war ihm klar. In seiner Not wandte er sich an Fritz Marti, der freiberuflich als Coach und Prozessberater tätig war. Roger hatte ihn in der Jungfrau-Region beim Skifahren kennengelernt. Marti fiel auf der Skipiste durch seine schlanke und sportliche Statur und seinen Fahrstil auf – eine nicht alltägliche Mischung aus Sportlichkeit und Eleganz. Ein weiteres Markenzeichen war sein Skidress: mattschwarze Hosen und eine orange Skijacke, die schon viele Jahre auf dem Buckel hatte.

»Freut mich, dass du den Weg zu mir gefunden hast, Roger«, sagte Marti lächelnd, nachdem beide im lichtdurchfluteten Besprechungszimmer Platz genommen hatten. Martis weißes Haar glänzte in der Sonne. Obwohl er mehr als fünfzehn Jahre älter war als Roger, wirkte er vital und unverbraucht. »Wie lange ist es her, seit wir uns kennengelernt haben? Fünf oder schon sechs Jahre?«

»Schon fast sieben Jahre, Fritz. Ich kann mich noch erinnern, wie ich damals auf deiner Website rumgestöbert habe. Das Thema Standortbestimmung in der Lebensmitte hat mich sehr angesprochen. Dann aber kamen die Dringlichkeiten des Alltags und der Vorsatz, das mit dir anzugehen, ist in einem Meer von Pendenzen versunken.« Roger nahm einen Schluck Tee. »In den letzten Monaten ist mir ein paar Mal die Frage durch den Kopf gegangen, ob mein Leben heute anders wäre, wenn ich mich damals bei dir gemeldet hätte.«

»Vielleicht war die Zeit damals noch nicht reif, Roger. Welche Themen möchtest du mit mir angehen?«

Roger gefiel die professionelle Haltung von Marti. Er kam sofort auf den Punkt, kein Small Talk.

Tatsächlich hatte Marti der Besprechung mit gemischten Gefühlen entgegengesehen. Roger war ihm nie besonders sympathisch gewesen. Distanziert und arrogant hatte er ihn in Erinnerung, der typische Private Banker. Doch nach ein paar Minuten sah er, dass da keine Spur mehr war von der früheren Überheblichkeit. »Du bist in einer tief gehenden Lebenskrise«, konstatierte Marti, nachdem Roger seine Geschichte ausführlich geschildert hatte. Das deckte sich mit dem, was Roger fühlte. Trotzdem war die klare Diagnose für ihn irgendwie erschütternd. Danach fragte ihn Marti, welche Ziele er für das Coaching definieren wollte.

»Ich suche einen Sparringspartner, der mir hilft, einen Weg in die Zukunft zu finden. Ich bin irgendwie orientierungslos«, antwortete Roger mit gesenktem Kopf.

»Derartige Reisen habe ich mit meinen Klienten schon oft unternommen. Ich denke, dass dir meine Erfahrung hilfreich sein könnte. Sei dir aber bewusst, dass ich nur ein Wegweiser sein kann. Alle Entscheidungen für dein Leben und vor allem auch die Verantwortung liegen bei dir.«

Roger nickte wortlos.

Marti schlug sechs Sitzungen zu je neunzig Minuten vor. »Welche Stundenansätze sind in der Finanzbranche üblich, Roger? Ich finde unsere Arbeit gleichwertig, und sie sollte auch gleich entschädigt werden.«

Roger musste innerlich schmunzeln. Seines Wissens waren die Honorare in der Finanzberatung wesentlich höher als im Coaching. »Ja klar, das finde ich fair. Einverstanden. Der Ansatz für Honorararbeiten liegt in der Bank bei rund zweihundertachtzig Franken pro Stunde.« Roger war sich ziemlich sicher, dass die anderen Klienten von Marti weniger tief in die Tasche greifen mussten als er. Aber das war ihm egal.

Außerdem wurde das große Geld in der Finanzbranche ohnehin mit Kommissionen und Provisionen gemacht. Das wiederum wollte er Marti aber nicht unter die Nase reiben.

Das persönliche Gespräch tat Roger gut. Marti war souverän und authentisch. Er hörte aufmerksam zu, ohne zu werten und ohne gutgemeinte Ratschläge. Er war einfach nur da. Ein empathischer Zuhörer. Keine Besserwisserei, keine Bevormundung. Wohltuend.

»Hier, ein kleines Buch, das für dich interessant sein könnte, Roger. Wu Wei, die Lebenskunst des Tao von Theo Fischer.« Marti übergab Roger das unscheinbare Taschenbuch am Schluss der ersten Besprechung. »Es geht um eine andere Sichtweise auf das Leben. Der Autor zeichnet einen Kontrast zur westlichen Perspektive auf das Leben und auf das, was wirklich wichtig ist.«

Roger nahm die Leihgabe höflich, wenn auch innerlich skeptisch entgegen. »Tun im Nichttun« stand im Klappentext. Das kam ihm doch sehr weltfremd vor.

Eine kleine Hausaufgabe hatte Marti noch für Roger: »Es gibt kein richtiges Leben im falschen. Kennst du diesen Spruch des deutschen Philosophen Adorno? Mach dir doch ein paar Gedanken dazu.« Das Zitat berührte Roger in seinem Innersten. Es war, als hätte Marti seinen Finger behutsam auf seinen wunden Punkt gelegt. Ein Leben lang hatte er versucht, alles richtig zu machen. Er glänzte mit seinen Fachkenntnissen, überzeugte im Umgang mit den Kunden und seine Arbeitstechnik war vorbildlich. Aber er rackerte sich im falschen Feld ab. Die Ernte war zwar reichlich und füllte sein Bankkonto, aber nie stillte das Geld seinen Hunger.

Nie fühlte er sich von seiner Aufgabe erfüllt, immer nur ausgefüllt. Er war in den Augen der Gesellschaft erfolgreich und trotzdem am falschen Ort.

Auf dem Weg nach draußen fiel Roger ein großes gerahmtes Poster neben der Garderobe auf. Abgebildet war ein Windrad auf einem kargen Hügel, im Hintergrund ein stimmungsvoller Sonnenaufgang. Darunter stand:

> Wenn der Wind der Veränderung weht, bauen die einen Mauern und die anderen Windmühlen. – Aus China.

Ein milder Herbsttag – perfekt für ein Feierabendbier im Gartenrestaurant *Zehendermätteli*. Vielleicht das letzte Mal in diesem Jahr. Für einmal trafen sich Nils und Roger deshalb nicht im *Luce*. Die Tage waren schon spürbar kürzer, und das Laub an den Bäumen präsentierte sich stellenweise bereits in seinen Herbstfarben.

Roger hatte noch immer keine passende Wohnung in der Nähe des Hauses gefunden, obwohl er seit Wochen intensiv auf der Suche war. Im Zug nach Bern hatte er in der Tageszeitung *Der Bund* einen Bericht über einen deutschen Radfahrer gelesen, der seit fünfzig Jahren unterwegs war. Mehr als 250 Länder habe er mit dem Velo erkundet und dabei unglaubliche 600.000 Kilometer abgespult. Wenn er Geld brauchte, verkaufte er Touristen ein Booklet über sein Leben. Wie spießig mein Leben doch im Vergleich dazu ist, dachte Roger. Es gäbe so vieles zu entdecken und zu erleben, während ich im Büro das Auf und Ab der Börsenkurse verfolge, wohlgemerkt, ohne irgendeinen Einfluss nehmen zu können.

Nils, der wie immer etwas früher am Treffpunkt war und die wärmende Herbstsonne genoss, sah Roger schon von weitem an, dass es ihm nicht gut ging. »Was ist denn mit dir los?«, fragte Nils herzlich. »Komm, setz dich in die Sonne. Ein herrlicher Abend!«

Es dauerte eine Weile und ein Junker-Bier aus der lokalen Brauerei *Felsenau*, bis Roger etwas auftaute. Nils hörte aufmerksam zu, als ihm Roger seine Gedanken anvertraute. »Am liebsten würde ich ein Trekkingvelo mit zwei Satteltaschen kaufen und einfach abfahren. Die Welt erkunden. Jeden Tag weiter, gänzlich neu anfangen!« Dazu gestikulierte Roger wild mit den Händen.

Nach ein paar Minuten warf Nils ein: »Glaubst du, dem Abenteurer auf dem Fahrrad gehe es immer nur gut? Was macht dich denn so sicher, dass sein Leben besser ist und nicht nur anders? Könnte es sein, dass du das romantisierst?«

»Hast du denn nie das Gefühl, dass das Leben an dir vorübergeht, ohne dass du richtig gelebt hast? Dass du deine Berufung nicht leben kannst, weil andere darüber bestimmen, wo es langgeht?«

Nils fuhr sich durch die Haare und blickte entspannt in die Weite. Eigentlich war er ganz zufrieden mit seinem Leben. Seine tägliche Routine behagte ihm. Er gehörte nicht zu jenen, die dauernd Angst davor hatten, etwas zu verpassen. Nils liebte die ruhigen und beschaulichen Momente und ließ sich gerne vom Strom des Lebens treiben. Er hatte auch nicht das Bedürfnis, seinem Leben eine Richtung zu geben, wie es Roger oft formulierte. Wohin denn? Er war nicht auf der Suche. Wonach denn? Alles, was er benötigte, war bereits vorhanden. Die Ereignisse seines Lebens fügten sich wie Glieder einer Kette aneinander, und Nils haderte nie mit den Karten, die ihm das Schicksal zuspielte. »Nein, Roger, dieses Gefühl habe ich nicht. Meine Kinder, Katharina, die Arbeit als Lehrer, meine Gesundheit, alle Zutaten für ein erfülltes Leben sind schon da«, sagte Nils mit leiser Stimme und lehnte sich zurück. Stille. Roger nahm einen Schluck Bier und blickte auf den großen Sandkasten, wo ein paar Kleinkinder vergnügt spielten.

»Deine bescheidenen Ansprüche in Ehren, Nils, aber vielleicht musst du dir später einmal eingestehen, dass du dein wahres Potenzial nicht verwirklicht hast. Wäre das nicht bitter? Man lebt nur einmal.«

»Genau, darum versuche ich, jeden Tag zu genießen und ihn so zu nehmen, wie er ist. Ich kenne genug Menschen, die ihr Leben verpassen, weil sie unentwegt auf der Suche sind. Das kommt mir manchmal wie die verewigte Suche nach einer seltenen, kostbaren Blume vor, die es in Wirklichkeit gar nicht gibt.«

Die ewige Suche. In diesem Bild konnte sich Roger erkennen. Eigentlich war das immer schon so gewesen. Es gab Lebensphasen, in denen er das Gefühl hatte, angekommen zu sein. Bei der Geburt von Tim und Finn beispielsweise oder beim Einzug in das eigene Haus in Gümligen. Aber dieses Gefühl hielt nie lange an. Stets kamen die Unzufriedenheit und die innere Leere in sein Leben zurück. Selten war etwas gut genug, stets fantasierte er in Gedanken darüber, wie es noch besser sein könnte. Aber vielleicht war es sein Schicksal, unterwegs zu sein, während es andere gab, die ihren Platz schon gefunden hatten, bevor sie überhaupt auf die Reise gingen. Vielleicht drängte ihn das Leben stets vorwärts, weil es ihm am Ende des Weges etwas offenbaren wollte, das anderen verborgen blieb. »Das Bild mit der Blume hat etwas, Nils. Aber es ist doch wichtig, im Leben Ziele und Ambitionen zu haben. Etwas erreichen zu wollen, kann doch nicht falsch sein.«

»Das haben wir immer schon unterschiedlich empfunden, Roger. Ich konkurriere mit niemandem und kann deshalb auch nicht verlieren.« Nils lächelte schelmisch. »Wem genug nicht genug ist, der hat bekanntlich nie genug«, meinte er.

Das saß. Roger nickte stumm. Die Sonne ging hinter dem gegenüberliegenden Hügel unter, und der Himmel verfärbte sich purpurrot. Schatten fiel auf ihren Platz. Sofort wurde es frisch. Nils schlug vor, noch einen kleinen Spaziergang an der Aare entlang zu machen.

»Vielleicht brauchst du nicht ein gänzlich neues Leben, nur eine neue Sicht darauf, eine neue Perspektive«, sagte Nils auf dem Weg.

»Hm, wie meinst du das?«

»Ich habe die Erfahrung gemacht, dass es wenig bringt, die äußeren Lebensumstände zu verändern, wenn man innerlich nicht zufrieden ist. Widerstand gegen die Ereignisse im Leben ist sinnlos und kräfteraubend. Es ist wesentlich einfacher, das zu lieben, was ohnehin ist. Radikale Akzeptanz ist mein Motto.«

»Uff, das tönt wie aus einem esoterischen Roman von Paulo Coelho«, frotzelte Roger.

Nils lächelte. »Ernsthaft Roger, versuch's doch mal mit einer inneren Reise, bevor du dein ganzes Leben infrage stellst.«

»Okay … ich denke darüber nach, danke.«

Auf dem Parkplatz verabschiedete er sich von Nils. Roger wollte nicht mitfahren, sondern zog es vor, durch den Wald zu spazieren. Bis ins Rossfeld, zur nächsten Bushaltestelle. Im Wald war es bereits ziemlich dunkel, und auf einer kleinen Lichtung konnte er ein Reh erkennen, das aufmerksam die Ohren spitzte. Roger blieb stehen und hielt den Atem an. Einen Moment lang standen sich beide regungslos gegenüber, dann sprang das Reh aufgeregt davon. Und Roger hatte plötzlich das Gefühl, dass er den Tiefpunkt durchschritten hatte.

»Endlich!« Jürg war überglücklich, als Jennifer das Motelzimmer betrat. Er hatte ihr die Tür offen gelassen, damit sie diskret und unauffällig in die Privatsphäre des Raumes eintauchen konnte.

Sie trafen sich im Hotel *Lyssach* an der Autobahn Richtung Zürich – etwas außerhalb von Bern. Das kleine Zimmer war jahrelang ihr Liebesnest im grauen Alltag gewesen. Eine Oase der Geborgenheit, ein Ort zum Träumen. Wie früher war Jürg schon etwas früher hingefahren und hatte alles vorbereitet. Farbige Kerzen brannten, und aus den portablen Boxen erklang die Musik von *Simon and Garfunkel*. Eine Zone der Sinnlichkeit und der Liebe. Unbeschwert von der Mühsal des Alltags und den Streitereien zu Hause. Bei jeder sich bietenden Gelegenheit hatten sie sich hier getroffen, jede SMS, jeder Telefonanruf war eine kleine Flucht in ein glückliches und lebenswertes Leben gewesen. Doch jetzt war alles anders. Sie waren am Ziel ihrer Träume angekommen und seit ein paar Wochen offiziell ein Paar. Der Moment, den beide jahrelang herbeigesehnt hatten, war gekommen. Trotzdem wollte keine Glückseligkeit aufkommen. Das »Coming-out« brachte viel Stress mit sich, und magische Momente waren seither selten. Das Zitat auf dem Zuckerbeutel für Jennifers Tee stimmte Jürg nachdenklich:

> Man gewinnt nie etwas, ohne dafür auch etwas zu verlieren. Henry David Thoreau, Schriftsteller und Philosoph.

»Irgendwie war es heute anders, Schatz. Die zärtlichen Worte und die gefühlvollen Berührungen haben mir gefehlt. Ich hatte das Gefühl, es ging mehr um Sex und weniger um Liebe«, sagte Jennifer leise und kuschelte sich nackt an ihn.

»Nun mach du mir bitte nicht auch noch Vorwürfe, Jenny«, erwiderte Jürg. »Susanne lässt keine Gelegenheit aus, mir das Leben schwer zu machen, und das Schlimmste ist, sie wiegelt die Mädchen gegen mich auf. Das bringt mich fast um den Verstand. Gestern habe ich zudem bereits einen Brief von ihrem Anwalt erhalten. Rosenkrieg.« Jennifer streichelte Jürg zärtlich über seine dunkelblonden Haare. »Eine Wohnung zu finden, die ich mir leisten kann, ist extrem schwierig. Seit mehr als zwei Wochen lebe ich in einem kleinen Hotelzimmer. Ich bin auf mich allein gestellt, und ich vermisse Layla und Laura!«

»Das tut mir leid. Das Gefühl, allein durch den Sturm zu rudern, kenne ich auch. Ich wünsche mir, dass wir uns vermehrt gegenseitig Kraft und Unterstützung geben. Wir dürfen ob all dem Stress auch nicht vergessen, an unserer Zukunft zu bauen.«

»Das würde ich gerne, Jenny, aber im Moment habe ich absolut keine Energie. Ich muss zuerst meine Probleme lösen, bevor ich mich dir zuwenden kann. Ich fühle mich konstant überfordert und schlafe sehr unruhig, wenn überhaupt.«

Das Gefühl der Überforderung kannte Jennifer auch. Auch sie hatte keine Kraft, die sie Jürg hätte geben können. Eigentlich hatte sie gehofft, er könnte ihr beistehen. Aber seine Situation war noch schwieriger. Sie drückte sich noch etwas näher an Jürg und versuchte, ihn zu beruhigen. Eine Weile lagen sie wortlos nebeneinander, beide in Gedanken versunken. Dann sagte Jennifer unvermittelt: »Vielleicht gehen Roger und ich nochmals zu unserem Paartherapeuten.«

»Was sagst du da?«, entfuhr es Jürg, und er riss sich von Jennifer los. »Ich dachte, alles sei klar, und du willst dein Leben mit mir teilen. Weshalb würde ich sonst all den Trennungsstress auf mich nehmen? Ich höre wohl nicht richtig!« Jürg kochte innerlich. Die Aussage von Jennifer war der berühmte Tropfen, der das eh schon übervolle Fass zum Überlaufen brachte.

»Nein, nein«, entgegnete sie ruhig. »Das ist ein Missverständnis. Es geht nur darum, im Trennungsprozess weiterhin gute Lösungen zu finden und die

Kommunikation aufrechtzuerhalten. Ich bin darauf angewiesen, dass die Situation mit Roger nicht eskaliert. Das bin ich Tim und Finn schuldig.« Jennifer war davon überzeugt, dass eine entspannte Beziehung zu Roger auch im Interesse von Jürg war. Sie wollte ihre Liebe nicht ein Leben lang mit einem ungelösten Beziehungskonflikt aus der Vergangenheit belasten.

Jennifers Worte konnten Jürg jedoch nicht gänzlich besänftigen: »Wieso lebt ihr eigentlich immer noch unter demselben Dach? Wieso zieht er nicht endlich aus, so wie ich auch?«

»Ich habe dir schon mehrmals erklärt, dass Roger eine Wohnung sucht. Sobald er diese gefunden hat, zieht er aus«, antwortete Jennifer gereizt und wandte sich ab.

Jürg zog sie sanft zurück. »Komm, Jenny. Ich habe das nicht so gemeint. Ich bin überfordert. Tut mir leid.« Eine weitere Sorge plagte Jürg: Jahrelang hatte er Jennifer gegenüber Phrasen wie »Geld allein macht auch nicht glücklich« oder »Die wertvollsten Dinge im Leben kann man nicht kaufen« gedroschen. Jetzt musste er den Beweis antreten, dass dem auch wirklich so ist. Als selbstständiger Physiotherapeut hatte er zwar ein solides, aber doch begrenztes Auskommen. Kein Vergleich mit Roger. Die ganze Situation machte ihm zunehmend Angst. Es schien ihm, als hätte er jede Kontrolle über sein Leben verloren, als würde er wie die herbstfarbenen Blätter in der Aare treiben.

Eine halbe Stunde und viele Tränen später verließen beide gleichzeitig das Hotelzimmer, was sich komisch anfühlte. Obwohl sie ihre Liebe nicht mehr verstecken mussten, hofften beide trotzdem, dass sie niemand sehen würde. Ein flüchtiger Kuss und eine kurze Umarmung auf dem Parkplatz und schon waren beide wieder auf dem Weg zurück in ihre aufreibenden Leben. Auf dem Weg ins Ungewisse. Sicherheiten und Gewissheiten gab es keine mehr. Betrogene Ehepartner sind zu allem fähig. Dessen waren sich beide bewusst.

In der folgenden Nacht hatte Jennifer erneut einen schrecklichen Alptraum: Roger zündet sich samt Tim und Finn im Wohnzimmer an. Alles, was Jennifer im Leben wichtig ist, aber auch wirklich alles, wird ein Raub der Flammen. Als sie nach Hause kommt, liegt alles in Schutt und Asche. Im Briefkasten findet sie einen Zettel mit Rogers Handschrift: *Das hast du nun davon, du Schlampe!*

# 18

OKTOBER 2009

Die Haustürklingel riss Fritz Marti aus seinen Gedanken. Er war darin vertieft, sich auf die zweite Besprechung mit Roger Graf vorzubereiten, und ging gerade seine Notizen durch. Auf dem Weg zur Tür warf er einen Blick auf das gerahmte Foto seines einzigen Sohnes Luca in Skibekleidung. Das Foto zeigte ihn strahlend im Starthaus des Ski-Weltcuprennens auf dem Chuenisbärgli in Adelboden. Luca war damals im Winter 1993 zwölf Jahre alt. Im darauffolgenden Sommer ertrank Luca beim Schwimmen in der Aare unterhalb des *Zehendermätteli* bei Bremgarten. Bis heute war ungeklärt, was genau passiert war. Fritz und seine Frau schwammen an jenem herrlichen Sommerabend nur ein paar Meter vor Luca. Als Fritz sich zu seinem Sohn umdrehte, war er verschwunden, ohne eine Spur zu hinterlassen. Erst am folgenden Morgen wurde sein lebloser Körper von der Sanitätspolizei Bern unterhalb der Felsenaubrücke geborgen.

Marti verlor komplett den Boden unter den Füßen, und jahrelange Depressionen raubten ihm alle Energie und Lebensfreude. Schuldgefühle plagten ihn täglich, vor allem in der Nacht, und mehrmals glaubte er, den Verstand zu verlieren. Manch einer wäre daran zerbrochen, doch Marti kam wieder auf die Beine und machte sich als Coach und Prozessberater selbstständig. Mit großem Erfolg. Vor allem sein Vortrag über Resilienz, sich durch nichts unterkriegen zu lassen, wurde von namhaften Firmen und Organisationen immer wieder gebucht.

Marti brachte Roger wie immer einen Grüntee mit einem Mandelbärli von der Confiserie *Glatz*. Roger wirkte offen und guter Dinge. Ideale Voraussetzungen, um ihn etwas aus der Komfortzone zu locken. »Ehrgeiz ist ein tolles Werkzeug, aber ein miserabler Meister«, begann Marti und lehnte sich entspannt in seinem Stuhl zurück. Leicht abgewandt von Roger, als würde er gar nicht mit ihm sprechen. »Ehrgeizige sind ständig daran, ihre Lebensumstände zu verbessern, und verschieben das Glücklichsein auf später. Sie denken Dinge wie ›Wenn das erledigt ist‹ oder ›Wenn ich dieses Ziel erreicht habe, dann wird es alles gut‹. So geht das immer weiter und weiter. Eine Endlosschleife. Ehrgeizige Menschen verpassen in ihrem Streben oft das Leben im Hier und Jetzt. Das einzig wirkliche Leben findet aber im Gegenwärtigen statt.« Fritz Marti drehte sich zu Roger und fragte ihn lächelnd: »Wie klingen diese Gedanken bei dir an?«

Roger nickte wortlos und starrte aus dem Fenster. Es war ihm, als hätte Marti ihm bis auf den Grund seines Herzens geschaut. Seine Worte trafen ihn im Innersten.

Marti war davon überzeugt, dass alle Menschen nach demselben streben: Glück und Erfüllung. Die Wirtschaft hatte das längst erkannt und preiste Produkte an, die genau das versprachen. Doch Konsum verschaffte nur kurze Glücksgefühle. Ein Irrweg. Marti war sich sicher, dass man anhaltendes Glück letztlich nur in sich selbst finden konnte.

Die Worte Martis gingen in dieselbe Richtung wie die Kernaussagen des Buchs, das er Roger mitgegeben hatte. Nach anfänglicher Skepsis hatte Roger das Buch an einem Wochenende verschlungen. Darin wurden die Leitgedanken des Tao, einer uralten chinesischen Weisheitslehre, in einfachen Worten dargelegt: weniger Denken, weniger Wollen, weniger Haben. Mehr Sein. Die auf den ersten Blick etwas weltfremd anmutenden Prinzipien des Nichteingreifens und des Nichthandelns wurden im Buch in vielen Beispielen erläutert. Tun im Nichttun – es schien Roger, als würden die Zeilen eine tiefe innere Sehnsucht berühren, die in ihm schlummerte. Im Buch wurde ein Lebensentwurf dargelegt, der in krassem Gegensatz zu seinem bisherigen Leben stand. Faszinierend war auch, dass die großen Themen der Menschheit offenbar schon vor tausenden Jahren dieselben gewesen waren wie heute.

»Ich habe in meinem Leben immer Zielorientierung und Proaktivität hochgehalten.« Nach einer Weile fand Roger dann doch noch Worte auf Martis Frage. »Mir ist in den letzten Wochen bewusst geworden, was ich schon lange fühle. Ich drehe Tag für Tag meine Runden im Hamsterrad, ohne dass ich einen tieferen Sinn dahinter erkennen kann.«

Marti hörte aufmerksam zu und war überrascht,

dass Roger bereits in der zweiten Sitzung wichtige Einsichten gewonnen hatte. Offenbar war die Zeit reif. »Spannend, erzähl mir mehr davon.«

Roger sammelte sich kurz und sagte, dass er am Tag zuvor ein bewegendes Zitat von Bob Dylan im Magazin der Zeitung *Der Bund* gelesen habe:

> Ein Mensch ist erfolgreich, wenn er zwischen Aufstehen und Zubettgehen das tut, was er gerne macht.

Doch Roger musste sich jeden Tag von Neuem überwinden, um den Arbeitsweg anzutreten, und spürte eine wachsende Kraft in sich, die aus seinem Leben ausbrechen wollte. Roger nahm den letzten Schluck von seinem Tee. »Auf der anderen Seite frage ich mich, ob ich mich da nicht in etwas verrenne. Dank meines Jobs können wir uns alles leisten, was uns wichtig ist. Davon träumen viele. Soll ich das wirklich aufs Spiel setzen? Vielleicht geht diese Unzufriedenheit vorüber, wie sie gekommen ist.«

Doch Marti war überzeugt, dass es sich hier nicht nur um eine vorübergehende Laune handelte. Rogers Unzufriedenheit wurzelte tief, und die Ehekrise hatte als Brandbeschleuniger gewirkt. Sein Klient war in schwere See geraten, und ein neuer ruhiger Hafen war nirgends zu sichten. Kein Wunder, dass Roger versucht war, umzudrehen und wieder den alten Hafen anzusteuern. Marti wusste aber aus Erfahrung, dass der Rückweg keine gute Option war, auch wenn dieser kurzfristig Erleichterung versprach.

»Ich finde es wichtig, dass du die unzufriedene

Stimme in dir ernst nimmst, Roger«, sagte er nach einer Weile. »Leider verfügen viele Menschen nicht über die Kraft und die Zuversicht, um ihr unglückliches Leben grundlegend zu verändern. In Phasen der Unsicherheit tendieren wir Menschen dazu, in alten Mustern zu verweilen. Selbst dann, wenn wir damit nicht glücklich sind. Das Neue und Unbekannte macht uns Angst.«

Roger nickte und erwiderte: »Ja, erst das Drama mit Jennifer hat mich wachgerüttelt. Ich frage mich manchmal, was aus unseren Leben geworden wäre, wenn wir unser Siechtum weitergeführt hätten.«

»Schwer zu sagen«, antwortete Marti. »Ich kann aufgrund meiner Erfahrungen höchstens Vermutungen anstellen. Die Chance ist groß, dass sich die Leere und die Unzufriedenheit mit der Zeit auch auf der physischen Ebene manifestiert hätten: Burn-out, Herzinfarkt, Krebs oder andere gesundheitliche Leiden.« Er blickte diskret auf die Wanduhr im Rücken von Roger. Die Zeit war fast um. »Setz dich auf deinem Weg nicht unter Zeitdruck, Roger. Probier nach dem Lustprinzip dies und jenes aus. Du spürst dann mit der Zeit schon, wohin es dich zieht. Die Antworten auf deine Fragen werden dich finden.«

Roger nickte lächelnd. Das klang in seinen Ohren doch etwas zu esoterisch.

Am Schluss übergab Marti Roger noch einen Fragebogen. »Die Auswertung soll zeigen, wo deine Präferenzen, Stärken, Schwächen und auch die blinden Flecken liegen. Es geht bei diesem Test nicht um gut oder schlecht. Es geht nur darum, herauszufinden, was dich im Leben antreibt.«

Donnerstagabend. Roger wartete im Restaurant *Tibits* auf seinen Kunden Kurt Steger. Verwundert nahm er zur Kenntnis, dass das vegetarische Restaurant, das Steger ausgesucht hatte, bis auf den letzten Platz besetzt war. »Das ist hier fast immer so, und zwar mehr oder weniger rund um die Uhr«, erklärte ihm die freundliche ältere Dame am Nebentisch auf seine Frage. Offenbar war fleischloses Essen im Mainstream angekommen. Roger hätte sich trotzdem gern ein gutes Stück vom Rind an diesem Abend gegönnt.

Kurz darauf kreuzte Steger gut gelaunt auf und entschuldigte sich für seine Verspätung. Er hatte seine Eltern im Berner Elfenauquartier besucht und war auf dem Weg zurück nach Zürich. Der Treffpunkt nahe dem Hauptbahnhof Bern war somit für beide ideal. Als Erstes bot Steger Roger das Du an, das sei einfacher. Roger nahm dankend an. Sofort war die vertraute Atmosphäre wieder da, die Roger schon bei ihrem letzten Gespräch überrascht hatte.

»Über das Wochenende habe ich wieder einmal Seneca gelesen und an dich gedacht, Roger. Hast du schon von ihm gehört?«

»Der Name kommt mir irgendwie bekannt vor. Ein römischer Kaiser?«, antwortete Roger verlegen.

Steger schmunzelte. »Fast. Seneca war der prominenteste Vertreter der Stoiker, ein römischer Philosoph, Naturforscher und Politiker. Er war einer der mächtigsten Männer seiner Zeit und unter anderem Berater des späteren Kaisers Nero. Die Stoiker zeichnen sich dadurch aus, dass sie das Leben hinnehmen, wie es ist, und nicht mit dem Schicksal hadern. Zorn gilt unter Stoikern nicht nur als kontraproduktiv, sondern als dumm.« Nach einem Schluck Wasser fuhr Steger fort: »Seneca, ist mein Lieblingsphilosoph. Er verstand Philosophie als einen Weg zum guten Leben und hatte nicht nach Erkenntnis und Weisheit um ihrer selbst willen gestrebt.

»Hm, kannst du mir ein Beispiel geben?«, fragte Roger mit hochgezogenen Augenbrauen.

»Ich habe mir überlegt, was dir Seneca in deiner Situation raten würde. Er würde dir wohl vorschlagen, dass du dir in Gedanken den schlimmstmöglichen Fall ausmalen sollst. Probieren wir doch das gleich mal aus. Wovor fürchtest du dich am meisten, Roger?«

Roger zögerte und nippte verlegen an seinem Rotwein. »Hm, meine Kinder nicht mehr zu sehen und allein zu sein. Meinen Lebensstandard nicht mehr finanzieren zu können und finanziell abzusteigen.« Roger wunderte sich selbst ein bisschen über seine Offenheit und fühlte sich gleichzeitig sehr verletzlich. »Jetzt bin ich gespannt, was Seneca für mich tun kann.«

»Ich vermute, er würde dir keinerlei Hoffnung machen. Mit anderen Worten: Geh davon aus, dass genau das alles eintreten wird. Du wirst sozial absteigen und als einsamer Mann enden.«

»Toll! Ich spüre schon, wie mir das hilft«, erwiderte Roger mit ironischem Unterton.

»Die Stoiker sagen, dass die Angst vor etwas am meisten Leiden verursacht. Wenn das Befürchtete tatsächlich eintritt, wirst du feststellen, dass sich damit leben lässt. In Bezug auf den befürchteten materiellen Abstieg heißt das beispielsweise: Du wirst dich rasch an die neue Situation anpassen und mit weniger auskommen. Der Mensch kann mit ganz wenig glücklich sein.«

»Sagte einer der mächtigsten Menschen im alten Rom«, unterbrach Roger stirnrunzelnd.

Steger lächelte und antwortete: »Seneca hat immer wieder mit Armut experimentiert. Beispielsweise hat er eine Woche lang auf dem Teppich in der Küche geschlafen und nichts anderes als Reis gegessen. Seine Erkenntnis: Alles halb so schlimm. So viel schlechter ging es ihm in dieser Zeit gar nicht. Unsere Existenz- und Verlustängste sind unbegründet, und der Einfluss von materiellem Wohlstand auf das Glücksempfinden wird in unserer Gesellschaft massiv überschätzt.« Roger hing Steger an den Lippen, was dieser sichtlich genoss. »Die Stoiker waren überzeugt von dieser Technik der negativen Visualisierung. Die Technik soll dabei helfen, Ängste in den Griff zu bekommen, damit uns diese nicht davon abhalten, das Richtige zu tun. Der Audi Quattro, die Ferien auf dem Reethi-Rah-Resort auf den Malediven oder das Filet Mignon vom Rind haben auf die Lebensqualität keinen wesentlichen Einfluss. Was zählt, ist die individuelle Freiheit. Und diese wird nach Seneca größer, wenn man möglichst einfach lebt.«

»Hm, ich beobachte bei meinen Kunden oft, welche Sorgen und Verlustängste Besitz mit sich bringt. Viele leiden deswegen, obwohl keinerlei rationale Gründe dafür vorliegen.«

»Genau das ist der Punkt, Roger.« Steger stand zufrieden auf und wandte sich dem Buffet zu. »Komm, jetzt habe ich richtig Hunger.«

Kurz darauf saßen beide vor gefüllten Tellern. Entgegen seinen Erwartungen schmeckte Roger das vegetarische Essen sehr gut. Vor allem das vegetarische Tatar überraschte ihn bezüglich Konsistenz und Geschmack. »Seit wann isst du kein Fleisch mehr, Kurt?«

»Seit zehn Jahren etwa. Seit ein paar Jahren ernähre ich mich weitgehend vegan.«

»Vegan? Kein Fleisch, keine Eier, kein Fisch, kein Käse, keinerlei Milchprodukte? Was kannst du da überhaupt noch Essen?«

»Alles, außer Tierprodukte. Hunderte, wenn nicht Tausende von Pflanzen«, antwortete Steger ruhig. Er war es zwar gewohnt, über seine Essgewohnheiten Auskunft zu geben, aber auch manchmal genervt, sich immer und immer wieder erklären zu müssen.

»Hm, was sind die Gründe dafür?«

»Ich störe mich an den Produktionsmethoden der Tierindustrie. Ich finde, die Ausbeutung von anderen empfindungsfähigen Lebewesen steht uns nicht zu. Dass wir intelligenter und weiter entwickelt sind als andere Tiere, ist kein Freibrief für rücksichtsloses Verhalten.«

Roger legte die Gabel neben den Teller und verschränkte seine Arme. »Zu einer ausgewogenen Ernährung gehört Fleisch. Der Mensch ist ein Allesfresser und hat immer schon Fleisch gegessen. Ist das nicht eine Mangelernährung?«

»Der Mensch braucht keine Tierprodukte, um gesund zu leben. Proteine, Kohlenhydrate, Fette, Vitamine und so weiter liefern auch Pflanzen. Ich fühle mich wesentlich besser, seit ich auf Tierprodukte verzichte. Probleme mit Übergewicht, hohem Blutdruck oder hohen Cholesterinwerten habe ich keine.«

Roger räusperte sich. »Ich weiß nicht, Kurt. Das ist doch irgendwie eintönig und geht gegen die Natur. Der Mensch ist nicht nur Sammler, er war immer auch schon Jäger. Wir sollten auch nicht vergessen, dass allein in der Schweiz Tausende von Menschen ihren Broterwerb in der Tierindustrie haben.«

»Eintönig? Fandest du die Auswahl am Buffet eintönig?«

»Ähm, nein, aber das jeden Tag? Da würde mir dann doch etwas fehlen.«

»Außerdem, findest du es richtig, dass wir Menschen das unermessliche Tierleid in Kauf nehmen, nur um eine Geschmackspräferenz zu befriedigen?« Steger ging nun in die Offensive. »Diese grausame Tierquälerei für etwas Gaumenfreude? Der entscheidende Punkt ist übrigens nicht, dass der Mensch immer schon Fleisch gegessen hat. Entscheidend ist vielmehr die Frage, ob es heute noch für seine Gesundheit notwendig ist? Auf diese Frage gibt es eine klare Antwort: Nein.« Steger blieb zwar äußerlich ruhig, es war ihm aber anzusehen, dass es in ihm brodelte. »Und zu guter Letzt: Ein ethisches Verbrechen mit wirtschaftlichen Gründen zu legitimieren, finde ich zynisch. So haben die Sklaventreiber im 19. Jahrhundert auch argumentiert.«

»Hm, offenbar erachtet es die Mehrheit aber als legitim, wichtig und richtig, Fleisch und Milchprodukte zu essen. Du bist der einzige Veganer, den ich kenne, Kurt.«

Steger lehnte sich nach vorne. »Macht es das besser? Ist der gesellschaftliche Konsens eine Legitimation? Soll ich mein eigenes Denken einstellen, nur weil es die anderen auch machen?«

Roger wich ob der Intensität Stegers zurück.

»Der ungehemmte Konsum von Tierprodukten ist doch nur deshalb möglich, weil wir Menschen im Verdrängen von unangenehmen Tatsachen so gut sind. Wenn Schlachthöfe Glaswände hätten, würde doch niemand mehr Fleisch essen.«

»Du argumentierst gut, Kurt, trotzdem: Jeder Mensch muss seinen eigenen Weg finden. Jeder sollte selbst entscheiden, ob er Fleisch isst oder nicht. Ich respektiere deinen Entscheid. Was mich aber stört, ist das Missionarische.«

»Ist es nicht legitim, leidenschaftlich einen Standpunkt zu vertreten, von dem man überzeugt ist? Abgesehen davon: Kann wirklich jeder tun und lassen, was er will? Wo ziehst du die Grenze, Roger? Jedes empfindungsfähige Lebewesen hat doch einen Anspruch auf ein würdiges Leben und Sterben. Die Stärke einer Gesellschaft zeigt sich im Umgang mit den Schwachen!«

Stille.

Roger atmete tief durch. Er hatte das Gefühl, dass sich die engagierte Diskussion rasch zu einem ausgewachsenen Streit entwickeln könnte. »Das Essen war vorzüglich, Kurt. Lass uns noch mal zum Buffet gehen und uns ein veganes Dessert gönnen«, sagte er lächelnd und stand auf.

Als Roger an einem nebelverhangen Dienstag missmutig die Switzerland-Bank betrat, wurde er sofort von Hans Tanner, seinem Stellvertreter im Private Banking, zur Seite genommen. »Bieri hatte gestern Abend einen Herzinfarkt. Er wurde in der Nacht operiert und liegt auf der Intensivstation im Herzzentrum Hirslanden in Zürich. Es ist nicht sicher, ob er durchkommt.« Tanner war sichtlich aufgewühlt. Überall betretene Gesichter. Roger war erstaunt über die große Anteilnahme, denn besonders beliebt war Bieri nie gewesen. Vielleicht kam die Betroffenheit daher, dass den Mitarbeitern der Bank die Vergänglichkeit des Lebens vor Augen geführt wurde. Vielleicht war die traurige Miene aber auch nur eine Fassade.

»Das ist sozusagen unser Berufsrisiko. Bieri ist ja nicht der Erste, den es erwischt hat. Erinnerst du dich an Meier und an Sprüngli?« Tanner schlürfte nachdenklich seinen Espresso. Tanner war ein paar Jahre älter als Roger und hatte seit einigen Jahren zunehmend Probleme, das interne Tempo mitzuhalten. Seine Proportionen entsprachen auch schon längst nicht mehr dem Idealbild des dynamischen Bankers. »Die tägliche Hektik an den Märkten, die Leistungsziele von oben, der Druck der Kunden. Vielleicht sind wir die nächsten, Roger.«

»Das muss nicht so sein«, erwiderte Roger mit geschlossenen Augen. »Alle sind am Jammern und beklagen dies und jenes, aber keiner verlässt die Bank. Wieso reagiert niemand, wenn der Druck so groß ist? Jammern ohne entsprechendes Handeln verliert mit der Zeit seine Berechtigung.« Am liebsten hätte Roger noch

Seneca zitiert, ließ es aber bleiben. Er zweifelte, ob Tanner dafür ein offenes Ohr hätte.

»Ja, stimmt schon. Aber du weißt ja selbst, wie schwierig ein Stellenwechsel in meinem Alter ist«, brummelte Tanner mutlos.

»Bieri tut mir leid. Er ist genauso in diesem System gefangen wie wir«, meinte Roger. Auf der einen Seite gab es die hohen materiellen Anreize, auf der anderen Seite den Druck von oben, all die teuren und intransparenten Produkte zu verkaufen. Zuckerbrot und Peitsche. Man verdiente zu viel, um die Bank zu verlassen, aber eigentlich war das Arbeitsklima zu schlecht, um zu bleiben.

Tanner starrte wortlos in seinen Espresso.

»Das System laugt uns alle aus. Bis nichts mehr da ist«, sagte Roger. »Je länger ich darüber nachdenke, desto klarer wird mir, dass wir unser Leben verpassen, während wir den falschen Hasen nachjagen.«

»Was meinst du mit falschen Hasen?«

»Sicher hast du auch schon diese Hunderennen gesehen, wo die ganze Meute einem Stoffhasen nachhetzt. Geifernd, zähnefletschend, keuchend und nicht selten bis zum Umfallen. Gejagt wird bis zur totalen Erschöpfung. Jagen wir Banker nicht auch den falschen Hasen nach? Bis zum Burn-out oder Herzinfarkt? Wozu?«

»Hm, gutes Bild, Roger.« Tanner stand auf und eilte zurück an seinen Arbeitsplatz. Die Pendenzen, welche das System täglich generierte, arbeiteten sich nicht von selbst ab.

In den nächsten Tagen beobachtete Roger, wie sich Kühlhahn und Morgenthaler langsam in Stellung brachten. Es könnte ja sein, dass Bieri nicht zurückkehrte – die Meldungen über seinen Gesundheitszustand waren spärlich und ließen nicht auf eine baldige Rückkehr schließen. Für viele war Roger der Topfavorit als Bieris Nachfolger. Für ihn selbst hingegen war so klar wie nie zuvor, dass er die Bank verlassen wollte.

Ende der Woche kam die Entwarnung. Von Sandra Bieri mittels E-Mail direkt aus dem Herzzentrum Hirslanden übermittelt: *Peters Zustand ist stabil. Er beobachtet bereits seit mehreren Tagen wieder aufmerksam die Finanzmärkte. In spätestens sechs Wochen ist er wieder am Arbeitsplatz. Für Dringendes ist er während der ganzen Reha zu erreichen. Die Mails checkt er mindestens zweimal täglich. Er dankt für die Stellvertretung und freut sich darauf, wieder zu seinem Team zurückzustoßen.* Dazu ein unterbelichtetes Handyfoto von Bieri in Siegerpose.

Freudentaumel vermochte die Nachricht nicht auszulösen. Eine gewisse Enttäuschung war bei Kühlhahn und Morgenthaler auszumachen, obwohl die beiden das professionell überspielten. Erleichterung spürten jene, die keinen der beiden als Vorgesetzten wollten.

»Ein zäher Hund, dieser Bieri. Gerade noch am Tod vorbeigeschrammt und schon hat er alle Fäden wieder in der Hand«, sagte Tanner mit anerkennendem Unterton.

»Wirklich beeindruckend«, antwortete Roger knapp.

~

Der Umzugswagen stand vor der Tür. Die beiden Angestellten der Umzugsfirma waren freundlich und zuvorkommend. Keine Fragen, keine erstaunten Blicke. Daily Business. Offenbar war es nichts Besonderes, wenn ein gestandener Mann das Haus ohne Frau und Kinder verließ. So alltäglich wie der Stau auf der Autobahn im Grauholz. Die Geschichte hinter dem Umzug schien den beiden egal zu sein. Für Roger war es nicht Alltag, sondern ein einschneidender Moment in seinem Leben. Die Möbel mussten von Gümligen nach Ostermundigen. Die Distanz konnte er in etwas mehr als fünf Minuten mit dem Fahrrad bewältigen. Es war ihm wichtig gewesen, eine Wohnung möglichst nahe bei Tim und Finn zu finden.

Die Trennung von seiner Familie wurde zur unabwendbaren Realität. Seine Familie, sein Haus, seine Idealvorstellung von einem gelungenen Leben – alles löste sich in diesem Moment vor seinen Augen auf. Wie der leichte herbstliche Morgennebel, welcher an diesem Morgen der wärmenden Sonne wich. Er erinnerte sich an die Worte von Coach Marti: »Wenn Teile des bisherigen Lebens wegfallen, entsteht Raum für Neues. Sei offen und gib dem Neuen Zeit, damit es sich entwickeln kann. Geduld und Zuversicht sind gefragt, Roger, nicht die Brechstange.« Der Mann hat gut reden, dachte Roger. Für ihn fühlte sich der neu entstehende Raum wie eine unendlich gähnende Leere an.

Hinter dem Vorhang im ersten Stock des Nachbarhauses nahm er die Silhouetten des Ehepaars Mosimann wahr. All die Jahre hatte er mit den beiden nicht mehr als »Guten Tag« oder »Schönen Abend« geteilt. Die Mosimanns engagierten sich öffentlich für ökologische Anliegen und waren in der lokalen Sektion der Sozialdemokratischen Partei engagiert. Keine ideale

Ausgangslage für ein inniges nachbarschaftliches Verhältnis. Das ist der Gipfel der Demütigung, jetzt sorge ich also auch noch für etwas Unterhaltung in der Nachbarschaft, dachte er und flüchtete zurück ins Haus.

Jennifer war am Vortag mit Tim und Finn ein paar Tage in die kleine Ferienwohnung ihrer Eltern in der Nähe des Thunersees gefahren. Den Auszug des Papis wollten sie den beiden ersparen. Roger war froh darüber. Es war auch schon ohne weinende Kinder schwer genug. Und mit Jennifer wäre es sicher auch nicht einfach geworden. Sein Hab und Gut war rasch im Wagen verladen. »Ist das alles?«, fragte einer der Männer mit einem schon fast mitleidigen Unterton. Viel nahm Roger tatsächlich nicht mit. Seinen Mac, das Gästebett, die Sonos-Lautsprecher, seine Skiausrüstung, Kleider, drei Ordner und ein paar persönliche Gegenstände und Erinnerungsstücke. Die alte goldene Taschenuhr seines Großvaters und ein paar Zeichnungen von Tim und Finn. Alles handverlesen, nach einer strikten Regel: ausschließlich Gegenstände, die entweder einen hohen ideellen Wert hatten oder regelmäßig benutzt wurden. Über neunzig Prozent der gemeinsamen Einrichtung blieb im Haus zurück. Roger wollte sein neues Leben ohne Ballast beginnen.

Inspiriert von der Lehre des Tao und den Gedanken Senecas hatte er sich in den letzten Wochen intensiv damit auseinandergesetzt, was es für ein gutes Leben wirklich brauchte, und was eher im Wege war. »Freiheit und Unabhängigkeit setzen voraus, auf Dinge zu verzichten, die allgemein überbewertet werden«, hatte er kürzlich in der Sendung *Sternstunde Philosophie* des Schweizer Fernsehens aufgeschnappt. Roger wollte neue

Wege gehen, aber wie dieses andere Leben konkret aussehen sollte, wusste er noch nicht. Davon hatte er nur vage Vorstellungen. Er wusste jedoch ganz genau, was er nicht mehr wollte: seinen Audi Quattro, den Anzug von Tom Ford in anthrazit und die Seidenkrawatte von Borrelli. Er wollte aus der Scheinwelt des erfolgreichen Bankers mit all seinen Statussymbolen raus. Für immer. Vereinfachen wollte er sein Leben. Mit weniger auskommen. Mehr Sein als Haben.

In letzter Zeit hatte er viel an seinen Vater gedacht, der genügsam lebte und doch alles hatte, was er benötigte. Einmal hatte sich Roger als Zwölfjähriger ein neues Velo mit zehn Gängen gewünscht. Das alte fuhr zwar noch, war aber etwas zu klein und hatte nur drei Gänge. Er schämte sich in der Schule für das alte Drahtgestell. Wie immer bei Neuanschaffungen fragte ihn sein Vater: »Brauchst du das neue Velo wirklich? Trägt die Anschaffung zu deinem Lebensglück bei? Gibt es Alternativen?« Es wurde kein neues Velo gekauft. Aber das alte wurde geputzt, der Sattel höher gestellt, die Bremsbeläge ersetzt, die Schaltung nachgestellt und geschmiert. Sein Vater half ihm dabei und schenkte ihm zudem ein Spray mit silberner Farbe. Damit verpasste Roger seinem Velo ein neues Design. Am nächsten Tag fuhr er stolz damit in die Schule und war überzeugt, dass er das coolste Velo von allen hatte.

Die beiden Angestellten des Umzugsunternehmens hatten Rogers Sachen mittlerweile eingeladen und warteten auf weitere Anweisungen.

»Kennen Sie die Philosophie des Minimalismus? Deren Anhänger sagen, dass man dann am besten lebt, wenn man alles Überflüssige aus seinem Leben entfernt«, fragte Roger aus einem Impuls heraus. Er hatte plötzlich das Bedürfnis, darauf hinzuweisen, dass sein bescheidenes Hab und Gut nichts mit finanziellen Nöten zu tun hatte, sondern mit selbst gewählter Einfachheit. Dies richtigzustellen, schien ihm wichtig. Doch er bereute die Frage sofort, als er den fragenden Blick der beiden Arbeiter bemerkte. »Es geht darum, dass unnötiger Besitz ein Hindernis ist im Leben. Besitz will unterhalten und gepflegt sein. Wertvolle Lebensenergie geht so verloren. Energie, die man in sinnvolle Projekte investieren könnte.«

Stille.

Roger beobachtete, wie die beiden konsternierte Blicke austauschten. »Spannendes zu erleben, ist wichtiger, als beneidenswerte Dinge zu besitzen. Ich will frei und unabhängig leben können. Ohne Ballast.«

»Ach so, dieses Problem habe ich eigentlich nicht«, sagte einer der beiden lächelnd. »Das einfache Leben muss ich mir nicht einrichten, das ergibt sich bei meinem Lohn wie von selbst.«

»Den Ballast lassen Sie bei Ihrer Frau zurück?«, fragte der andere. Rogers Augen füllten sich plötzlich mit Tränen. Er wandte sich ab und kramte ein Taschentuch aus seiner Hosentasche.

Betretenes Schweigen.

Nicht nur den Ballast, mein ganzes Leben lasse ich hier zurück. Meine Kinder, meine Hoffnungen und Träume, meinen Stolz, mein Selbstvertrauen, mein Vermögen, geschätzte achtzig Prozent meiner Bekannten und Verwandten, die Schwiegereltern und auch den einen oder anderen sympathischen Nachbarn. Ich lasse hier alles zurück, was mir im Leben wichtig war und Neues ist nirgendwo in Sicht. Mein ganzes Leben verschwindet in einem großen schwarzen Loch, dachte Roger in einem Anflug von Selbstmitleid. Und er empfand eine tiefe Reue darüber, dass ihn sein Ehrgeiz und die tief sitzende Unzufriedenheit für alles, was in seinem Leben da war, so lange blind gemacht hatten.

»Ich komme gleich, wir fahren in zwei Minuten«, durchbrach Roger die Stille und ging ein letztes Mal allein durchs Haus. Ein stiller Abschied. Im Wohnzimmer blieb er kurz vor dem Holztisch samt Sitzgarnitur stehen, den sie vor einem Jahr für ein kleines Vermögen bei einem Möbeldesigner erstanden hatten. Hat uns das glücklicher gemacht? Eine Woche vielleicht, danach haben wir dauernd darauf geachtet, dass Tim und Finn die Oberfläche nicht verkratzten. Und dass Jennifer die regelmäßige Pflege mit dem speziellen Öl nicht vergaß. Roger schloss die Tür hinter sich ab und warf den Hausschlüssel in den Briefkasten. Sofort setzte er seine Sonnenbrille auf, damit ihm die Arbeiter nicht in die roten Augen sehen konnten.

Eine Stunde später saß Roger auf einem Stuhl in seiner Dreizimmerwohnung. Komisch, wie sich das anfühlt, jetzt wo es real ist, dachte er. Die Wohnung sah unglaublich leer aus. Ein paar Möbel, ein paar Kisten. Keine Wärme, nichts Wohnliches, keine Erinnerungen. Weder gute noch schlechte. Ein unbeschriebenes Blatt. Als ob sein neues Leben nicht in der Vergangenheit verwurzelt war, ohne jede Verankerung, ohne jeden Halt. Er kam sich vor wie ein neugeborenes, nacktes Kind. Mit dem Unterschied, dass keine fürsorglichen und liebenden Menschen anwesend waren. Er hatte keine Ahnung, womit er sein neues Leben beginnen sollte. Erschöpft ließ er sich auf sein noch unbezogenes Bett fallen und weinte wie ein kleiner Junge, der Hilfe in der Dunkelheit suchte.

Doch nach ein paar Stunden spürte er unverhofft eine neue Kraft. Ganz leise, ganz schwach. Wie ein zartes Pflänzlein auf einer Alpweide, das nach einem langen kalten Winter an das Licht drängt.

# 19

NOVEMBER 2009

Dritte Sitzung bei Fritz Marti. Ein grauer Tag mit Hochnebel und feuchtkaltem Wind, der durch Mark und Bein ging. Roger war froh, im warmen Büro von Marti zu sitzen, und genoss den wärmenden Grüntee. Der Auszug aus dem Haus und der Herzinfarkt von Bieri hatten bei Roger Spuren hinterlassen. Er war mehr denn je entschlossen, sein Leben in andere Bahnen zu lenken. Er nahm den Zuckerbeutel neben dem Teeglas in die Hand.

> Es gibt Leute, die zahlen für Geld jeden Preis,

stand darauf. Ein Spruch von Schopenhauer. Er reichte Marti den Zuckerbeutel. »Woher kommt Geldgier, Fritz? Gibt es dafür eine psychologische Erklärung?«

»Hm, gute Frage.« Marti starrte aus dem Fenster

und suchte nach Worten. »Meines Erachtens nach gründet Gier auf verdrängter Angst, der Angst, im Leben zu kurz zu kommen. Auch Existenzängste führen dazu, dass Menschen überdimensionierte Vorräte anhäufen. Viele Eigenschaften gründen auf verdrängter Angst. So ist beispielsweise die Ursache von übertriebenem Ehrgeiz die Angst, nicht geliebt zu werden. All die Ängste machen uns manipulierbar und bringen uns vom Weg ab.«

»Interessant. Was kann man dagegen tun?«

Marti war der Meinung, dass wir unsere Ängste konfrontieren müssen. Nur wenn der Mensch seine Komfortzone verlässt und Grenzen überwindet, sei Wachstum möglich. »Mutig ist nicht der erfahrene Fallschirmspringer, der sich aus großer Höhe aus dem Flugzeug stürzt, mutig ist jemand mit Höhenangst, der sich auf eine Plattform mit Glasboden wagt, die eine Schlucht überragt.«

Roger hämmerte konzentriert auf der Tastatur seines MacBooks, wie immer wenn er einen spannenden Gedanken Martis für später festhalten wollte. Es war für Roger immer schon ein Rätsel, warum Menschen in Seminaren oder Gesprächen keine Notizen machten. Zu bequem? Zu wenig interessiert? Oder hatten die einfach das bessere Gedächtnis und waren deshalb nicht auf Zusammenfassungen angewiesen?

Marti wartete geduldig, bis Roger fertig geschrieben hatte. Dann wechselte er das Thema und erkundigte sich nach seinem Befinden. Das letzte Treffen lag bereits mehr als einen Monat zurück. Roger erzählte davon, wie er manchmal damit haderte, allein in seiner neuen Wohnung zu sitzen. Aber dass er nicht selten auch den gewonnenen Freiraum genoss. »Es gibt Tage, da hoffe ich immer noch, dass Jenny und ich wieder zusammenfinden. Ich vermisse die Geborgenheit der familiären Atmosphäre, vor allem das Lachen von Tim und Finn.«

Marti hatte den Eindruck, dass es in eine gute Richtung bei Roger ging. Rückschläge würde es sicher noch viele geben, aber seltener und weniger intensiv.

»Manchmal bin ich auch ungeduldig, weil ich das Gefühl habe, dass es nicht vorwärtsgeht mit meinem neuen Leben«, sagte Roger und wippte mit dem rechten Fuß.

Marti nickte verständnisvoll. »Derartige Phasen haben eine wichtige Funktion. Wir setzen uns mit uns und dem Leben auseinander. Danach folgt meist ein Wachstumsschub und die Lebensenergie geht wieder vorwärts«, sagte Marti. »Darauf kannst du vertrauen, aber es braucht manchmal etwas Geduld. Lass dir Zeit, Roger. Das Leben ist ein Marathon und kein Sprint.«

»Ja, ich weiß. Nicht meine primäre Stärke … Ich arbeite daran.«

»Vielleicht findet ihr tatsächlich wieder zusammen, du und Jennifer«, sagte Marti. »Vielleicht auch nicht, das kann niemand wissen. Aber du musst sie jetzt loslassen. Sonst bist du nicht frei, dein neues Leben zu entwickeln.«

»Die theoretische Einsicht ist das eine, diese in das tägliche Leben zu integrieren, ist ungleich schwieriger«, sagte Roger mit Stirnrunzeln.

»Lass dir Zeit und vertraue darauf, dass es gut kommt. Eine Abkürzung kenne ich leider keine.« Marti lächelte.

»Deine Entschlossenheit, die wichtigen Fragen anzugehen, beeindruckt und berührt mich, Roger. Besonders vor dem Hintergrund, dass du dir bisher nicht viel Zeit für tief gehende Gedanken genommen hast. Das Pendel schwingt also jetzt in die andere Richtung.«

Roger schmunzelte. »Ja, von einem Extrem in das andere.«

»Findest du?«

»Manchmal schon. Ich bin geradezu besessen davon, mehr über Themen wie Meditation, Buddhismus und Spiritualität zu erfahren.« Roger räusperte sich. »Mein bisheriges Leben empfinde ich als leer und oberflächlich. Komplett gegensätzliche Lebensentwürfe üben zur Zeit eine große Anziehungskraft auf mich aus.«

»Der deutsche Philosoph Hegel hat gesagt, dass es immer drei Schritte braucht, bis wir den guten Weg gefunden haben.

> “ Zuerst lebt der Mensch das eine Extrem, dann das andere, erst danach ist es ihm möglich, die goldene Mitte zu finden.

Du bist am Suchen und am Lernen, Roger, aber es ist der richtige Weg.«

Roger blickte gedankenverloren aus dem Fenster. »Das mit dem goldenen Mittelweg scheint eine tief verankerte Weisheit zu sein. Schon Aristoteles hat in seinen Schriften immer wieder darauf hingewiesen.«

»Verlassen wir doch die Philosophie für den Moment, Roger.« Marti griff nach dem blauen Ordner, der vor ihm auf dem Tisch lag. »Interessant finde ich die Frage, worin dein Ehrgeiz und dein Vorwärtsdrang wurzeln.« Marti hatte den Fragebogen ausgewertet, den Roger ein paar Wochen zuvor ausgefüllt hatte. »Aus deinen Antworten geht hervor, dass du als Kind für gute Schulleistungen positive Rückmeldungen erhalten hast. Klingt das bei dir an, Roger?«

Roger lehnte sich in den Stuhl zurück und starrte an die Decke. »Meinen Eltern war es sehr wichtig, dass es mir im Leben einfacher geht als ihnen. Dass ich beruflich weiterkomme und mehr verdiene. Die beiden stammen aus einfachen Verhältnissen und mussten zeitlebens hart arbeiten. Gute messbare Schulleistungen waren in meiner Kindheit der wichtigste Maßstab.«

»Es geht mir nicht darum, die Erziehung deiner Eltern zu bewerten. Nicht zuletzt dank der übernommenen elterlichen Wertvorstellungen hast du dir Wohlstand und Anerkennung erarbeitet. Die Frage ist jedoch, ob dieses anerzogene Verhalten heute noch für dein Leben das Richtige ist.«

Es dauerte eine Weile, bis Roger antwortete: »Nein, das ist es nicht mehr.«

»Ich habe den Eindruck, dass du in deinem Leben viele Rollen gespielt hast. Mit großem Erfolg – deine Eltern sind sicher stolz auf dich. Das Problem mit Rollen ist aber, dass nichts zurückkommt, was die Seele nährt. Selbst dann nicht, wenn wir erfolgreich sind.«

»Hm«, Roger verschränkte die Arme.

»Wenn wir Rollen spielen, sind wir nicht mit unserem Innersten verbunden. Das ist anstrengend und führt dazu, dass wir auf lange Sicht ausbrennen. Diese Gefahr besteht nicht, wenn wir authentisch unser Leben leben.«

Roger nickte nachdenklich und lehnte sich zurück.

»Wir sind alle stark geprägt von den Eltern, der Schule, der Kirche und gesellschaftlichen Normen und laufen dadurch Gefahr, vorab das zu tun, was andere als wichtig erachten. Je mehr wir anerzogene Verhaltensmuster erkennen und uns davon befreien, desto näher kommen wir unserem wahren Selbst. Desto freier und glücklicher werden wir. Das ist unsere primäre Lebensaufgabe.«

Kurz darauf verließ Roger die Praxis von Marti mit einem Glücksgefühl und der unbändigen Entschlossenheit, alle Rollen abzulegen und zu sich selber zu finden.

Ein paar Wochen nachdem Roger ausgezogen war, läutete Jürg an der Haustür. Finn öffnete und sagte ihm mit ernster Miene, dass er wieder gehen könne. Mami habe es sich anders überlegt und wolle den Papi zurück. Dann schlug Finn die Tür vor Jürgs Nase zu und riegelte ab. Danach kam er zu Jennifer in die Küche und sagte, dass Jürg nicht mehr zu ihnen kommen wolle und wieder abgefahren sei. Es sei vorbei. Als sich die überraschte Jennifer vergewissern wollte, ob dem wirklich so war, stellten sich Tim und Finn in den Weg. Beide wollten sie zurückhalten, und sie gerieten heftig aneinander. Tim tobte, Finn weinte, und Jennifer war wieder einmal komplett überfordert. Dann befahl sie den beiden schreiend, sofort in ihr Zimmer zu gehen.

Danach ließ sie den verdutzten Jürg, der immer noch perplex vor ihrer Haustür stand, ins Haus. Sie entschuldigte sich für das Verhalten der Jungen und suchte darauf Tim in seinem Zimmer auf, um mit ihm zu reden. Doch der schaltete auf stur und wies sie ab. Sie sei an allem schuld, rief er ihr noch nach. Eine Schande für die Familie sei sie! Noch lange danach, fragte sich Jennifer, wo er diesen Satz wohl aufgeschnappt hatte. Das war kaum der Gedanke eines dreizehnjährigen Jungen.

Finns Zimmer war leer, und er war nirgends zu finden. Jennifer und Jürg suchten die ganze Nachbarschaft nach ihm ab. Ohne Erfolg. Jennifer geriet in Panik und war kurz davor, die Polizei anzurufen, als Jürg Finn auf dem Kirschbaum der Nachbarn entdeckte. Er war raufgeklettert und weigerte sich störrisch, wieder runterzukommen. Als ihm Jürg nachklettern wollte, drohte er sogar damit, runterzuspringen.

»Jürg gehört nicht zu uns!«, schrie Finn vom Baum und blickte böse auf Jennifer runter. »Er ist nicht unser Vater. Wir verteidigen Papis Platz, bis er wieder zurück ist!«

Danach schickte Jenny Jürg zurück ins Haus und redete mehr als dreißig Minuten lang auf Finn ein. Erfolglos. Er blieb auf dem Baum. Dann setzte sich Jennifer erschöpft unter den Kirschbaum und begann zu weinen. Sie war komplett mit den Nerven am Ende. Kurz darauf kletterte Finn endlich den Baum runter und umarmte seine Mutter. Sie drückte Finn fest an sich und beide weinten.

~

Die Scheidung von Jennifer war auf dem Weg. »Komm, lass es uns mit gesundem Menschenverstand probieren. Wenn wir beide eine faire Lösung anstreben, brauchen wir keine Juristen«, hatte Roger vorgeschlagen und Jennifer hatte eingewilligt. Aber die Verhandlungen waren mühsam und kräfteraubend, obwohl sie bemüht waren, konstruktiv miteinander umzugehen. Bei jeder Meinungsdifferenz kamen die vielen Verletzungen und die damit verbundenen Emotionen hoch. Oft argumentierte Roger damit, dass er die Trennung ja gar nicht gewollt hatte und es Jennifer deshalb nicht anstand, in dieser Situation Ansprüche zu stellen. Außerdem basiere der gemeinsame Wohlstand vor allem auf seinen Leistungen: Studium und harte Arbeit, zu einem großen Teil noch vor ihrer Hochzeit.

Trotzdem hatten sie nach monatelanger Arbeit einen Konsens gefunden. Zu Rogers Überraschung unterzeichnete Jennifer die Konvention aber nicht sofort, so wie er es erwartet hätte. Ihre Mutter hatte ihr geraten, eine Zweitmeinung von einer Fachperson einzuholen. Roger war nicht gerade angetan von Jennifers Entscheidung, doch noch eine Anwältin hinzuzuziehen, weil er die Scheidung so rasch wie möglich abgeschlossen haben wollte. Auf der anderen Seite hatte er auch ein gewisses Verständnis. Wenn es um Zahlen ging, war er Jennifer tatsächlich weit überlegen. Außerdem konnte es nicht schaden, wenn eine außenstehende Person Jennifer deutlich sagte, wie gut die Lösung war, die sie gefunden hatten.

Nach Jennifers Termin bei der Anwältin hörte Roger ein paar Tage nichts. Dann kam endlich eine E-Mail. Roger war darauf gefasst, dass vielleicht noch ein paar Details geklärt werden mussten. Umso fassungsloser war er nach dem Lesen ihrer Zeilen. Wortlos saß er vor dem Computer und las den Text immer und immer wieder durch. Vor allem die geforderten Kinderalimente waren in seinen Augen abstrus hoch. Auf den ersten Schock folgte eine schlaflose Nacht. Die Anwältin war offensichtlich nicht an einer fairen Lösung interessiert, weil ein langer Scheidungskrieg ihre Taschen füllte. Ein paarmal probierte er es mit Atemübungen oder versuchte sich im Internet etwas abzulenken, aber er kam nicht zur Ruhe. Jennifer hatte die besseren Karten. Es war die Ohnmacht, die Roger am meisten zusetzte.

Dann, in den frühen Morgenstunden, wurde er etwas ruhiger und begann damit, eine E-Mail an Jennifer zu verfassen. Mit einer Tasse Tee saß er im schummrigen Licht des Monitors am Schreibtisch. Beim Schreiben wurde Roger klar, dass er konstruktiv bleiben musste. Er hatte gar keine andere Wahl. Wenn der Konflikt eskalierte, dann verlor er Tim und Finn. Akzeptieren, ruhig bleiben und weitergehen, dachte er und erinnerte sich an die Gespräche mit Fritz Marti und an die Weisheiten Senecas. Um fünf Uhr morgens war die überarbeitete und entschärfte Version fertig. Roger klickte auf »Senden« und hämmerte mit beiden Fäusten auf den Bürotisch, als könnte er damit seinen Worten Nachdruck verleihen.

Kurz nach acht Uhr summte der Wecker. Roger stellte sich unter die Dusche und zog sich an. Auf dem Weg ins Büro las er die Mail an Jennifer nochmals durch.

*Hallo Jennifer,*

*wir haben in langwierigen Verhandlungen einen Konsens erarbeitet. Du kannst damit den bisherigen Lebensstandard weiterführen, und du bist langfristig finanziell abgesichert. Das genügt dir offenbar nicht, du willst mehr. Damit verlässt du den Rahmen, den wir abgesteckt haben: fair, gemeinsam, für beide stimmig.*

*In den letzten zwanzig Jahren habe ich den Preis für unseren überdurchschnittlichen Wohlstand bezahlt. Angefangen beim Studium, das ich selbst finanziert habe. Als Taxifahrer und als Handlanger auf dem Bau. Danach kamen die siebzig bis achtzig Arbeitsstunden pro Woche am Anfang meiner Karriere in der Bank. Was hast du geleistet, als ich gepaukt und malocht habe, um genug für all unsere Bedürfnisse zu verdienen? Gratisarbeit in der Ludothek und im Turnverein! Einverstanden, du warst auch eine gute Familienfrau und hast deine Sache gemacht, wie viele andere Frauen auch. Nicht mehr, aber auch nicht weniger. Der Punkt ist: Dass wir nun ein stattliches Vermögen und ein großes Einkommen verteilen können, hat wenig mit dir zu tun.*

*Ich ziehe in eine Wohnung, weil du einen andern willst, du bleibst in meinem Haus, und obendrauf soll ich dir jetzt auch noch den Großteil meines Einkommens abliefern. Ist das fair? Ich könnte kotzen! Tu doch selbst etwas dafür, wenn du noch mehr Geld brauchst! Das wäre der richtige, der eigenverantwortliche Weg. Aber klar, Forderungen zu stellen, ist wesentlich einfacher und ungleich bequemer. Du nimmst dir skrupellos das, was dir, wirtschaftlich betrachtet, nicht gehört und versteckst dich dabei auch noch hinter deiner Anwältin. Übernimm wenigstens die Verantwortung für dein Handeln, denn du wirst auch die Konsequenzen tragen. Die Anwältin wird dir dabei nicht helfen.*

*Setz deine Rechte ruhig durch. Aber vergiss nicht: legal ist nicht immer legitim. Aber das musst du mit dir selbst ausmachen, Jennifer. Verhandeln mag ich mit dir nicht mehr. Ich habe genug! Alles, was Tim und Finn anbelangt, können wir in Zukunft via E-Mail absprechen.*

*Grüße von deiner Milchkuh, deinem Lottogewinn!*

. . .

Fassungslos starrte Jennifer im Starbucks auf ihr iPhone. Dreimal hatte sie die Nachricht von Roger nun gelesen, während ihr Latte mit Zimt langsam kalt wurde, und war immer noch erschrocken über den Zorn, der in den Zeilen sichtbar wurde. Zwei Tage später saß sie ihrer Anwältin Stefanie Dietrich gegenüber und war fest entschlossen, Roger nachzugeben. Stefanie Dietrich war eine sympathische und ruhige Frau mittleren Alters mit vollen braunen Haaren, die sie offen trug. Das lichtdurchflutete Büro und die schlichte Einrichtung machten einen aufgeräumten Eindruck. Farbige Zeichnungen ihrer Kinder gaben dem Raum eine warme Note.

»Nein, ich finde es nicht angebracht, dass Sie nachgeben. Wir haben alles seriös durchgerechnet und die Forderungen sind nicht überzogen. Die Frage, wer wen und warum verlassen hat, stellt sich beim Erarbeiten einer Scheidungskonvention nicht. Es geht einzig und allein darum, eine Lösung zu finden, wie das eheliche Einkommen und das Vermögen fair aufgeteilt werden können.«

»Aber mir ist eine friedliche Lösung lieber als eine gerichtliche Auseinandersetzung. Ich mache mir Sorgen, dass ein Streit über das Geld auf dem Buckel von Tim und Finn ausgetragen werden könnte.«

»Das kann ich verstehen. Aber glauben Sie mir, die Wogen werden sich rasch wieder glätten.« Stefanie Dietrich lehnte sich nach vorne und ihre grünen Augen funkelten kurz im Licht der Sonnenstrahlen. »Sagen Sie ihm, dass Sie zu wenig von der Materie verstehen und alles mir übergeben haben. Ihr Mann soll mit mir verhandeln, wenn er mit unseren Vorschlägen nicht einverstanden ist.«

Am Abend setzte sich Jennifer an den Computer, um Roger zu antworten. Die Kinder waren schon im Bett und im Hintergrund lief Musik von Tracy Chapman.

*Lieber Roger,*

*es tut mir leid, wenn ich dich mit meinen Vorschlägen vor den Kopf gestoßen habe. Im Nachhinein betrachtet war es ein Fehler, dass ich nicht von Anfang an eine Anwältin beigezogen habe. Dass ich rechtliche Unterstützung brauche, wurde mir reichlich spät bewusst. Dafür entschuldige ich mich. Die Berechnungen meiner Anwältin bestätigen mir aber, dass die Entscheidung richtig und wichtig war. Ich will dir nicht unterstellen, dass du mich übervorteilen wolltest. Aber deine Kenntnisse und dein Faible für Zahlen haben wohl doch auch dazu beigetragen, dass unser Entwurf der Scheidungskonvention für mich nicht besonders vorteilhaft ist. Ich mache dir da keine Vorwürfe. Auf der anderen Seite lasse ich mir von dir aber auch kein schlechtes Gewissen einreden, wenn ich meine Rechte wahrnehmen will. Ich schlage vor, dass wir gemeinsam mit meiner Anwältin ein Gespräch führen. Sie kann dir die rechtlichen Grundlagen aufzeigen. Ich bin diesbezüglich überfordert. Ich hoffe sehr, dass wir beide weiterhin konstruktiv an einer Lösung arbeiten. Nicht zuletzt Tim und Finn zuliebe.*

*Liebe Grüße, Jennifer*

Beim Lesen schlug Roger mit der rechten Faust derart kräftig auf den Nachttisch, dass die Lampe auf den Plattenboden fiel, und das Glas klirrend in tausend Stücke zersprang. Wutentbrannt ließ er alles liegen, packte seinen Mantel, setzte sich aufs Fahrrad und fuhr Richtung Jennifer. Doch als er ein paar Minuten später schnaufend vor dem Haus stand, brannte dort kein

Licht mehr. Minutenlang stand er da, bis ihm Tränen über die Backen kullerten. Die unbändige Energie, die er zu Hause noch verspürt hatte, war verpufft.

Mit Finn hatte er manchmal ein Einschlafritual zelebriert: Er hatte ihm eine Kerze ans Bett gebracht, die er ausblasen konnte – als Symbol für das Ende des Tages und den Beginn der Nacht. Nun stand er nur wenige Meter von seinem Jungen entfernt, und diese Zeit war Lichtjahre entfernt.

Es fing leicht zu regnen an und innerhalb weniger Minuten wurde aus den vereinzelten Tropfen ein heftiger Guss. Kraftlos setzte Roger sich auf sein Fahrrad. Zuhause ließ er die klitschnassen Kleider auf dem Boden liegen und schlüpfte nackt ins Bett. Ich muss weit weg von hier, dachte er. Am besten nach Alaska.

~

Zum zweiten Mal trafen sich Roger und Kurt Steger im Ristorante *Santa Lucia* am Paradeplatz in Zürich. Anstelle von Spaghetti alla carbonara entschied sich Roger diesmal für Penne all'arrabiata, Steger blieb bei seiner Pizza Verdure ohne Mozzarella. Dazu je ein Glas des Brunello aus der Toskana, den sie schon das letzte Mal genossen hatten.

Die Alaska-Idee hatte Roger nicht mehr losgelassen. Möglichst weit weg von seinem Alltag und weit weg von Jennifer. Die Ruhe und die Kraft der Wildnis zogen ihn geradezu magisch an: die unendliche Weite, die unberührte Wildnis, die Mitternachtssonne im Juli. Lachse in glasklaren Flüssen und große Braunbären, die ihnen nachstellen. Das ständig wechselnde Licht, die Stimmung am Abend, das lodernde Lagerfeuer. Der Geruch von Weiden und Holz am Fluss. »In Alaska werden Träume wahr, Kurt. Nirgendwo lebt man intensiver als mit dem Zelt in der Wildnis. Vor mehr als zwanzig Jahren war ich mit meinem Vater und zwei Kollegen auf einer Flusswanderung mit Kanu, Zelt und Schlafsack. Vierzehn Tage in der Wildnis. Das waren die schönsten und intensivsten Ferien meines Lebens. Kochen am Lagerfeuer auf einer großen Kiesbank und Einschlafen im Zelt mit dem Rauschen des Flusses in den Ohren. Unbeschreiblich schön! Wäre das etwas für dich?«

»Hm, wildromantisch, aber ich frage mich, ob ich für Schlafsack und Zelt nicht zu alt bin.« Steger schätzte auch in den Ferien ein komfortables Bett und ein richtiges Dach über dem Kopf.

Doch Roger gab sich nicht so schnell geschlagen: »Das wäre doch *die* Gelegenheit, deine philosophischen Gedanken zum einfachen Leben einem Praxistest zu unterziehen. In der Wildnis, ohne Internet und Komfort, herausfinden, ob dein Lieblingsphilosoph Seneca tatsächlich richtig lag.« Kurt Steger hatte Roger noch nie so voller Begeisterung erlebt. »Lass uns zusammen in der Wildnis herausfinden, ob der Weg zu mehr Glück tatsächlich über weniger und nicht über mehr führt, Kurt!«

In seiner Jugendzeit hatte Steger oft vom einfachen Leben in der Weite Kanadas geträumt. Die Liedzeilen des Songs »Days that used to be« der kanadischen Rocklegende Neil Young gingen ihm durch den Kopf: Sprich mit mir, mein lange verlorener Freund. Sag mir, wie es dir geht. Bist du glücklich mit deinem Leben?

Fährst du ein neues Auto? Fährt es dich dorthin, wo du willst mit seiner siebenjährigen Garantie? Oder nur 100.000 Meilen weiter weg von dem, was dir einst so wichtig war? »Deine Begeisterung ist ansteckend, Roger. Lass mich eine Nacht darüber schlafen, dann reden wir noch mal.«

Auf dem Nachhauseweg hatte Roger das unbeschreiblich gute Gefühl, dass seine Lust zu Leben aus dem Dornröschenschlaf erwacht war und er wieder jene sprühende Energie spürte, die ihm jahrelang gefehlt hatte.

Am nächsten Tag sagte Steger zu.

# 20

DEZEMBER 2009

Auf dem Weg zur Scheidungsanwältin Stefanie Dietrich war Roger derart tief in Gedanken versunken, dass er fast den Ausstieg an der Tramhaltestelle Bärengraben im Zentrum von Bern verpasst hätte. Ich bringe das heute zu Ende, dachte er. Der Trennungsprozess hat mir schon viel zu viel Zeit und Energie absorbiert. Abhaken und endlich weitergehen, jeder zusätzliche Tag ist einer zu viel!

Die Begrüßung von Roger und Jennifer in der Anwaltskanzlei fiel kühl aus. Jennifer blätterte nervös in irgendeinem Magazin, während Roger auf den Zehen wippend vor dem Fenster stand. Es war für beide eine Erlösung, als Stefanie Dietrich sie in ihr Büro bat. »Danke, dass Sie gekommen sind, Herr Graf«, eröffnete Dietrich das Gespräch, als alle Platz genommen hatten.

»Ich möchte Sie als Erstes darauf aufmerksam machen, dass dies keine Mediation ist, sondern dass ich die Interessen meiner Mandantin vertrete.«

Roger nickte wortlos. Stefanie Dietrich war professionell bei der Sache und doch herzlich. Insgeheim war er froh, dass heute eine außenstehende Person dabei war, auch wenn es die Interessenvertreterin von Jennifer war. Die Gespräche mit ihr waren zunehmend schwieriger geworden. Ein falsches Wort genügte – manchmal auch schon ein langer Blick des anderen –, dann eskalierte das Gespräch.

»Ihre Frau würde heute beruflich an einem anderen Ort stehen, wenn sie nicht der Familie wegen ihre Arbeit aufgegeben hätte«, begann die Anwältin. Das war eines der Hauptargumente, um die hohen Unterhaltszahlungen zu rechtfertigen.

Quatsch, dachte Roger mit verschränkten Armen. Jennifer hatte nie berufliche Ambitionen. Ich bin mir sicher, dass sie heute noch am genau gleichen Ort stehen würde, wenn wir uns nicht getroffen hätten! »Das mag sein, Frau Dietrich. Ich störe mich im Wesentlichen daran, dass Ihre Berechnungen auf meinem Durchschnittslohn der letzten drei Jahre basieren. Sicher haben Sie auch mitbekommen, dass die guten Zeiten in der Finanzbranche vorbei sind. Ich gehe davon aus, dass mein Bonus wesentlich tiefer ausfallen, wenn nicht sogar gänzlich wegfallen wird.« Roger räusperte sich und ergänzte: »Außerdem habe ich keine Lust dazu, mich weiterhin zu einem derart hohen Einkommen zu verpflichten. Das ist mit Druck verbunden, den ich nicht mehr auf meinen Schultern haben will.« Bevor die Anwältin etwas sagen konnte, fügte Roger noch an, dass er daran sei, eine neue Herausforderung außerhalb der Bankbranche zu suchen. Dann werde sein Gehalt in jedem Fall tiefer ausfallen. Rogers Verhandlungsziel war eine Reduktion des anrechenbaren Einkommens. Dadurch würden die Unterhaltszahlungen automatisch tiefer ausfallen.

Dietrich blieb von dieser Strategie unbeeindruckt: »Sollte Ihr Einkommen künftig nachweislich tiefer ausfallen, so haben Sie die Möglichkeit, einen Antrag auf Herabsetzung der Unterhaltszahlungen zu stellen, Herr Graf.«

Schweigen.

»Lassen wir das mal so stehen, Frau Dietrich«, sagte Roger. »Was mich enorm stört, ist die Höhe der Unterhaltszahlungen für die Kinder. Nur weil ich ein hohes Einkommen habe, heißt das noch lange nicht, dass Jennifer für Tim und Finn jeden Monat so viel Geld benötigt.«

»Falls Ihre Frau im Moment nicht alles braucht, kann sie einen Teil des Kindergeldes ansparen. Für spätere Lebensetappen der Kinder. Diese Möglichkeit sollte nicht nur Ihnen offen stehen, Herr Graf.« Sie trank einen Schluck Wasser und ergänzte: »Außerdem schützen angemessene Unterhaltszahlungen die Kinder. Beispielsweise dann, wenn die beiden später ein Studium absolvieren wollen.«

»Es steht außer Frage, dass ich meine Söhne in allen ihren Plänen unterstützen werde«, erwiderte Roger umgehend. Das Argument, dass man Tim und Finn vor ihm schützen musste, traf Roger so, dass er Tränen in den Augen hatte. »Tim und Finn sind das Wichtigste in meinem Leben«, sagte er zu Jennifer. »Du weißt ganz genau, dass es den beiden an nichts mangeln wird. Es besteht deshalb keinerlei Notwendigkeit, die Unterhaltszahlungen derart hoch anzusetzen.«

»Wir wenden nur die gesetzlichen Bestimmungen an, Herr Graf«, intervenierte Stefanie Dietrich. »Wir können die strittigen Punkte in der Konvention auch offenlassen, dann würde der Scheidungsrichter die Unterhaltsbeiträge festlegen.«

»Ich weiß, dass du für Tim und Finn nur das Beste willst, Roger«, sagte Jennifer, die spürte, wie nah Roger das ging. »Ich kann dir versichern, dass wir die Unterhaltszahlungen neu verhandeln, falls dein Einkommen zurückgeht. Es ist mir wichtig, dass dir beruflich alle Optionen offenstehen.«

Die beiden Frauen hatten das Recht auf ihrer Seite – Roger kam mit seiner Argumentation nicht durch.

## 21

JANUAR 2010

Nach Weihnachten trafen sich Gaby und Roger im *Kaffee Einstein* in der Berner Altstadt. Gaby sah mit ihrem schwarzen körperbetonten Kleid und der dezenten Perlenkette super aus – die perfekte Werbesäule für ihre Kleiderboutique etwas weiter unten an der Kramgasse.

»Hast du abgenommen, Roger?«, fragte Gaby nach einem flüchtigen Wangenkuss.

Er lachte. »Freut mich, dass du das wahrnimmst«, meinte er. »Etwa 4 Kilo. Ich gehe wieder regelmäßig joggen, trainiere einmal in der Woche im Fitnessstudio und ernähre mich gesünder.«

»Du strahlst viel positive Energie aus, bist so offen und herzlich. Es scheint, dass du in der vierten Phase der Trennungsbewältigung angekommen bist«, sagte Gaby sanft lächelnd und erläuterte ihm das Modell ausführlich, von dem sie letzte Woche in der Zeitschrift *Annabelle* gelesen hatte. Menschen taten sich schwer mit tief greifenden Veränderungen, die ihnen von außen aufgezwungen wurden. In einer ersten Phase verdrängen wir und wollen das Geschehene nicht wahrhaben. Die zweite Phase ist von starken Emotionen geprägt, beispielsweise Zorn, Hass und Selbstmitleid. Man zieht sich zurück oder flüchtet sich in Aktivitäten, um sich den Emotionen nicht stellen zu müssen. Depressionen sind in der zweiten Phase sehr häufig. In der dritten Phase fangen wir an, sukzessive loszulassen und neue Wege zu suchen. Die Wellen gehen weniger hoch und man kann sich wieder auf das Leben konzentrieren. In der vierten und letzten Phase ist die Veränderung dann endgültig akzeptiert, das Leben geht weiter, und man findet ein neues Gleichgewicht. Dieser Prozess lässt sich nicht abkürzen, jede Phase muss durchgestanden sein. Man kann den Prozess aber beschleunigen, indem man ihn aktiv gestaltet und an sich arbeitet.

»Das hast du offenbar getan. Gratuliere!«, sagte Gaby anerkennend.

Roger war etwas verlegen. »Wie geht es dir? Bisher haben wir ja nur über mich gesprochen«, fragte er, um von sich abzulenken.

»Nicht besonders.« Gaby kämpfte unvermittelt mit den Tränen. »Das Leben mit Thomas entwickelt sich nicht so, wie ich mir das erhofft habe. Es wird mir immer klarer, dass er nur die undankbare Rolle des Steigbügelhalters innehat.«

»Steigbügelhalter?« Roger blickte Gaby fragend an.

Gaby erzählte, dass sie in ihrer Ehe mit Peter jahrelang unglücklich gewesen war. Mit den Jahren fehlte ihr immer mehr das, was ihr Peter nicht geben konnte: Nähe und kuschelige Wärme. Sie hatte das Gefühl, neben ihm zu frieren. Peter war eine solide Partie gewesen, mehr nicht. Und je länger die Beziehung dauerte, desto weniger war Gaby das genug. »Ich wollte Peter seit vielen Jahren verlassen, hatte aber nie Kraft dazu. Ohne Thomas hätte ich den Mut für diesen Schritt wohl nicht gefunden.«

Roger nickte wortlos und hielt seine Kaffeetasse mit beiden Händen, als hätte er kalte Finger.

Inzwischen war Gaby zunehmend klarer geworden, dass es ihr wohl gar nie so richtig um Thomas gegangen war, sondern um die Befreiung von Peter. Thomas war ein komplett anderer Typ: warm, liebevoll und anhänglich. Aber bereits nach ein paar Monaten in der neuen Beziehung hatte Gaby gemerkt, dass er nur Teile von ihr zu begeistern vermochte, denn was sie bei Peter als gegeben hingenommen hatte, fehlte bei Thomas gänzlich: Zuverlässigkeit, Entscheidungsfreudigkeit und Zielstrebigkeit.

»Als Team habe ich mit Peter im Alltag gut funktioniert«, sagte Gaby mit geröteten Augen. »Aber eine glückliche Beziehung muss sowohl das Herz wie auch den Verstand ansprechen. Es braucht das eine wie das andere, so viel ist mir jetzt klar.« Gaby suchte in ihrem Mantel ein Taschentuch.

Roger fand vor ihr eines und reichte es über den Tisch.

»Danke«, sagte sie mit brüchiger Stimme. »Ich bekomme es einfach nicht auf die Reihe.« Sie blickte Roger mit ihren traurigen braunen Augen an. »Mein Leben ist komplett aus den Fugen geraten.«

In diesem Moment sah Roger Gaby mit neuen Augen und fühlte sich zu ihr hingezogen, was ihn verwirrte. Am liebsten hätte er sie in die Arme genommen.

»Tut mir leid, mein Gejammer ist sicher unangenehm für dich.« Gabys Worte rissen Roger aus seinem Gedanken.

»Nein, nein, ich kann sehr gut nachempfinden, wie du dich fühlst. Mit Verzweiflung und Überforderung kenne ich mich mittlerweile bestens aus.« Roger lächelte und versuchte, Gaby etwas aufzumuntern.

»Danke, das ist lieb. Du hast mir zugehört, und das hat mir gutgetan. Es geht auch schon wieder besser.« Sie warf einen Blick auf ihre Uhr und stellte erschrocken fest, dass sie bereits zu spät dran war, um pünktlich ihre Boutique zu öffnen.

»Geh nur, Gaby. Ich werde bezahlen, kein Problem.«

»Danke, wir rechnen dann später ab«, erwiderte sie, während sie hastig ihren Mantel anzog. Zum Abschied umarmte sie Roger herzlich und drückte ihn kurz an sich, was sein Begehren noch verstärkte. Einen Moment blieb Roger neben dem Tisch stehen und schaute Gaby gebannt nach. Kaum war sie weg, fehlte sie ihm schon.

Am Abend konnte Roger nicht einschlafen. Noch immer war er verwirrt und tat sich schwer, seine Gefühle für Gaby einzuordnen. Er stellte sich vor, wie es wäre, wenn sie neben ihm liegen würde, und sein Verlangen wurde so stark, dass er sich schließlich selbst Erlösung verschaffte.

Es war bereits nach Mitternacht, als er aus einem Impuls heraus Gaby ein SMS sandte: *Schlaf gut.*

Sofort kam die Antwort: *Du auch.*

~

Roger stand vor Fritz Martis Tür und läutete. Das Besprechungszimmer seiner Praxis war in seine Wohnung integriert – Wohnen und Arbeiten waren also nur durch eine Tür getrennt. Die Kosten für Büroräumlichkeiten und die Zeit für den Arbeitsweg spart Marti also ein, dachte Roger, der die Welt stets durch seine ökonomische Brille betrachtete.

Die aufgehende Tür riss ihn aus seinen Gedanken. Marti trug einen eleganten Schal, und seine Ausstrahlung war wie immer warm und einladend. »Kaffee oder Tee?«, fragte er, während Roger sich im Besprechungszimmer hinsetzte.

»Einen Grüntee, bitte.« Roger liebte Martis erlesene Bio-Mischung, Sencha aus Japan. Dazu gab es immer ein Praliné mit dunkler Schokolade von der Naturkostbar Steffisburg, handgefertigt und ohne Milch. Während Marti den Tee servierte, fragte ihn Roger nach dem aufgehängten Zitat neben seiner Garderobe:

> Alles verstehen heißt alles verzeihen.

»Wie ist das zu verstehen?«

Marti lehnte sich zurück. Er hatte das kleine Bild mit dem Zitat vor Jahren von seiner Frau bekommen, die es in einem Raritätenladen in Konstanz gefunden hatte. Er hatte das Zitat damals als leisen Fingerzeig interpretiert. Ihre Ehe war in einer schwierigen Phase gewesen, und es hatte viel Groll und Unverständnis zwischen ihnen gestanden. Marti erklärte Roger, dass man viele Missverständnisse vermeiden konnte, wenn man versuchte, die Welt mit den Augen des Partners zu betrachten. Wenn man die Gründe seines Handelns einordnen konnte, dann ließ es sich einfacher verzeihen. Enttäuscht und verärgert war man folglich nur dann, wenn man den anderen noch nicht verstanden hatte. Negative Emotionen waren eine Zwischenstufe, eine Passage hin zum Verzeihen.

»Ist das nachvollziehbar?«, fragte Marti.

»Hm.«

»Machen wir ein konkretes Beispiel: Wenn du dich in Jennifer hineinversetzen kannst, gewinnst du Einsichten, warum sie dich hintergangen hat. Möglicherweise kannst du ihr Handeln so besser einordnen und verstehen. Wenn dir das gelingt, kannst du ihr leichter verzeihen und damit auch deinen Zorn loslassen, unter dem du selbst am meisten leidest.«

Roger starrte aus dem Fenster, und Marti ließ ihm Zeit, seine Gedanken zu ordnen. Dann wollte er wissen, wie es ihm seit der letzten Besprechung vor vier Wochen ergangen war. Roger erzählte ihm von den frustrierenden Scheidungsverhandlungen, aber auch von seinem wachsenden Interesse für philosophische Fragestellungen.

»Was gehört für dich zu einem glücklichen Leben?«, fragte Roger unvermittelt.

»Für mich sind es die regelmäßigen Kontakte mit meinen Freunden und möglichst viel unverplante Zeit.« Marti liebte Freiräume, in denen er Aspekte seiner Arbeit als Coach vertiefen konnte und nicht fremdbestimmt war. Auch Nietzsche und Freud hatten großen Wert auf diesen Aspekt gelegt. Freud war beispielsweise der Meinung, dass der Mensch keinen höheren Lebenssinn brauchte, sondern dass Liebe und Freude an der Arbeit für ein erfülltes Leben genügten. Nach Ansicht von Nietzsche verhalf die Kunst, im speziellen die Musik, zu einer höheren Genugtuung.

»Wie denkst du darüber, Roger?«

»Muße, frei verfügbare Zeit, Kontakte zu Freunden und Familie pflegen, das einfache Leben, im Moment sein …«, Roger stützte nachdenklich seinen Kopf auf der rechten Hand auf. »Hm, schön und gut, aber haben nicht Leistungsbereitschaft und Durchsetzungsvermögen die Menschheit weitergebracht? Proaktives Handeln, dem Leben eine Richtung geben, ist doch auch wichtig. Wo wäre die Menschheit, wenn sich alle nur der Muße hingeben würden?«

Marti schlug ein Gedankenexperiment vor: die Gegenüberstellung zweier Lebensentwürfe. Auf der einen Seite ein buddhistischer Mönch in einem tibetischen Kloster, der ein Leben lang meditiert und versucht, im Hier und Jetzt präsent zu sein. Auf der anderen Seite der moderne erfolgsorientierte Mensch, der mit Ehrgeiz und Durchsetzungsvermögen seine Ziele verfolgt.

»Wer von beiden lebt passiv? Wer von beiden aktiv?«

»Auf den ersten Blick scheint der Mönch nicht besonders aktiv.«

»Hm, aber aktiv sind doch jene, die ganz bewusst und selbstbestimmt ihr Leben gestalten«, meinte Marti. »So wie der buddhistische Mönch in unserem Beispiel. Er lebt sein Leben, unabhängig davon, ob das mit den gerade gültigen gesellschaftlichen Werten kompatibel ist oder nicht. Im Gegensatz dazu dreht sich der moderne

Mensch immer schneller und schneller im Hamsterrad, um den Erwartungshaltungen von anderen zu genügen. Das wäre dann doch eine eher passive Haltung, oder?«

Roger verschränkte die Finger hinter seinem Kopf und starrte an die Decke. Ein Leben lang hatte er unbewusst und passiv sein Muster abgespult: Leistung, Leistung, Leistung. Warum? Weil er sich davon unbewusst Liebe und Anerkennung versprochen hatte. Die Ironie der Geschichte war, dass er sich dabei immer proaktiv und selbstbestimmt erlebt hatte. Roger war sichtlich bewegt und emotional aufgewühlt.

»Ich spüre bei dir das Bedürfnis, ins Sein zu kommen, Roger«, sagte Marti. Wegen Momenten wie diesem liebte er seine Arbeit. »Zu leben, ohne dauernd irgendetwas anzustreben. Bisher hast du dich weitgehend über das Tun identifiziert.«

»Aber wie kann ich angesichts all meiner Verpflichtungen nur noch im Sein verweilen? Das einfache und selbstbestimmte Leben scheint mir im Moment mehr Utopie als eine echte Option«, erwiderte Roger müde.

»Ich vermute, es würde schon viel bewirken, wenn du dich künftig vermehrt für Sein und weniger für Tun entscheidest.«

# 22

FEBRUAR 2010

Zwei Wochen und viele unverbindliche SMS später rief Roger Gaby an. Dass sie ihm auf seine SMS jeweils sofort geantwortet hatte, schürte Hoffnungen, aber er war trotzdem nervös, als er den Anrufton hörte. Fast hätte er wieder aufgelegt, aber dann hatte Gaby den Anruf bereits angenommen.

»Hallo! Ich wollte fragen, ob du mich zum Abendessen begleiten würdest. Dann hätten wir etwas mehr Zeit zum Plaudern.«

»Gerne! Wann?«, antworte Gaby, ohne zu zögern.

»Übermorgen?«

»Passt!«

Am Tag der Verabredung war Roger völlig durch den Wind. Duschen, Finger- und Zehennägel schneiden, frisieren, parfümieren. Er konnte sich nicht daran erinnern, wann er das letzte Mal einen derartigen Aufwand für eine Verabredung zum Abendessen betrieben hatte. Außerdem brachte er für alle Fälle noch seine Wohnung auf Vordermann, stellte ein paar Kerzen auf und dimmte das Licht im Wohnzimmer.

Als er, fünf Minuten zu früh, das Restaurant *Araber* in Bern betrat, war Gaby schon da. Die Begrüßung war herzlich und vertraut. Gabys weibliche Formen kamen in ihrem schmal geschnittenen Kleid voll zur Geltung, und sie roch angenehm. Man merkte, dass sie als Inhaberin einer Kleiderboutique einen erlesenen Geschmack hatte. Sie diskutierten den ganzen Abend engagiert über Gott und die Welt und sahen sich dabei immer wieder tief in die Augen. Die Zeit verging wie im Fluge. »Wir schließen in fünfzehn Minuten, haben Sie noch einen Wunsch?«, fragte der italienische Kellner. Sie sahen sich um und bemerkten jetzt erst, dass sie die letzten Gäste im *Araber* waren.

»Kommst du noch auf einen Schlummertrunk zu mir?« Roger hielt die Luft an, doch Gaby machte es ihm einfach.

»Thomas ist drei Tage mit Freunden in Prag, und die beiden Mädchen sind bis Samstagmittag bei meinen Eltern. Ich würde gerne sehen, wie du wohnst.«

Kaum in seiner Wohnung in Ostermundigen angekommen lagen sie sich in den Armen. Roger wollte Gaby nicht drängen oder den Eindruck erwecken, dass er nur auf das *Eine* aus war, doch Gabys Küsse, ihre feinfühligen Berührungen und die Art, wie sie ihre Lippen öffnete, zeigten ihm deutlich, was sie sich wünschte. Eine Stunde später lagen sie eng aneinandergeschmiegt in seinem Bett.

»Es war wunderschön, Roger. Aber jetzt habe ich ein schlechtes Gewissen Thomas gegenüber. Ich habe mir geschworen, nie mehr ein Doppelleben zu führen.«

Schule und er leer vom langen Arbeitstag in Zürich. Trotzdem, die Tage mit Tim und Finn waren Roger heilig und – so glaubte er zu spüren – auch für die beiden Jungs.

»Langsam aber sicher finde ich wieder Boden unter den Füßen«, sagte Roger. »Ich sehe heute auch unsere Ehe und das Fremdgehen von Jennifer mit anderen Augen. Die Frage nach der Schuld bringt niemanden weiter. Wir haben beide Anteile an unseren Problemen.«

Der sympathische, italienische Kellner im *Luce* brachte das Essen. Für Nils wie immer eine Pizza Gorgonzola und für Roger den Fitnessteller mit Pouletbrust und Salat.

»Gut gewählt«, stichelte Roger. »Das optimale Menü, um deine Gewichts- und Blutdruckprobleme in den Griff zu bekommen.«

»Ja, ich weiß«, erwiderte Nils. »An guten Vorsätzen mangelt es mir nicht, aber dein Wille war schon in der Jugendzeit stärker als meiner.« Nils hob sein Bierglas, um mit Roger anzustoßen.

Dann kamen die beiden auf die Beziehung zwischen Nils und Katharina zu sprechen. Nils erzählte, dass sie sich Freiräume ließen und sich nicht gegenseitig mit überzogenen Ansprüchen an die Partnerschaft belasteten. Ohne diesen Ballast seien sie leichtfüßiger unterwegs – als Freunde, die das Leben teilten, weniger als Liebespaar. Beide hatten die Erfahrung gemacht, dass Freundschaft besser trug als das romantische Ideal der ewigen Liebe.

»Klingt harmonisch, aber nicht besonders leidenschaftlich«, erwiderte Roger, bevor er den letzten Bissen

Poulet in seinen Mund steckte. »Wie steht es mit Salz und Pfeffer in der Suppe?«

»Gegenfrage: Macht leidenschaftliche Liebe glücklich? Im Wort Leidenschaft ist ja nicht nur zufällig das Wort Leiden drin.«

Nach einem weiteren Schluck Bier sagte Nils mit Sorgenfalten auf der Stirn, dass er gesundheitlich etwas angeschlagen sei. Zu den bekannten Sorgen wie Übergewicht, hoher Blutdruck und Cholesterin mache ihm jetzt auch noch die Prostata Kummer. Er müsse manchmal mehrmals pro Nacht auf die Toilette. Außerdem verspüre er keine Libido mehr.

»Tja, wir werden alt, Nils.« Roger lächelte und versuchte sich seine Besorgnis nicht anmerken zu lassen. Ein paar Minuten stocherten beide gedankenverloren in ihrem Essen. »Etwas ganz anderes, Nils, ich habe dir doch schon von meinen Wildnisferien mit dem Kanu in Alaska erzählt, oder? Wir hatten auf dem Fluss nur das Notwendigste dabei gehabt und ließen uns ohne große Pläne treiben. Jeder Tag konnte sich frei entfalten. Gekocht wurde auf dem offenen Feuer.« Nie wieder hatte sich Roger so frei und so unbeschwert gefühlt wie damals in der Wildnis des hohen Nordens.

»Wow, das würde mir auch gefallen«, sagte Nils und seine Augen leuchteten. Fischen in Alaska war immer schon sein Traum gewesen.

»Trifft sich gut«, sagte Roger, »denn ich möchte im nächsten Sommer eine Reise nach Alaska organisieren. Mein Freund Kurt Steger hat bereits zugesagt. Wir werden mit dem Schlauchboot während der Aufstiegszeit der pazifischen Lachse einen wilden Fluss runterfahren. Lagerfeuer und Zeltromantik inklusive. Ich würde mich freuen, wenn du dabei wärst.« Roger blickte Nils fragend an.

»Hm, das würde mich schon reizen. Das Angebot kommt überraschend, und ich brauche sicher Bedenkzeit.« Zwei Stunden später, kurz vor dem Einschlafen, vibrierte das Handy von Roger. *Ich bin dabei!*

*Freut mich sehr!*, tippte Roger und streckte sich auf dem Bett aus. Vorfreude machte sich breit.

*anpassen, falls dein Einkommen bei einem Jobwechsel tiefer ausfallen sollte. Ich möchte, dass es dir gut geht und dass du glücklich wirst.*

*Danke, dass du Tim und Finn ein guter Vater bist! Lieben Gruß*

*Jennifer*

Roger las die Zeilen aufmerksam durch und schüttelte den Kopf. Kurz wollte die bekannte Wut in ihm aufsteigen, doch dann besann er sich plötzlich eines Besseren. Er stand auf, atmete tief durch und schaute aus dem Fenster. Ein schöner klarer Winterabend mit einem Himmel voller Farben. Roger klappte sein Notebook zu und verließ das Haus. Hinaus in ein neues Leben.

~

Es war so weit. Roger saß Peter Bieri in seinem Büro gegenüber, zwischen ihnen der protzige schwarze Bürotisch aus Mahagoni, der allen Besuchern signalisierte, dass hier der Chef arbeitete. Bieri hatte eine gute Gesichtsfarbe, die ein bisschen nach Solarium aussah, und schien sich von seinem Herzinfarkt gut erholt zu haben. Trotzdem kam er Roger seit seiner Rückkehr oft fahrig und unsicher vor.

Nach monatelangem Abwägen und Zögern gingen Roger seine Worte an diesem Morgen erstaunlich leicht über die Lippen: »Ich kündige, Peter. Zwanzig Jahre Private Banking sind für mich genug.« Bieri verschränkte die Arme und biss sich auf die Unterlippe. Es dauerte eine Weile, bis er Worte fand. Die Atmosphäre im Raum war wie elektrisch geladen.

»Bist du dir eigentlich bewusst, was du alles aufgibst, Roger? Denk doch an all die Vergnügen und Privilegien, die dir das hohe Einkommen ermöglicht hat.«

»Vergnügen ist nicht Glück, Peter, es nutzt sich rasch ab. Was ich suche, ist eine Aufgabe, die mir Lebenssinn und Seelenfrieden gibt. Ich möchte nach einem Arbeitstag wieder eine gesunde Müdigkeit spüren.«

»Mein Gott!« Bieri schüttelte den Kopf. »Wo hast du denn nur dieses esoterische Geschwafel her? Hast du einen Guru oder was? Komm auf den Boden der Realität zurück, Roger! In unserer Welt regiert das Geld, und je mehr du davon hast, desto mehr ist möglich. Geld schafft Optionen!« Bieri lehnte sich mit erhobenem Zeigefinger nach vorne. »Außerdem bist du ohne Geld ein Niemand. Schon deshalb wirst du nicht glücklich sein!«

»Meine Entscheidung steht fest, Peter«, sagte Roger ruhig, beendete das Gespräch und ging.

Es gab nichts mehr, was ihn zum Weitermachen motiviert hätte. Weder der hohe Grundlohn, der üppige Bonus noch die ausgezeichneten Sozialleistungen. Roger war sich zwar bewusst, dass ein finanzieller Rückschritt schmerzhaft war, aber jeden Morgen lustlos vor dem Badezimmerspiegel die Krawatte zu knüpfen, war keine Alternative mehr. Die unverblümten Worte Stegers kürzlich im *Santa Lucia* hatten als Katalysator für den überfälligen Entscheid gewirkt: »Was du da zwanzig Jahre lang gemacht hast, ist ein Bullshit-Job, Roger! Für den finden sich nur Leute, weil er so gut bezahlt ist. Aber was sagt das über Menschen aus, die eine Tätigkeit nur des Geldes wegen verrichten?«

Ein Zufall hatte den endgültigen Wendepunkt

gebracht: Der drahtige Thomas Frutig war schon viele Jahre Kunde. Die beiden hatten regelmäßig Kontakt, seit Roger das Wertschriftendepot betreute, das Frutig von seinem Vater geerbt hatte. Vor Kurzem hatte Frutig erwähnt, dass er in achtzehn Monaten als Geschäftsführer der GFZ-Pensionskasse pensioniert werde. Seine Stelle würde demnächst ausgeschrieben. Danach ging alles schnell. Roger konnte sich auf Anhieb für das Stellenprofil begeistern. Die Seite zu wechseln und sich für die Interessen der Versicherten einzusetzen, reizte ihn ungemein. Kein Banker würde mich und meine Pensionskasse übervorteilen können, dachte er. In Gedanken sah er sich bereits als Anwalt der Versicherten, für deren Interessen er konsequent einstehen wollte.

Der Sitz der GFZ-Pensionskasse war in Bern, ein großer Vorteil, weil das lästige und zeitraubende Pendeln nach Zürich wegfallen würde. Dank der Unterstützung von Frutig konnte er sich vor dem Stiftungsrat der Pensionskasse präsentieren, noch bevor die Stelle offiziell ausgeschrieben wurde. Schnell war man sich im Gremium einig, dass Roger der perfekte Nachfolger von Frutig wäre, und er wurde einstimmig gewählt. Zuerst würde er sich als Stellvertreter von Frutig einarbeiten und danach die Leitung der Pensionskasse übernehmen. Einziger Knackpunkt war – wie erwartet – das Gehalt. Obwohl der Stiftungsrat Roger entgegenkam, würde Roger in Zukunft mit einem Drittel weniger auskommen müssen. Bevor er den Arbeitsvertrag unterzeichnete, rief er Jennifer an. Er rechnete mit einem schwierigen Gespräch, wurde aber positiv überrascht.

»Es geht auch mit weniger Roger«, sagte sie. »Wir werden die Unterhaltszahlungen neu berechnen.«

Er spürte, dass sich Jennifer für ihn freute, obwohl auch sie künftig mit weniger Geld auskommen musste. Das beeindruckte ihn und ein Gefühl von Dankbarkeit stieg in ihm auf.

Mit Genugtuung – ja mit einem Gefühl von Leichtigkeit – hatte Roger dann noch am selben Abend das Kündigungsschreiben an die Switzerland-Bank aufgesetzt. Keine Spur mehr von Unsicherheit oder Zögern. Selten war er sich in seinem Leben derart sicher gewesen, das Richtige zu tun.

Roger und Kurt Steger kamen bei einem Feierabendbier auf Kurts Lieblingssport zu sprechen: »Boxen trainiert Körper und Geist gleichermaßen. Spannend, spielerisch und intensiv zugleich. Das solltest du unbedingt mal ausprobieren, Roger.«

»Boxen? Soll ich mir in meinem Alter noch die Visage vermöbeln lassen? So wie es aussieht, brauche ich meine Hirnzellen noch ein paar Jahre.«

»Quatsch!« Steger rollte die Augen. »Ich rede von Gentleman-Boxen, manche sagen auch Leichtschlagboxen. Man begegnet sich im Sparring mit Respekt und Anstand.«

»Hm.« Roger sah ihn zweifelnd an.

»Ein Vorteil des Boxens ist, dass du auch als Anfänger rasch im Sparring mittun kannst. Die nötigen Grundschläge lernt man rasch. Glaub mir, es gibt kein besseres Training für den Körper, das auch noch so viel Spaß macht!« Kurts Augen funkelten.

»Du kannst sehr überzeugend sein, Kurt!«

»Aber nur, wenn ich davon auch wirklich überzeugt bin.«

»Ja, warum auch nicht, okay. Ein Probetraining mache ich mit.«

So kam es, dass sich Roger an einem Samstagmorgen etwas verloren und nervös in Berns legendärem Boxkeller an der Kochergasse wiederfand. Profis und Hobbyboxer hatten hier in den letzten Jahrzehnten gleichermaßen gekämpft und geschwitzt. Ein Ort mit vielen Geschichten und einer einzigartigen Ausstrahlung. Ehrfürchtig begutachtete Roger die kunstvoll gestalten Plakate vergangener Boxmeetings, die überall aufgehängt waren. Hier trafen sich seit Jahrzehnten die unterschiedlichsten Menschen auf Augenhöhe. Ob Universitätsprofessor, Handwerker, Banker, Politiker – im Ring sind alle gleich. Der gesellschaftliche Status spielte keine Rolle.

Boxen ist eine Kampfsportart, die ohne Hilfsmittel, Tricks und doppelten Boden ausgetragen wird. Der Kampf Mann gegen Mann. Oder heutzutage auch Frau gegen Frau. Wenn man den Hobbykämpfern glauben wollte, dann gab es kein besseres Ventil für Alltagsfrust und Ärger als Boxen. Nach dem Training war der Kopf frei, frei von allem Ballast. Ein grauhaariger Routinier erklärte Roger in der Garderobe, dass Boxen meditativ sei. »Im Sparring hast du keine Zeit, über deine privaten und beruflichen Probleme nachzudenken. Wenn du nicht bei der Sache bist, kassierst du Schläge. Man lebt im Hier und Jetzt.«

Roger nickte und war plötzlich unsicher, ob das mit dem Probetraining wirklich so eine gute Idee war.

»Schlägereien sind hier verpönt, Roger. Es geht um

eine solide Technik im Angriff und – noch wichtiger – in der Verteidigung«, erklärte Steger, der mit rotem Shirt und schwarzen Boxhosen leichtfüßig vor Roger herumtänzelte. Er boxte seit seiner Jugend und blieb dem Berner Boxkeller auch nach seinem Umzug nach Zürich treu.

Nach dem Probetraining war Roger körperlich ausgepumpt, aber auch zufrieden und befreit. Als hätte er alle Frustrationen der letzten Monate aus sich rausgeschlagen. Fürs Erste war Schlagschule mit dem Trainer angesagt gewesen, außerdem hatte er minutenlang mit den Fäusten den großen braunen Boxsack aus Leder bearbeitet. Unter der Dusche erinnerte er sich an eine Aussage von Felix von Cube aus dessen Buch »Besiege deinen Nächsten wie dich selbst«. Darin schrieb von Cube, dass die Zivilisationskruste dünn und der Mensch im Innersten immer noch ein wildes Tier sei. Die Urinstinkte des Menschen, so seine These, wollten weiterhin gelebt sein. Kampfsportarten boten dafür ideale Voraussetzungen, wenn sie in einem kontrollierten Umfeld stattfanden.

Nach dem Training ging Roger mit Kurt noch in der *Adrianos Bar* am Theaterplatz etwas trinken. Kurt erzählte, dass Boxen wie ein Spiegelbild des Lebens sei. In seinen Augen waren die Regeln im Boxkeller die gleichen wie im Leben. Druck erzeugte Gegendruck. Oder: Wer Schläge austeilt, muss auch einstecken können. Wer oft und hart schlug, konnte auch vom Partner nichts anderes erwarten. Wenn man aber das Ganze spielerisch und leicht anging, verlief auch die Runde entsprechend.

Bereits im zweiten Training durfte Roger das erste

Mal in den Boxring in der Mitte des Kellers. Seine Sparringspartnerin war eine junge Frau mit kurzen roten Haaren. Schon nach ein paar Sekunden spürte er, dass er auf ihren Goodwill angewiesen war. Sich gleichzeitig auf Verteidigung und Angriff zu konzentrieren, überforderte ihn. Gegen Ende der Runde war er komplett ausgepumpt, und seine Arme fühlten sich bleischwer an, was die Aufgabe zusätzlich erschwerte. In den nächsten Runden fasste Roger zunehmend Vertrauen. Er spürte, dass die anderen rücksichtsvoll boxten. Das gab ihm genug Sicherheit, um dieses und jenes zu probieren. Meist ungestüm und technisch unsauber zwar, aber es machte Spaß. Roger war motiviert wie schon lange nicht mehr. Am Ende war er so erschöpft, dass er nach dem Training fast nicht mehr die Treppe aus dem Keller hochkam. Das Sparring hatte ihm alles abverlangt – es gab im Ring keine Möglichkeit, sich zu schonen oder sich zu verstecken.

»Der Stil eines Boxers sagt viel über dessen Charakter aus«, sagte Kurt nach dem Training in der *Adrianos Bar*. »Ich kenne einen Firmenchef, der potenzielle Kadermitarbeiter in ein Probetraining einlädt, sozusagen ein Assessment in Boxkeller. Er behauptet, dass er nach drei Runden im Ring jeden Bewerber einschätzen kann.« Kurt lehnte sich zurück und erzählte, dass es Boxer gab, die sich fast nur auf die Verteidigung konzentrierten und sich selten nach vorne in den Angriff wagten. Dann gab es jene, die beherzt angriffen. Die landeten zwar Treffer, steckten aber auch viel mehr ein. Andere wiederum schlugen hart zu, um Eindruck zu schinden, ohne aber besonders schnell und beweglich zu sein. Sie ließen nach kurzer Zeit merklich nach. Dann gab es jene mit dem guten Auge, die abwartend boxten und nur dann zuschlugen, wenn sie beim Gegner eine Lücke in der Deckung sahen. Die konzentrierten sich vorab auf die Fehler der anderen, ohne sich selber groß zu exponieren. Und dann gab es die Souveränen, die die Kunst beherrschten je nach Situation zwischen Angriff und Verteidigung zu variieren. Sie verloren nie den Überblick und konnten ihre Emotionen zügeln.

»Und welches Psychogramm kannst du aus meinem Boxstil ableiten?« Roger lächelte – sie hatten im Training zwei Runden miteinander geboxt.

»Ich habe bei dir einen starken Drang nach vorne gespürt, nach dem Motto ›Angriff ist die beste Verteidigung‹. Das zeigt mir, dass du Mühe mit Kritik hast, dass du wahrscheinlich besser im Austeilen bist als im Einstecken. Im Geschäftsleben willst du den anderen immer einen Schritt voraus sein, damit die auf dich reagieren müssen.«

Roger war sprachlos. Treffender hätte ihn Kurt kaum beschreiben können.

»Konzentrier dich künftig darauf, Schläge zu parieren, statt dauernd anzugreifen. Auch die Verteidigung will gelernt sein.«

Das erinnerte Roger an die Worte von Fritz Marti in der letzten Coaching-Sitzung: »Abwarten und schauen, was kommt«, hatte er gesagt. »Darauf vertrauen, dass es auch ohne deinen Lead in eine gute Richtung geht.«

»SIE SIND ab Ende dieser Woche von Ihrer Arbeit freigestellt«, stand im formal abgefassten Brief der Switzerland-Bank. Immerhin, dachte Roger amüsiert. Er wäre nicht erstaunt gewesen, wenn ihn Bieri noch am Tag seiner Kündigung vor die Tür gesetzt hätte. So war es dem Kollegen Küng vor ein paar Jahren ergangen. Dem wurden gerade noch dreißig Minuten Zeit zugesprochen, um seine persönlichen Utensilien zu packen. In Anwesenheit eines Mitarbeiters der Personalabteilung.

Der letzte Arbeitstag auf der Bank lief ohne große Emotionen ab. Zeit für Abschiedsrituale hatte niemand, schon gar nicht während der Börsenöffnungszeiten. Seine Kundendossiers hatte Roger bereits am Vortag seinem Nachfolger Klaus Stähli übergeben – ein junger Abgänger der Hochschule St. Gallen mit kantigen Gesichtszügen, der jeden Morgen im Nadelstreifenanzug und einwandfrei polierten Lackschuhen aufkreuzte. Gerne würde ich mit Stähli in zwanzig Jahren bei einem Feierabendbier plaudern, dachte Roger. Wird er dann genauso desillusioniert sein wie ich heute?

Vor seinem geistigen Auge tauchten Eindrücke und Bilder seiner Karriere auf. Der lange Börsenboom in den goldenen Neunzigerjahren, wo der Optimismus und die Gier keine Grenzen kannten. Er erinnerte sich an die edle Yacht des Kollegen Küng auf dem Zürichsee. YAHOO stand in großen schwarzen Buchstaben auf dem Bug. Kurz darauf wurde sie von einer noch größeren und luxuriöseren Variante abgelöst. Roger war dabei, als das edle Schiff von Küngs junger Frau feierlich YAHOO 2 getauft wurde. Der Champagner floss an diesem Sommerabend in Strömen. Küng hatte als besonders risikofreudig gegolten und hatte Millionen verdient mit Optionen auf die Aktien des amerikanischen Internetunternehmens Yahoo. Nach dem Platzen der Internetblase im Jahr 2000 waren diese Papiere innerhalb von Tagen wertlos. Da Küng auch Kundengelder in diese Risikopapiere investiert hatte, war er ein paar Tage später auch noch seinen Job los. Seither hatte Roger nie mehr etwas von Küng gehört. Auch die schneeweiße YAHOO 2 mit den Mahagoni-Holzplanken im Innenraum verschwand rasch vom Anlegeplatz am Zürichsee. Von Bieri hörte er ein paar Jahre später, dass Küng als Immobilienmakler in der Ostschweiz wieder Fuß gefasst hatte.

~

Der Höhepunkt des letzten Arbeitstages von Roger war das gemeinsame Essen mit Peter Bieri im *Baur au Lac* am Zürichsee. Bieri machte einen angeschlagenen Eindruck, wirkte blass und fahrig. Der Herzinfarkt und die schwere Operation hatten offensichtlich Spuren hinterlassen. Sein ungebrochener Optimismus und sein Tatendrang wirkten auf Roger nur noch aufgesetzt.

»Du machst den Fehler deines Lebens«, eröffnete Bieri das Gespräch, kurz nachdem sich beide hingesetzt hatten.

»In ein paar Monaten wirst du feststellen, dass dein neuer Job in der Pensionskasse genauso stressig und schwierig ist. Dein Einkommen wird aber mindestens ein Drittel tiefer liegen.«

»Gut möglich, Peter, aber damit ich das abschließend beurteilen kann, muss ich es ausprobieren.« Roger

und fühlte sich plötzlich eingeengt. Ich liebe dich, ist einer dieser Sätze, die vom Gegenüber ein ebensolches Bekenntnis verlangen. Als würde Liebe Ansprüche stellen. Als wäre echte Liebe nicht ein Geschenk ohne Anspruch auf Gegenleistung. Theorie. Roger wusste aus Erfahrung, dass die real gelebte Liebe sehr wohl Ansprüche stellt.

Gaby schaute Roger fragend und verunsichert an, während dieser in Gedanken versunken war. Sie dürstete nach den wichtigsten drei Worten, die es auf der Welt gab. Alles andere hätte sie gekränkt. Doch Roger brachte die Worte einfach nicht über seine Lippen.

»Ich habe dich lieb.« Mehr war ihm nicht möglich. Gaby konnte ihre Enttäuschung nur schwer verbergen. Es war, als würde er ihr den Boden unter den Füßen wegreißen. Ihre Augen füllten sich mit Tränen.

»Wie soll es mit uns weitergehen?« Gabys Stimme klang ängstlich.

»Ich würde gerne mehr Zeit mit dir verbringen, Gaby, und magische Momente mit dir teilen. Alles offenlassen, sich vom Strom des Lebens treiben lassen, ohne langfristige Pläne zu schmieden.« Roger räusperte sich und suchte verzweifelt nach den richtigen Worten. »Zusammen und doch frei sein, ohne sich gegenseitig für die Ewigkeit zu verpflichten. Alles geschehen lassen und schauen, was dabei herauskommt.«

Gaby war nicht glücklich mit dem, was sie da zu hören bekam. Im Gegenteil. Alles offenlassen? Das klang für sie nicht nach einer soliden Beziehung für gute und für schlechte Zeiten. Das klang für sie eher nach Fun und Zeitvertreib anstelle von Geborgenheit und Verlässlichkeit. Unverbindliches statt ewiger Liebe.

»Und wenn du meiner überdrüssig bist, suchst du dir eine andere Gespielin? Stellst du dir das so vor, Roger?« Ihre Stimme klang vorwurfsvoll.

Roger fühlte sich in die Enge getrieben und kämpfte gegen den Impuls, sich zu rechtfertigen und seine Worte zu relativieren. Gleichzeitig fühlte er sich aber in seiner Haltung bestärkt. Noch bevor die Beziehung mit Gaby richtig begonnen hatte, war seine neu gewonnene Freiheit bereits in größter Gefahr.

»Ich möchte offen und ehrlich mit dir sein, Gaby. Ich habe Angst davor, mich bereits wieder vorbehaltlos zu binden und zu verpflichten.« Er hatte Angst davor, dass Gaby nach der Trennung von Thomas voll auf ihn setzen würde. In jeder Beziehung. Sie wollte nicht nur seine Liebe, sondern auch Sicherheit von ihm. Diese Verantwortung machte ihm Angst.

»Versuch mich bitte zu verstehen, Gaby. Ich komme aus einer schwierigen Scheidungsgeschichte und bin gerade erst daran, im Leben wieder richtig Fuß zu fassen. Ich war ganz, ganz tief unten. Ich muss zuerst herausfinden, wer ich wirklich bin, und was ich mit meinem Leben anfangen will.« Roger konnte und wollte Gaby in diesem Moment nichts versprechen. Stille. Schließlich schaute Roger auf die Uhr. »Sorry, aber ich muss los. Ich bin schon zu spät dran. Ich melde mich bei dir.«

»Tschüss, mach's gut.« Mehr brachte Gaby nicht über ihre Lippen. Sie blieb auf dem Bett liegen.

Am nächsten Tag erhielt Roger eine Nachricht von ihr auf seinem Handy.

*Lieber Roger,*

*danke für die vielen schönen Momente, die wir zusammen*

*geteilt haben. Mir ist bewusst geworden, was ich an Thomas habe. Er schenkt meinen Kindern und mir Geborgenheit, Wärme und Sicherheit. Darauf will ich nicht verzichten.*

*Im Gegenteil, auf dieses Fundament will ich meine Zukunft bauen. Es ist aus mit uns, Roger. Wir werden uns nicht mehr treffen. Ich hoffe auf dein Verständnis und wünsche dir von ganzen Herzen nur das Beste!*

*Gaby*

Roger lehnte sich zurück, starrte aus dem Fenster in die Weite und fühlte sich irgendwie erleichtert.

# 25

MAI 2010

Jennifer und Roger Graf saßen im Wartezimmer des Berner Scheidungsgerichtes. Roger stand am Fenster und blickte auf den kleinen Park, wo er Blumen in allen Farben erblickte. Er war erleichtert darüber, diesen Lebensabschnitt nun auch formal abschließen zu können. Endlich wieder vorwärtsleben! Aber ihn erfasste in diesem Moment auch eine schwer definierbare Schwere. Ein weiterer Schritt im schmerzhaften Prozess des Loslassens. Jennifer blätterte nervös in der Schweizer Illustrierten, die im Wartezimmer lag. Sie war nicht bei der Sache, aber nur still sitzen oder gar mit Roger über Belangloses sprechen, konnte sie auch nicht. Roger sah Jennifer an, dass es ihr alles andere als gut ging. In seinen Augen entbehrte das nicht einer gewissen Ironie. War sie jetzt nicht am Ziel ihrer Träume angelangt und sollte entsprechend fröhlich sein?

Die freundliche Dame vom Empfang riss die Grafs

schließlich aus ihren Gedanken und führte sie in ein kleines, nüchternes Besprechungszimmer. Die letzten Schritte als verheiratetes Paar. Roger hatte von einem Gerichtssaal mehr erwartet. Unser Fall ist offensichtlich einer großen Bühne nicht würdig, dachte er. Ein einfaches Sitzungszimmer genügt.

Der Richter war mittleren Alters, schlank und mit angegrauten Schläfen. Er machte einen sympathischen Eindruck. Die Sitzung war wie erwartet eine reine Formsache. Die Scheidungskonvention und alle erforderlichen Unterlagen wurden vollständig eingereicht. Von beiden unterzeichnet und ohne strittige Punkte. Die Aufgabe des Richters war es, sicherzustellen, dass beiden bewusst war, was sie da genau unterzeichnet hatten. Die Mimik des Richters erinnerte Roger ein wenig an jene des Leichenbestatters, der seinen Großvater vor vielen Jahren zu Hause abgeholt hatte. Wie viel seines Mitgefühls war echt? Wie viel davon professionelle Fassade? War er in Gedanken dabei, seine Freizeit zu planen, während er routinemäßig und mit empathischen Gesten das übliche Prozedere abspulte? Roger hörte gar nicht richtig hin. Die Sache war für ihn bereits gelaufen.

»Es entspricht der Praxis unseres Gerichtes, dass sich Kinder als Betroffene zur Scheidung äußern dürfen«, sagte der Richter gegen Ende der Besprechung.

Das klang für Roger nach einer weiteren unnötigen Verzögerung, was ihn nervte. »Muss das sein?«, fragte er. »Das wird an der Scheidung auch nichts mehr ändern. Die Auflösung der Ehe ist doch ein Entscheid der Eltern.«

»Ja, das stimmt. So betrachtet ist die Anhörung der Kinder tatsächlich unnötig. Auf der anderen Seite kann es für die Kinder wichtig sein, dass sie sich als Betroffene auch äußern können. Die Besprechung kann ein wichtiger Schritt im Verarbeitungsprozess der Kinder sein. Hin und wieder können wir aufgrund von Aussagen der Kinder auch etwas optimieren, beispielsweise bei der Betreuungsregelung.«

»Okay, das kann ich nachvollziehen. Wir werden die Kinder vorbeibringen«, erwiderte Roger und war damit gleicher Meinung wie Jennifer.

Nach weniger als einer Stunde standen die beiden draußen. Es war angenehm warm für die Jahreszeit, und es roch bereits nach Frühling. Die Sonne stand hoch am stahlblauen Himmel. Gemeinsam gingen sie zu Fuß an die Aare. »Danke, dass du eingewilligt hast. Für mich ist ein Abschiedsritual genauso wichtig wie der formale Schlusspunkt beim Richter«, sagte Jennifer, ohne Roger dabei anzusehen. Ihr Blick war starr auf den Gehsteig gerichtet.

»Schon gut«, antwortete Roger gleichgültig. Jennifer hatte ihn letzte Woche davon überzeugt, die Ehe mit einem Ritual zu beenden.

»Wir könnten uns gegenseitig für die guten Zeiten danken und ein paar versöhnliche Worte austauschen. So lassen wir alle Streitigkeiten hinter uns und beginnen das nächste Kapitel in unseren Leben – ohne Groll und ohne schlechte Gefühle.«

»Nach der Beichte verlangst du von mir also auch noch eine umfassende Absolution?«, hatte Roger gemurrt und am Ende doch zugestimmt.

Die beiden schlenderten wortlos und in Gedanken

versunken an der grünen Aare entlang. Dabei kamen sie an einer Rasenfläche mit ein paar Büschen vorbei, wo sie sich einst im jugendlichen Übermut geliebt hatten. Mitten in einer lauen Sommernacht bei Vollmond. Sie waren in der Aare schwimmen gewesen, während das Licht des Mondes vor ihnen auf dem bewegten Wasser tanzte. Damals glaubten beide an die ewige Liebe, und das Feuer der Leidenschaft brannte. Weder Roger noch Jennifer ließen sich etwas anmerken, aber auf der Schönaubrücke stoppte Jennifer und versuchte die vorbereiteten Worte ruhig zu sprechen. Stattdessen stammelte sie unverständlich vor sich hin und begann zu weinen.

»Es tut mir alles so leid. Entschuldigung. Danke für die guten Jahre, die wir zusammen hatten«, war alles, was sie über ihre Lippen brachte.

Roger war auch nicht nach einer großen Rede zumute: »Tut mir auch leid. Danke für die schönen Momente. Danke für Tim und Finn.«

Dann tauschten sie die beiden Eheringe aus und warfen sie nacheinander in die Aare, wo sie die Strömung sofort erfasste und für immer wegtrug. Die Aare floss weiter, als wäre nichts geschehen. Im breiten Strom des Lebens war ihre Tragödie nicht mehr als eine kleine Randnotiz.

»Was denkst du, schaffen es die Ringe bis ins Meer?«, schluchzte Jennifer.

»Kaum, die werden sicher etwas weiter unten im Schwellenmätteli zusammen mit dem Kies wieder ausgebaggert, von einem Bauarbeiter gefunden und an einen Altgoldhändler verscherbelt.«

Jennifer musste unter Tränen lachen. Typisch Roger. Dann verlor auch Roger die Kontrolle. Er umarmte

Jennifer, die es am ganzen Leib schüttelte. Die Wut und der Hass auf sie fielen von ihm ab. Es war, als würden alle negativen Emotionen von der Aare verschlungen und weggetragen. Genau wie die beiden goldenen Eheringe zuvor. Beide standen minutenlang eng umschlungen auf der Brücke und ließen ihren Tränen freien Lauf. Dass der eine oder andere Fußgänger neben ihnen die Brücke überquerte, nahmen sie nicht wahr.

## 26

JULI 2010

Roger saß in Shorts und mit nacktem Oberkörper auf seinem kleinen Balkon in Ostermundigen vor einem Bier und genoss den lauen Sommerabend. Er telefonierte mit Kurt Steger, um noch ein paar organisatorische Details bezüglich der bevorstehenden Alaska-Reise zu besprechen. Ob es ein Mückennetz brauche beispielsweise. Die Vorfreude war bei beiden groß.

»Ach übrigens, ich hätte da noch ein Ticket für ein Konzert von Neil Young, morgen Abend am Paleo Festival in Nyon«, sagte Kurt am Ende des Gesprächs. »Der Boxkollege, der mich begleiten wollte, liegt mit einer Sommergrippe im Bett.«

Wow! Neil Young! An den hatte Roger schon lange nicht mehr gedacht. Erinnerungen an magische Momente schossen unvermittelt durch seinen Kopf. Er sah sich und Jennifer neben dem Lagerfeuer an der Aare liegen. Aus den Lautsprechern des kleinen Kassettenrecorders klang leise »Heart of Gold«, Neils Hit aus den siebziger Jahren. Neil war der Hero in Rogers Jugendzeit gewesen, aber in den letzten zwanzig Jahren hatte er ihn weitgehend aus den Augen verloren. Alle paar Jahre wieder hatte er zufällig auf Plakaten gesehen, dass ein Konzert anstand. Im Hallenstadion Zürich, am Montreux Jazz Festival oder auch am Moon and Stars in Locarno. Zeit, um hinzugehen, hatte er nie gefunden, immer war etwas anderes wichtiger gewesen.

Der erste Impuls war, Kurt abzusagen. Zu kurzfristig, außerdem unter der Woche vor einem anstrengenden Arbeitstag. Es stand eine Sitzung des Stiftungsrats der Pensionskasse an, und Roger hatte als designierter Leiter der Kasse eine Präsentation vorbereitet. Er hatte sich in den letzten Monaten gut eingearbeitet und betrachtete den Auftritt als ersten Höhepunkt seiner neuen Aufgabe. Doch dann besann er sich eines Besseren. Plötzlich war ihm glasklar, dass er sich diese Gelegenheit nicht entgehen lassen durfte. Nicht schon wieder. Zu oft schon hatte er Wünsche auf später verschoben.

Kurt war positiv überrascht, als Roger spontan zusagte. Er war seit jeher ein großer Fan von Neil Young und bei jedem seiner Schweizer Konzerte in den letzten dreißig Jahren dabei gewesen. In seinen Augen war Youngs Blütezeit keineswegs vorbei. Neil war nicht einer jener Rockstars, die nur noch von ihren alten Songs lebten, sondern er war immer noch unglaublich kreativ. Die Breite und Tiefe seines musikalischen Schaffens war einzigartig. Eine lebende Legende, die eine ganze Generation von Musikern inspiriert hatte.

So kam es, dass Roger und Kurt am späten Nachmittag mit Kurts VW California nach Nyon pilgerten. Das Festivalgelände war schon ziemlich voll, als die beiden ankamen. Die Anzahl der über das riesige Gelände verstreuten Konzertbühnen beeindruckte Roger genauso wie die unzähligen kleinen Imbissbuden mit Köstlichkeiten aus der ganzen Welt. Die Stimmung fühlte sich an wie in den Ferien. Fröhlich und farbig.

»Um welche Zeit spielt Neil Young?«, fragte Roger, während er sein indisches Gemüsecurry von einem Pappteller ass.

»Elf Uhr auf der Hauptbühne.«

»So spät erst? Morgen früh um acht Uhr findet eine Sitzung des Stiftungsrates der Pensionskasse statt!«

»Locker bleiben.« Kurt lächelte. »Du kannst dann im Auto etwas schlafen. Ich werde fahren.« Dann kam Kurt auf seinen Plan zu sprechen: »Das Konzert der Teenie-Band, die vor Neil auf der großen Bühne spielt, wird etwa um zehn Uhr zu Ende sein. Wir werden uns kurz vor dem Ende des Auftritts zur Bühne vorarbeiten, um uns optimal zu positionieren. Wenn sich dann die Zuschauerreihen nach dem Konzert lichten, drängen wir nach vorne.« Kurts Augen funkelten vor Begeisterung. »Mit etwas Glück schaffen wir es in die erste Reihe!«

»Ich dachte, wir sitzen irgendwo gemütlich auf der Wiese. Weit weg vom Gedränge und vom Schweißgestank. Genau dafür sind ja die Großleinwände da.« Roger machte große Augen.

Doch Kurts schon fast kindliche Begeisterung berührte ihn, und die Rolle des Spielverderbers wollte er nicht spielen. Also lenkte er ein und sagte Kurt, dass er sich einfach an seine Fersen heften werde. So standen die beiden wie geplant um zehn Uhr mitten in einem Pulk von singenden jungen Leuten. Roger kam sich saudoof vor dabei. Irgendwie deplatziert. Außerdem war ihm die Musik viel zu laut und er bereute bitterlich, dass er die Gehörschutzpfropfen am Eingang nicht eingesteckt hatte. Kurt schien das alles nicht zu stören. Er wartete auf den richtigen Moment, um nach vorne zu stürmen. Nach den letzten Tönen und dem »Good Night« des Sängers schrie Kurt plötzlich: »Jetzt! So schnell wie möglich nach vorne.« Roger hängte sich an Kurt dran, als sich dieser gegen den Strom der jugendlichen Menschenmasse einen Weg zur Bühne bahnte. Ohne Rücksicht auf Verluste, wie es Roger schien. Mehr als einmal hörte er »Arschloch«. Davon ließ sich Kurt auf seiner Mission aber nicht beeindrucken, und er drängte unbeirrt weiter nach vorne. Plötzlich standen sie vor einer Absperrung, direkt vor der Bühne.

»Geschafft! Erste Reihe Mitte! So cool!«, triumphierte Kurt und strahlte über das ganze Gesicht.

Innerhalb kürzester Zeit waren die beiden von anderen Neil-Young-Fans umgeben, die wie aus dem Nichts auftauchten und die Plätze der Teenies einnahmen. Althippies, Intellektuelle mit kurzen Haaren und runden Brillen, aber auch jüngere Fans, was Roger nicht erwartet hätte. Bunt gemischt, aus allen Alters- und Gesellschaftsgruppen. Sofort war Kurt mit anderen Neil-Young-Experten in Gespräche verwickelt. Primär wurde darüber spekuliert, welche Songs der Maestro in welcher Version spielen würde. Als Orientierungshilfe dienten dabei die Setlists der vorangehenden Konzerte auf der Tour. Mit Erstaunen nahm Roger zur Kenntnis, dass etliche Fans schon fünf oder mehr Konzerte dieser Tour gesehen hatten. Da war ein Italiener mittleren Alters, der stolz erzählte, dass er seine ganzen Ferien dafür einsetze, Neil Young nachzureisen. Der wusste alles. Die heruntergekommene elektrische Gitarre, die soeben von einem Roadie auf die Bühne gebracht wurde, heiße Old Black. Eine Gibson Les Paul, Jahrgang 1953. »Could be 1952«, ergänzte er beiläufig. Eine der legendärsten Gitarren der Rockmusik. Der Roadie mit der großen Nase, der die Gitarre auf die Bühne brachte, sei übrigens Neils Gitarrentechniker Larry Cragg. Dieser sei seit der »Crosby, Stills, Nash and Young«-Tour von 1965 der Gitarrentechniker von Neil und seither bei jeder Tour dabei. Das Publikum applaudierte Cragg frenetisch.

Offenbar bin ich der Einzige in den vorderen Reihen, der ihn nicht kennt, dachte Roger. Ziemlich obsessiv diese Begeisterung für einen alten Musiker und sein Ensemble. Irgendwie schräg und doch faszinierend. »Es würde mich nicht erstaunen, wenn diese Fans auch noch wüssten, welche Zahnpasta Neil favorisiert oder welches WC-Papier er benutzt«, sagte Roger schmunzelnd.

»Man sagt, dass Neil die loyalsten Fans aller Musiker hat«, antwortete Kurt, der vor Vorfreude ganz kribbelig war. So hatte Roger seinen Freund noch nie erlebt.

Roger konnte nichts zu den angeregten Diskussionen beitragen. Auch dann nicht, als über andere legendäre Rockbands gesprochen wurde. Er hörte zwar auch gerne Rockmusik, aber sich eingehend damit beschäftigen? So viel Zeit hatte er nie gehabt. Seine Fähigkeit, sich im Beruf auf das Wesentliche zu fokussieren, hatte er immer als große Stärke gesehen, als Erfolgsrezept. Wer sich aber stark auf etwas fokussiert, blendet dabei vieles aus, das auch spannend sein könnte. Das wurde ihm an diesem Abend wieder einmal bewusst.

Das Licht ging aus, und vier ältere Herren betraten die Bühne. »Jener mit dem Hut und dem schütteren grauen Haar ist Neil. Die anderen drei sind seine legendäre Band Crazy Horse«, sagte Kurt aufgeregt.

Ohne Hast schlurfte Neil auf die Bühne und ließ sich von einem Roadie die Gitarre umhängen. Dann stand er vorne und machte ein paar Handbewegungen in Richtung Publikum. Etwas grimmig, fast kauzig sah er aus. Kein Lächeln, nicht einmal ein »Hello« kam über seine Lippen. Kurt und die anderen Fans waren trotzdem außer sich, während Roger nicht so recht wusste, was er davon halten sollte. Irgendwie schien ihm der ganze Trubel doch etwas übertrieben. Gleichzeitig war er von Neils Charisma fasziniert. Diese Ausstrahlung, diese Präsenz. Gänsehaut. Wann hatte er das zum letzten Mal gehabt?

Nach weniger als einer Minute im ersten Song »Love and only love« war Roger mittendrin. Eingetaucht in den satten Gitarrensound der Band, den viele als transzendierend beschrieben. Raum, Zeit, Sorgen und Probleme – alles löste sich in der Musik auf. Die Ernsthaftigkeit und die Intensität, mit der dieser alte Mann sein Metier ausübte, zog alle in seinen Bann. Keine aufwendige Bühnenshow, keinerlei Ablenkung von der Musik. In den ersten Reihen sah Roger keine

Handykameras und niemand war am Chatten. Eine schon fast spirituelle, ja andächtige Atmosphäre. Ein Magier war am Werk. Unglaublich dieser Groove.

Kurz nach der Mitte des Konzerts blitzte und donnerte es in der Nähe von Nyon. Kurz darauf begann ein Sommergewitter, wie es Roger schon viele Jahre nicht mehr erlebt hatte. Schon gar nicht draußen. Es war wie unter der Dusche. Nach kürzester Zeit waren alle klitschnass und standen knöchelhoch im Wasser, das vor der Bühne strömte wie ein kleiner wilder Bach. Neil gab einem Roadie mit Handzeichen den Auftrag, ein Keyboard von der Bühnendecke runterzulassen. Kurt und die anderen Fans wussten sofort, was das bedeutete. Als Nächstes würde Neil »Like a Hurricane« spielen. Was jetzt kam, war episch: Der Musiker, seine Band und das gewaltige Gewitter am Himmel vereinten sich zu einem Gesamtkunstwerk. Es war, als würden Musiker und Gewitter interagieren und sich gegenseitig aufschaukeln. Gespenstisch. Eine unglaubliche atmosphärische Dichte. Es war nicht mehr klar, ob das Gewitter von Neil Young und Crazy Horse angetrieben wurde, oder ob es sich umgekehrt verhielt. Eine Sturmböe riss Neil den Hut vom Kopf und der Wind fuhr durch das schüttere Haar des Achtundsechzigjährigen. Wie ein Irrwisch tobte er über die Bühne und bearbeitete seine Gitarre. Ein Solo nach dem anderen spielte er in den Soundteppich, den Crazy Horse ausbreitete. Intensiv. Inspirierend. Bewusstseinserweiternd. Roger war es, als ob der tosende und stampfende Sound eine neue Perspektive in sein Leben drängen wollte.

Dann war es plötzlich vorbei. Sicherheitsleute eilten auf die Bühne und mussten das Konzert abbrechen.

Aus Sicherheitsgründen, wie es später hieß. Erst jetzt merkte Roger, dass die meisten Zuschauer aus den hinteren Rängen längst einen trockenen Unterstand aufgesucht hatten. Die ersten paar Reihen aber, die echten Fans, waren alle geblieben. Für viele das eindrücklichste Neil-Konzert aller Zeiten. »Ever«, wie man links und rechts hören konnte.

Benommen bewegten sich Kurt und Roger Richtung Ausgang. Durch und durch nass. Das Adrenalin wich aus dem Körper, und beide spürten nun die Kälte. Im Gegensatz zu Kurt hatte Roger keine Ersatzkleider dabei und saß triefend und frierend auf dem Beifahrersitz. Es dauerte eine Weile, bis ihn die Autoheizung aufgewärmt hatte. Beide waren auf der Heimfahrt in Gedanken versunken. Kurt legte die CD »Ragged Glory« ein. Ein Album Neils von 1990. Den Song »Days that used to be« ließ er dreimal hintereinander abspielen. »It seems like such a simple thing, to follow one's one dream. But possessions and concessions are not often what they seem. They drag you down and load you down in the skies of security. We didn't have to make those deals in the days that used to be.« Um 04.30 Uhr fuhr Kurt vor Rogers Wohnung vor. Nach der warmen Dusche blieb noch eine Stunde, bis der Wecker wieder klingeln würde.

»Was für ein Erlebnis. Was für ein Erlebnis!«, sagte Roger im Bett leise vor sich hin. Einschlafen konnte er nicht. Nie wieder werde ich ein Konzert aus den hinteren Reihen anschauen, dachte er. Schon gar nicht in irgendeiner VIP-Lounge mit Cüpli in der Hand und dem Geschwätz der Desinteressierten in den Ohren. Ein Konzert ist wie eine Metapher auf das Leben: Je näher man dran ist, desto intensiver, desto erfüllender. Ich muss näher ran, um zu spüren, dass ich lebe. Ganz nah ran an das Leben. Tag für Tag. Jahrelang habe ich nur irgendwelche Ziele gejagt, statt zu leben. Das wird sich nun ändern.

## 27

AUGUST 2010

Es war der Abend des vierten Tages in Alaska, weit weg von jeder Zivilisation. Nach Monaten der Vorfreude und viel Vorbereitungsarbeit waren Roger, Nils und Kurt mit dem Schlauchboot auf dem abgelegenen American Creek in Alaskas Katmai National Park unterwegs.

Am ersten Tag waren sie mit dem Wasserflugzeug an den abgelegenen Hammersly Lake geflogen. Das alleine war schon ein eindrückliches Erlebnis: unberührte Flusstäler, großartige Bergketten und die immense Weite des hohen Nordens. Spätestens als das Wasserflugzeug am Horizont verschwand, war allen klar, dass außergewöhnliche Tage bevorstanden. Sie waren alleine und auf sich gestellt – ausgesetzt an einem kleinen See in der grandiosen Wildnis Alaskas. Nach langen und erlebnisreichen Tagen auf dem Fluss waren sie am späten Nachmittag jeweils damit beschäftigt, das Lager einzurichten. Schlafzelt, Feuerstelle, Materiallager, Regenunterstand und der kleine Elektrozaun, um die Bären von den Lebensmitteln fernzuhalten. Danach ging es ans Kochen auf dem offenen Feuer. Alle drei waren am Abend todmüde. »Eine gesunde Müdigkeit«, wie Nils am Vorabend angemerkt hatte.

Am vierten Abend war die Stimmung das erste Mal schlecht. Der Veganer Kurt hatte beiläufig eine Bemerkung zum Thema »Quälfleisch« gemacht, während Nils für sich und Roger ein Steak zubereitete. Nils war sichtlich genervt, als er das Fleisch auf dem Grill drehte. »Hör mir auf mit deinem veganen Geschwafel. Der Mensch hat immer schon Tiere gegessen. Außerdem kauft Katharina bei uns nur Biofleisch ein. Wir essen also nur das Fleisch von glücklichen Tieren.«

Es wäre weiser gewesen, wenn Kurt sich in diesem Moment zurückgenommen hätte. Aber das war nicht seine Stärke. »Schön, aber in den USA kommen neunundneunzig Prozent des Fleisches aus Tierfabriken. Sorry, ich habe nichts von Bio gelesen auf der Verpackung. Auch wenn's Bio wäre: Die Mär von den glücklichen Bio-Nutztieren ist spätestens im Schlachthof, wenn das glückliche Tier in der Reihe steht, nicht mehr haltbar.« Danach wies Kurt wortreich darauf hin, dass ein Fleischesser etwa siebenmal mehr Treibhausgase als ein Veganer verursacht. Nebst unsäglichem Tierleid sei die Tierindustrie also auch für eine gigantische Ressourcenverschwendung verantwortlich. Eine Tatsache, die fleischessende Naturfreunde gerne vergaßen.

»Und noch was«, Kurt war mittlerweile warmgelaufen und hatte sich in Rage geredet, »du bist Mitglied der Sozialdemokratischen Partei und hast ein Patenkind in Bangladesch. Sicher bist du dir also bewusst, dass täglich rund zwanzigtausend Kinder auf der Welt verhungern. Das sähe gänzlich anders aus, wenn nicht vierzig Prozent der Getreideernte und neunzig Prozent der Sojaernte in der Tierindustrie verbraucht würden. Damit wir, die Privilegierten, unsere Geschmackspräferenzen befriedigen können!«

Nils stand mit hochrotem Kopf auf, packte sein Steak mit der Grillzange und warf es in hohem Bogen in den Fluss. »Bravo Kurt, du hast es geschafft! Die Freude am Essen ist mir vergangen!« Daraufhin stapfte er wütend davon.

»Musste das sein, Kurt?«, fragte Roger vorwurfsvoll, als Nils das Weite gesucht hatte.

Kurt starrte wortlos in die Ferne. Mit dem Wutausbruch von Nils hatte er nicht gerechnet. Normalerweise war dieser schwer aus der Fassung zu bringen. Und jetzt auch noch der Vorwurf von Roger. Er zuckte mit den Schultern und wandte sich wortlos ab.

»Der Weise lehrt nicht mit Worten«, sagte Roger noch leise zu Kurt, drehte sich um und lief zu Nils, der etwas weiter oben am Fluss stinksauer auf einem großen Stein saß. Roger wunderte sich auch über seine heftige Reaktion und erinnerte sich daran, dass Nils in diesen Ferien oft still und nachdenklich war, was so gar nicht zu ihm passte. Es schien, als würde ihn etwas belasten.

Zwei Tage später und viele Flusskilometer weiter wurde Kurts Ernährung, allen guten Vorsätzen zum Trotz, doch wieder zum Thema. Roger konnte sich eine Stichelei nicht verkneifen. »Dieser Lachs ist soeben vor meinen Füssen verendet. Würdest du den jetzt essen, Kurt? Die Natur hat sein Leben freiwillig hergegeben.«

Roger stand bis zur Hüfte im Fluss und hielt einen stattlichen pazifischen Rotlachs in die Höhe.

»Sehr witzig«, erwiderte Kurt schmunzelnd.

Eigentlich war Rogers Frage gar nicht so abwegig. Dass pazifische Lachse nach dem Laichen sterben, ist naturgegeben. Dies im Unterschied zum atlantischen Lachs, der sich mehrmals fortpflanzen und wieder ins Meer zurückkehren kann. Die toten Lachse werden von Forellen, Bären oder Adlern gefressen. Oder sie verrotten und werden so zur Futterquelle für Jungfische.

»Zeig mal her.« Auch Nils schien die Frage zu interessieren, und so kam es, dass alle drei um den toten Rotlachs herumstanden, um der Frage nachzugehen, ob dieser nun von einem Veganer gegessen werden kann oder eben nicht.

»Eigentlich stellt sich diese Frage gar nicht. Reine Theorie. Der hat ja schon leichten Pilzbefall, und das Fleisch ist eh nicht mehr gut«, sagte Nils.

»Nur auf der einen Seite. Die andere Hälfte scheint noch frisch zu sein. Was meinst du dazu, Kurt? Weder Massentierhaltung noch ein Schlachthof waren im Spiel. Tierleidbefreit und zu einhundert Prozent Bio, daher ethisch und moralisch einwandfrei«, argumentierte Roger.

Nils fand, dass Roger auf ein paar gute Punkte hinwies. Man könne sogar argumentieren, dass es ethisch verwerflich wäre, dieses Geschenk der Natur wieder in den Fluss zu werfen. Verschwendung. Ein Zeichen der Dekadenz in unserer Überflussgesellschaft.

Einen Moment lang sahen sich alle drei, immer noch um den toten Lachs versammelt, mit ernster Miene an. Dann aber konnte sich Roger ein Schmunzeln nicht mehr verkneifen, worauf Nils wie auf Kommando zu lachen anfing. Beide schien das Thema enorm zu belustigen, und sie prosteten sich gegenseitig mit einer Flasche Alaskan Amber zu. Kurt machte, wenn auch mürrisch, mit. Das Alaskan Amber schmeckte großartig. Sie hatten für jeden ein kühles Bier pro Tag in die Wildnis mitgenommen. Obwohl der Platz für Gepäck und Essensvorräte knapp bemessen war – sowohl im Wasserflugzeug wie auch im Schlauchboot.

Schließlich packte Roger den toten Rotlachs und brachte ihn zurück in den Fluss. Einen Moment lang hielt er ihn noch in den Händen. Dann ließ er ihn behutsam los und von der leichten Strömung mitziehen. Einen Moment lang sah er den großen Fisch noch im Wasser treiben, bis er in der Dunkelheit eines Pools für immer verschwand. Mehrere hundert Kilometer schwimmt ein Lachs vom Meer bis zu den Laichgründen stromaufwärts. Wie die Lachse ihren Geburtsfluss, ja sogar den Geburtsort, nach Jahren im offenen Meer wiederfinden, ist bis heute nicht ganz klar. Man vermutet, dass ihr ausgeprägter Geruchssinn dies möglich macht. Von 2.500 im Fluss abgelegten und befruchteten Eiern schafft es nur gerade ein ausgewachsener Lachs wieder zurück bis zu seiner Geburtsstätte. Gründe für die hohe Mortalität gibt es viele: Raubfische, Adler und andere Vögel, Bären, Hobbyangler und vor allem die großen Netze der kommerziellen Fischer. Lachse leben also gefährlich und für die wenigen Auserwählten, die es letztlich schaffen sich zu paaren, wartet kurz nach dem Höhepunkt der Tod. Im Herbst stolperte man an den Lachsflüssen Alaskas überall über angespülte tote Lachse. Je nach Windrichtung lag dann ein unangenehmer Verwesungsgeruch in der Luft. Überall sah man Möwen, Adler und auch Bären, die sich mit den toten Fischen den überlebensnotwendigen Speck für die langen Wintermonate anfraßen.

Einen Moment lang stand Roger noch mitten im Fluss. Fasziniert vom ewigen Kreislauf des Lebens, den man hier so hautnah miterleben konnte. Auch als Teil der Nahrungskette, wie Kurt einmal am Lagerfeuer bemerkt hatte. Gegen den riesigen Braunbären, den ursus arctos horribilis, hätte keiner von ihnen auch nur den Hauch einer Chance. Das kalte Flusswasser umspülte seine Beine fast bis zur Hüfte und plötzlich kam sich Roger unendlich klein vor. Ein Sandkorn in der Unendlichkeit. Kein WLAN, kein Handyempfang und trotzdem verbunden. Er spürte in diesen Minuten eine direkte Verbindung zur Natur und zu einem größeren Ganzen. Einmal noch atmete Roger tief durch und watete dann zu Nils und Kurt zurück, die versuchten, mit feuchtem Holz ein Feuer zu entfachen. Der Rauch mischte sich mit der würzigen und klaren Luft der Wildnis. Als das Feuer loderte, setzten sie sich nahe an die Feuerstelle und wärmten sich auf. Das Leben war hier auf das Wesentliche reduziert und Roger spürte ein Gefühl von Freiheit und Abenteuer.

»Zum Glück ist der Winter in Alaska so lang und dunkel«, sagte Kurt plötzlich. Nils blickte Kurt fragend an. »Das Land wäre innert Kürze besiedelt, würde schrittweise zerstört und seiner Seele beraubt, wenn das Klima menschenfreundlicher wäre.«

Die drei saßen wortlos am Feuer und jeder hing seinen Gedanken nach, während die Sonne das letzte

Licht des Tages auf die Tundra warf. Kurz darauf stieg der Mond hinter dem gegenüberliegenden Hügel auf. Große kreischende Möwen kreisten über dem American Creek und das Plätschern des Flusses lieferte zusammen mit dem Knistern des Feuers den Soundtrack zu diesen eindrücklichen Bildern.

»Ich freue mich sehr darüber, dass diese gemeinsame Reise Realität wurde«, unterbrach Rogers Stimme die Stille. »Die Wildnis tut mir gut, und ich spüre eine tiefe innere Ruhe und Zufriedenheit wie schon sehr lange nicht mehr.«

»Geht mir auch so«, erwiderte Kurt lächelnd. »Außer wenn es mal wieder in Strömen regnet, nichts mehr trocknen will und gleichzeitig Armeen von bluthungrigen Moskitos angreifen.«

Die Weite, die Bären, die Lachse, die unberührte Natur. Roger konnte nachfühlen, weshalb das Wort Alaska für viele Naturfreunde einen derart schönen Klang hatte. Ich bin angekommen, dachte er und blickte gebannt in die helle Glut.

~

Während Roger, Nils und Kurt im fernen Alaska das einfache Leben testeten, saß Jennifer mit Sorgenfalten auf der Stirn vor dem Haus in Gümligen. Die wärmende Morgensonne erhellte ihr Gesicht und die kurzen dunkelbraunen Haare. Tim und Finn schliefen beide noch. Das tägliche Begutachten ihres störenden Bauchansatzes im Ganzkörperspiegel hatte sie diesen Morgen vergessen. Sie hatte andere Sorgen, die ihre volle Aufmerksamkeit beanspruchten: Seit Tagen versuchte sie erfolglos, Jürg zu erreichen. Vor knapp einer Woche, als Jürg zum Abendessen vorbeigekommen war, hatten sie sich heftig gestritten. Am Ende war Jürg entnervt vom Tisch aufgestanden und hatte die Haustür hinter sich zugeknallt. Einen Moment lang war es mäuschenstill im Haus gewesen. Finn hatte wässrige Augen, und Tim blickte sie böse an: »Dafür musste Papi das Haus verlassen?«, sagte er und verschwand in seinem Zimmer. Er ließ sich den ganzen Abend nicht mehr blicken. Obwohl das Verhältnis entspannter war als am Anfang, hatten die beiden Jürg immer noch nicht richtig akzeptiert. Oft sahen sie in ihm immer noch den Eindringling, der ihren Vater aus dem Haus vertrieben hatte. Jennifer saß am Gartentisch vor ihrem iPhone und konnte sich nicht mehr daran erinnern, was der Anlass für den Streit mit Jürg gewesen war. Wie so oft. Die Nerven lagen bei beiden blank, und ein heftiger Streit entzündete sich nicht selten aus irgendeiner Lappalie. Vor allem Jürg war alles andere als im Gleichgewicht. Er hatte einen Anwalt einschalten müssen, um sich ein Besuchsrecht für seine zwei Töchter zu erkämpfen, weil seine Frau Stefanie ihm beharrlich den regelmäßigen Kontakt zu den beiden verwehrte. Raum und Zeit für die Liebe, die sie eigentlich zusammen leben wollten, hatten sie so gut wie keine mehr. Beiden war zwar bewusst, dass sich ihre Beziehung in eine falsche Richtung entwickelte, aber weder Jürg noch Jennifer hatten die Kraft, das Steuer herumzureißen. Die Altlasten aus dem früheren Leben begruben alles unter sich.

Einmal mehr versuchte sie, Jürg auf dem Handy zu erreichen. Wieder keine Antwort, wieder nur der Anrufbeantworter. »Ruf mich jetzt sofort an!«, schrie sie in ihr iPhone. Es war mindestens die fünfte Sprachnachricht, die sie auf dem Anrufbeantworter hinterlassen hatte. Seine Frau Stefanie anrufen konnte sie nicht. Die würde sofort auflegen, da war sich Jennifer sicher. Die einzige Chance war es, in der Gesundheitspraxis von Jürg anzurufen. Vielleicht konnte sie ihn dort erreichen. Sie wählte die Nummer und war rasch mit dem Empfang verbunden.

»Tut mir leid, Frau Graf, Herr Rey ist krank. Wir wissen nicht, wann er wiederkommt.«

Stille.

»Krank? Was hat er denn?«

»Tut mir leid, Frau Graf, ich darf Ihnen keine Auskunft geben«, sagte die Empfangsdame freundlich aber bestimmt.

Jennifer starrte auf die rote Kaffeetasse auf dem Gartentisch und wusste weder ein noch aus. Minutenlang blieb sie dort sitzen und war nicht imstande, einen klaren Gedanken zu fassen. Dann plötzlich läutete das iPhone, was ihr einen gehörigen Schreck versetzte. Jürg?

»Guten Tag, Frau Graf, mein Name ist Simone Meier. Ich bin eine Arbeitskollegin von Jürg und ich habe zufällig gehört, dass Sie angerufen haben. Jürg hat mir von Ihnen erzählt.«

»Wie geht es ihm?«, stammelte Jennifer.

»Nicht gut«, sagte Simone Meier leise und erzählte, dass Jürg vor vier Tagen einen Nervenzusammenbruch hatte und von seinem Arzt in die Privatklinik Wyss in Münchenbuchsee eingewiesen wurde. Zurzeit liefen noch Abklärungen, aber die Ärzte gingen von einem Burn-out aus. Die neue Lebenssituation, insbesondere die Trennung von seinen Mädchen, hätten ihn überfordert. Simone Meier ging davon aus, dass Jürg länger weg sein werde.

Jennifer wusste nichts zu sagen und schluchzte nur leise vor sich hin.

»Tut mir leid, Frau Graf. Rufen Sie mich bitte an, wenn ich etwas für Sie tun kann.«

»Danke, das ist sehr lieb von Ihnen«, sagte Jennifer und legte auf.

Eine halbe Stunde später hatte sie sich so weit gesammelt, dass sie in der Lage war, Jürg in der Privatklinik Wyss anzurufen. Doch die Empfangsdame machte ihr ohne Umschweife klar, dass Jürg nicht mit ihr sprechen wollte. Sie könne Jennifer nicht ohne Einwilligung des Patienten verbinden, werde aber Herrn Rey gerne ausrichten, dass sie angerufen hatte.

Jennifer fing damit an, auf den Knien im Rasen Unkraut zu jäten. Geistesabwesend und planlos zwar, aber irgendwie musste sie sich beschäftigen. Dann, ein paar Minuten später, vibrierte ihr Handy. Eine Textnachricht von Jürg! Ungläubig starrte sie auf den Bildschirm und las die Zeilen immer und immer wieder: *Es ist vorbei. Ich kann nicht mehr. Tut mir leid. Bitte lass mich in Ruhe. Grüße, Jürg*

Wie bitte?, dachte sie aufgebracht und rief ihn sofort an. Wieder nur der Anrufbeantworter. Langsam drängte die Gewissheit in ihr Bewusstsein, dass es ihm damit ernst war. Sie spürte einen stechenden Schmerz, und große Tränen kullerten über ihre Backen. Zu ihrer eigenen Verwunderung empfand sie aber gleichzeitig auch einen Hauch von Erleichterung. Sie setzte sich wieder auf den Gartenstuhl und ließ ihren leisen

Tränen freien Lauf. Minuten später betrat jemand die Terrasse und umarmte Jennifer zärtlich von hinten. Sie nahm die blonden Locken von Finn auf ihrem Gesicht wahr und hielt seinen Unterarm mit ihrer rechten Hand fest. Kurz darauf auch noch mit der Linken. Sie klammerte sich an ihren jüngeren Sohn, als wäre sie am Ertrinken.

~

Sechster Tag in Alaska. Die drei hatten eine regnerische Tagesetappe hinter sich. Kurz nach dem Aufstellen der Zelte auf einer großen Kiesbank im Fluss drückten die ersten Sonnenstrahlen des Tages durch die Wolkendecke. Roger hatte die Regenjacke über einen Campingstuhl gehängt und war damit beschäftigt, das Camp einzurichten. Ein für alaskanische Verhältnisse schon fast lauwarmer Wind blies sanft durch das Flusstal und trocknete die nasse Ausrüstung. Es roch nach Weidenbüschen und Schwemmholz. Hin und wieder hatte Roger auch den Rauch des Lagerfeuers in der Nase, das Nils bereits entfacht hatte. Kurt saß vor dem Feuer auf einer Kühlbox und genoss einen Moment des Nichtstuns in der wärmenden Sonne. Versöhnliche Momente nach einem anstrengenden und nasskalten Tag auf dem Fluss.

»Was heißt ataraxia?«, rief Roger über das Knistern des Feuers, während er Kurts Reisetasche vom blauen Schlauchboot zum Zelt trug.

»Ataraxia?«

»Ja, auf deiner Tasche hat es einen Kleber mit dieser Aufschrift.«

»Ah, jetzt weiß ich was du meinst.«

Vor mehr als zwanzig Jahren war er mit seiner damaligen Freundin auf einer ausgedehnten Reise mit dem Wohnmobil durch Wyoming, Montana und Idaho unterwegs gewesen. Die schönste und unbeschwerteste Zeit seines Lebens. Sie planten nie mehr als einen Tag voraus und ließen sich einfach treiben wie herbstfarbene Blätter im Fluss. Nach ausgedehnten Wanderungen saßen die beiden am Abend oft um ein großes Feuer, und Kurt las aus einem Buch über die Geschichte der Philosophie vor. Besonders stimmig fanden sie damals die Lehren des griechischen Philosophen Epikur, der etwa dreihundert Jahre vor Christus gelebt hatte. Epikur wies auf die Würde und den Reiz des einfachen Lebens hin. Die Kunst des einfachen Lebens nannte er »ataraxia« – das hieß so viel wie Gemütsruhe. Viele Jahre später hatte Kurt dann auf einem Markt in Amsterdam zufällig diesen Aufkleber gefunden.

»Ich fand, meine alte Reisetasche sei der richtige Platz dafür. Der Kleber soll mich immer wieder daran erinnern, was im Leben wichtig ist und was mir guttut.«

Sie sahen beide auf den Fluss und beobachteten einen kreischenden Weißkopfadler, der ins kalte Wasser stürzte und kurz darauf mit einem toten Lachs in den Krallen anmutig davonflog. Epikur, erklärte Kurt, sei der Ansicht gewesen, dass man sich von Sorgen und Ängsten befreien müsse. Das gelinge am besten, wenn man das Leben radikal vereinfache und sich von all dem befreie, was Sorgen und Ängste bereitet. Beispielsweise Geld, Besitz, Macht, Sex, Status oder auch Berühmtheit. »Ataraxia«, also die Gemütsruhe, sei nicht möglich, wenn im Leben Neid, Gier, Missgunst, Verlustängste oder Machtkämpfe eine wesentliche Rolle spielten. »Wenn du jemanden glücklich machen willst, dann gib ihm nicht mehr Besitz, sondern nimm ihm seine Wünsche weg, hat Epikur gesagt.«

Kurt sah Roger an. »Ähnlich hat es mehr als zweitausend Jahre später auch Henry David Thoreau formuliert, der amerikanische Schriftsteller und Philosoph:

> Ein schönes Leben kann nur haben, wer aufhört, sich ein besseres zu wünschen.

Schweigen. Beide schauten gebannt auf das Wasser. Einzelne Forellen begannen, Insekten von der Wasseroberfläche zu schlürfen. Ruhig und ohne Hast wie es schien. Schon fast lässig. Etwas weiter unten packte Nils seine Fliegenrute aus, das Steigen der Fische war ihm nicht entgangen.

»Epikur war davon überzeugt, dass man erst dann wirklich frei ist, wenn man sich von allem Ballast befreit hat und sich auf das Wesentliche konzentrieren kann. Als wesentlich sah er nebst Essen und Schlafen eine Arbeit, die einem zusagt, und vor allem auch gute Freunde, mit denen man gerne zusammen ist.« Kurt räusperte sich und erzählte dann mit Begeisterung von der langen Camperreise durch den Westen der USA: »Unser Leben war auf das Wesentliche reduziert. Wir hatten weder ein Handy noch ein Notebook dabei. Das Wohnmobil war klein und nur das Nötigste fand darin Platz. Gekocht haben wir meist Eintöpfe. Putzen und Abwasch war nach dem Essen in wenigen Minuten erledigt. Übernachtet haben wir dort, wo es uns gerade gefallen hat. Wir haben am Lagerfeuer Kaffee getrunken und in die Sterne geschaut. Und wenn uns danach war, haben wir Liebe gemacht.« Eine gewisse Melancholie war in der Stimme Kurts auszumachen.

Flussaufwärts querte ein großer Biber den Fluss. In seinem Maul transportierte er ein paar Weidenäste. Kurt und Roger standen auf und gingen auf Nils zu, der gerade damit beschäftigt war, eine Fliege an das Vorfach zu binden. Kein leichtes Unterfangen, vor allem weil Nils seine Lesebrille nirgends finden und das Hakenöhr fast nicht sehen konnte.

»Warum fasziniert dich eigentlich das Fliegenfischen? Ist dir die Stille am Wasser nie langweilig?«, fragte ihn Roger.

»Nein, die Natur ist nie langweilig«, antwortete Nils.

»Langweilig ist mir dann, wenn viel gesprochen, aber wenig gesagt wird. Dann, wenn mir Worte wie Lärm vorkommen, der nur dazu dient, die Stille zu übertönen.«

»Wenn ich alleine im Fluss stehe, bin ich ganz bei mir und trotzdem mit allem verbunden«, sagte Nils nachdenklich. Er angle einzig und allein um des Angelns willen und verfolge keine Ziele damit. Er habe nicht einmal das Ziel, einen Fisch für die Pfanne zu fangen. Die meisten Fische lasse er wieder schwimmen.

»Verbunden mit allem?« Roger dachte daran, dass die Indianer ein Wort dafür hatten: »iyuptala«, »eins sein mit«. Eins zu werden, mit sich selbst und der Natur, war das höchste Ziel. Aber nicht nur die Indianer, auch die Buddhisten und neuerdings sogar die Physiker gingen davon aus, dass alles miteinander verbunden war. Menschen waren wie die Wassertropfen im Ozean. Einzeln und doch verbunden.

»Ich stehe mitten im Fluss und meine Beine werden vom kalten Wasser umspült. Vor mir hunderte Köcherfliegen, die im letzten Licht des Tages tanzen, um sich zu paaren. Der Abendhimmel ist rot, gelb, orange verfärbt. Es ist windstill, und die Luft riecht nach Weidenbüschen, die überall an wilden Flüssen wachsen.« Die Leidenschaft von Nils für das Fliegenfischen war ansteckend, und Roger wurde bewusst, dass er seit mehr als zwanzig Jahren für nichts mehr richtig gebrannt hatte. In der Schulzeit war das anders gewesen. Jede freie Minute hatte er auf dem Fußballplatz verbracht, alles hatte sich um das runde Leder gedreht. Aber irgendwann blieb das Spielerische in seinem Leben auf der Strecke. Lag es an seiner Karriere, an Jennifer, an der Familie und den damit zusammenhängenden Verpflichtungen? Er konnte sich nicht mehr erinnern.

Nils stand auf und watete bis zur Hüfte ins Wasser. Dann begann er, den steigenden Forellen seine Fliege anzubieten. Mit langen und eleganten Würfen. Roger und Kurt schauten gebannt zu, wie Nils die eine oder andere Forelle überlistete. Er schien tatsächlich eins mit Alaska, dem Fluss und seinen Bewohnern zu sein. Als es dunkel wurde, saßen sie wie jeden Abend am hell lodernden Lagerfeuer. Kurt hatte einen großen Haufen trockenes Treibholz gesammelt, und der Rotwein stand bereit. Ein Burgunder aus dem Getränkekarton. Nichts für Kenner, aber in der Wildnis eine Gaumenfreude.

Nils erzählte ihnen vom Fliegenfischen. Mit Faden und Federn an einem kleinen Haken ein Insekt, beispielsweise eine Köcherfliege, nachzubilden, war eine kreative und anspruchsvolle Tätigkeit. Diese Imitation dann mit der Fliegenschnur am Fluss elegant zu werfen, sodass sich nichts verhedderte, war alles andere als einfach, und es ging auch um die Ästhetik des Bewegungsablaufs. Zum Fische fangen brauchte es aber noch mehr: Es galt, den Standplatz des Fisches im Wasser auszumachen und ihm die richtige Fliege naturgetreu zu präsentieren, damit er sich aus seinem Versteck wagte, sich vom Flussboden löste und an die Wasseroberfläche schwamm, um die Fliege zu fressen.

»Flyfishing is the reflective mans recreation«, hatte der große englische Schriftsteller Izaak Walton einmal über seine Passion gesagt. Schon lange eines der Lieblingszitate von Nils. Es war schön, Nils an diesem Abend unbeschwert und glücklich zu sehen. Roger hatte den Eindruck, dass er etwas mit sich rumschleppte, aber nicht darüber sprechen wollte. Oft wirkte er abwesend und melancholisch. Auch Roger war an diesem Abend mit seinem Leben versöhnt und nippte zufrieden am Weinglas. Abwechselnd schaute er ins Feuer, hoch zu den Sternen und dann wieder zu Nils, der einen weiteren Aspekt des Fliegenfisches mit Begeisterung erläuterte: »Respekt und Fairness der Natur und dem Fisch gegenüber stehen im Zentrum.«

Eine Stunde später lagen sie eingehüllt und todmüde von den Erlebnissen des Tages in warmen Schlafsäcken. Bären, Weißkopfadler, Lachse. Alaska hatte ihnen heute nichts von seinem Reichtum vorenthalten. Was für ein Privileg, das alles erleben zu dürfen, dachte Roger müde. Schön wäre, wenn Tim, Finn und auch Jennifer dabei wären. Jennifer? Er war erstaunt über den Gedanken, aber zu müde, um noch darüber zu sinnieren.

~

Der achte und zweitletzte Tag auf dem American Creek. Das Wetter war wechselhaft. Immer wieder Regen und zeitweise starker Gegenwind. Einzelne Böen waren derart stark, dass das Schlauchboot zeitweilig stromaufwärts geblasen wurde. Alle drei mussten paddeln, damit sie doch noch etwas Flussstrecke zurücklegen konnten. Am späteren Nachmittag beruhigte sich das Wetter und der Wind flaute ab. Die Nebelschwaden über dem Wasser wichen der Sonne. So intensiv und dankbar hatte Nils die wärmenden Sonnenstrahlen noch nie wahrgenommen. Nach dem Ende der Tagesetappe saßen alle drei ein paar Minuten wortlos in der Sonne und genossen die Wärme und die mystische Stimmung. Roger suchte im Gepäck nach seiner Nikon, um den Moment für die Ewigkeit einzufangen. Kurt versuchte, ihn davon abzuhalten.

Fotografieren sei nichts anderes als der Versuch, den Moment festzuhalten, den man wegen dem Fotografieren gerade verpasst. Außerdem könne man mit der Kamera vor dem Kopf das Schöne nicht mit dem Herzen sehen. Genau das sei aber das Wesentliche. »Einen Moment kann man nicht einfangen, sondern nur leben«, doppelte Kurt nach, als hätte Roger noch nicht begriffen, worum es ihm ging.

»Ja, schon gut«, murrte Roger, der sich an Kurts schulmeisterlichem Ton störte.

Rasch war nach dem Sonnenbad das Camp aufgestellt. Nils und Kurt versuchten, nach Insekten steigende Äschen zu überlisten, während Roger sich bemühte, ein Feuer zu entfachen. Trockenes Holz aufzutreiben, war nach dem Regen nicht einfach. Als das Feuer nach einiger Zeit trotzdem lichterloh brannte, war die Befriedigung umso größer. Ihre Reise auf dem American Creek ging dem Ende entgegen und Alaska zeigte sich nochmals von seiner schönsten Seite. Die Stimmung am letzten Abend in der Wildnis war wie aus dem Bilderbuch. Die Luft war klar und der Himmel wolkenlos. Der Vollmond stieg bereits lange vor Einbruch der Dunkelheit hinter einem Hügel auf. Die frisch gefangenen Äschen und der Wildreis schmeckten hervorragend. Am nächsten Tag sollte das Wasserflugzeug sie ein paar Kilometer flussabwärts abholen. Roger legte immer wieder Treibholz nach, das auf der Kiesbank im Überfluss vorhanden war.

»Ich wünsche mir, dass diese Reise nicht das erste und gleichzeitig das letzte Mal war«, sagte Kurt, während das Feuer knisterte.

»Ich bin auf jeden Fall wieder dabei«, erwiderte Roger, ohne lange zu überlegen.

»Ich auch. Sehr gerne sogar«, sagte Nils leise. Allerdings sei es nicht sicher, ob das je wieder möglich sein werde. Er rang mit den Worten, und es fiel ihm sichtlich schwer, weiterzusprechen.

»Vor ein paar Monaten war ich beim Hausarzt. Ich hatte Beschwerden, die auf eine Vergrößerung der Prostata hinweisen. Die Resultate der Untersuchung bestätigten meine Vermutung.«

Schweigen. Er hatte nun die volle Aufmerksamkeit von Roger und Kurt.

»Das ist bei Männern in unserem Alter weit verbreitet. Ich sollte das auch mal untersuchen lassen«, brach Roger die Stille. Prostataprobleme können mühsam sein, dachte er. Aber das ist doch kein Grund, auf Ferien in Alaska zu verzichten.

»Mein Hausarzt hat mich an einen Spezialisten verwiesen, der sich das genauer angeschaut hat.«

Wieder Schweigen.

»Und?«, hakte Kurt nach.

»Prostatakrebs in einem fortgeschrittenen Stadium und überall Metastasen«, sagte Nils mit brüchiger Stimme.

Außer seiner Lebenspartnerin Katharina wusste niemand davon. Wenn man den Krebs ein Jahr früher entdeckt hätte, wäre vielleicht noch etwas zu machen gewesen. Nils war allerdings nicht sicher, ob das wirklich ein Gewinn gewesen wäre. Ohne Diagnose lebte es sich besser. Die zwölf Monate vor dem Befund waren eine wunderschöne Zeit mit Katharina gewesen, darum haderte er nicht damit, dass er mit dem Arztbesuch so lange gewartet hatte.

Außer dem Knistern des Feuers war nichts zu hören. Roger und Kurt waren überfordert von der ungeheuerlichen Nachricht, die ohne jede Vorwarnung über sie hereinbrach. Roger spürte, wie ihn die Emotionen übermannten und ihm Tränen in die Augen schossen. Er stützte wortlos seinen Kopf auf den Händen ab. Kurt blieb, zumindest äußerlich, ruhig und gefasst und fragte bei Nils nach, was es jetzt genau für ihn bedeute.

»Mein Arzt sagt, dass ich mit Hormonspritzen Zeit kaufen kann. In der Regel wächst der Krebs dank der

Spritzen in den nächsten drei Jahren kaum weiter. Danach werden wir wahrscheinlich versuchen, dem Krebs mit einer Chemotherapie beizukommen.«

Schweigen.

Nach der Diagnose hatte Nils lange im Internet recherchiert und herausgefunden, dass fünf Jahre nach der Diagnose mit Prostatakrebs nur noch rund zwanzig Prozent der Betroffenen lebten. Der einzige Lichtblick für ihn war, dass für die nächsten paar Jahre eine gute Lebensqualität durchaus möglich war.

»Das alles tut mir wahnsinnig leid, Nils. Ich weiß nicht, was ich sagen soll«, stammelte Roger, der sich immer noch nicht gefasst hatte und am ganzen Leib zitterte.

»Was denkst du zu tun?«

»Gar nichts. Ich will weiterleben wie zuvor.« Nils wollte sich sein Leben nicht vom Krebs bestimmen lassen. Es war ihm auch zuwider, ein großes Aufhebens darum zu machen. Roger, Kurt und Katharina waren die Einzigen in seinem Umfeld, die davon wussten. Das sollte vorerst auch so bleiben. Dann erzählte Nils, dass sein Körper gut auf die Hormonspritzen anspreche und es ihm eigentlich gut gehe, was nicht selbstverständlich sei. Eine Nebenwirkung sei allerdings, dass er keine Erektionen mehr habe. »Tote Hose. Sex kann ich abhaken. Endgültig so wie's aussieht.«

Wieder Schweigen. So wichtig ist das ja in unserem Alter zum Glück nicht mehr, wollte Roger zuerst sagen, um die Stimmung etwas aufzuheitern. Ließ es dann aber sein. Es war nicht der Moment für Witze oder gut gemeinte Tipps.

Mit bewundernswerter Offenheit erzählte Nils, dass

er und Katharina zusammen im Erotikmarkt waren, um sich ein paar Spielzeuge zu kaufen. Es war Nils wichtig, Wege zu finden, damit Katharina sexuell nicht zu kurz kam. Roger hatte ohnehin den Eindruck, dass er sich mehr Sorgen um Katharina und seine beiden Mädchen machte als um sich selber. Nils wollte nicht das bemitleidenswerte Opfer einer schweren Krankheit sein.

»Ich bewundere, wie du mit dieser Diagnose umgehst, Nils. Ich vermute, dass ich komplett den Boden unter den Füßen verlieren würde. Sag mir bitte, wenn ich irgendetwas für dich tun kann, egal was«, sagte Roger, der wieder mit den Tränen kämpfte. Kurt nickte und signalisierte so, dass auch er da war.

»Danke.« Nils war sichtlich gerührt. »Es gibt schon auch Momente, in denen ich mich frage, warum gerade ich von dieser Krankheit heimgesucht werde. Aber ja, wer soll denn an meiner Stelle betroffen sein? Schicksal.«

Dann stand Nils auf und suchte noch etwas Treibholz zusammen. Er wollte nicht länger darüber sprechen. Verdrängen war hin und wieder der einzig gangbare Weg. Die Unbeschwertheit der letzten Tage war wie weggeblasen. Auch wenn Nils nicht mehr über den Krebs sprechen wollte, es ließ sich nicht vermeiden, dass dieser seinen Platz beanspruchte und sich wie ein kühler, feuchter Nebel über alles legte. Nur noch einmal kam das Thema auf den Tisch. Bei einem Bier am Flughafen von Anchorage kurz vor dem Rückflug in die Schweiz. Die Episode aus dem Spital, die Nils erzählte, war als Erheiterung gedacht. Galgenhumor.

»Haben Sie noch Erektionen, Herr Amsteg?«, hatte der Arzt anlässlich der letzten Besprechung gefragt.

Dies zu einem Zeitpunkt, als Nils am Gehen war, und die Tür des Besprechungszimmers bereits offen stand.

»Nein, da geht nichts mehr«, hatte Nils dem Arzt geantwortet und sich dabei gefragt, wer wohl auf dem Gang sonst noch alles mithörte.

Der junge Arzt konstatierte nüchtern, dass man da nichts machen könne. Das war ein demütigendes Erlebnis gewesen. Aus der Distanz betrachtet aber doch irgendwie komisch. Realsatire. Die drei lachten und hoben das Glas. »Auf diese unvergesslichen Ferien und auf deine Gesundheit«, sagte Kurt zu Nils. »Erlaube mir bitte, an dieser Stelle noch eine meiner Lieblingsweisheiten anzubringen.«

Die Zitate und Lebensweisheiten Kurts konnten auf die Dauer ätzend sein. In diesem Moment störte sich aber keiner daran.

> “ Glücklich sein hängt davon ab, ob man akzeptieren kann, was ist. Und was ist, ist!

# 28

SEPTEMBER 2010

Roger und Jennifer hatten sich im Restaurant *Bären* in Ostermundigen zum Abendessen verabredet. Es war besonders Jennifer ein Anliegen, sich hin und wieder mit Roger zu treffen, um Erziehungsthemen und Organisatorisches zu besprechen. Jennifer hatte überhaupt nicht gut geklungen am Telefon, und er hatte seither ein ungutes Gefühl. Seit ihrer letzten Besprechung war ihm klar geworden, dass sie es in ihrem neuen Leben nicht einfach hatte und dass sich vieles nicht so entwickelte, wie sie sich das erhofft hatte.

Roger war früh dran, was ungewöhnlich war für ihn, und bestellte sich schon mal ein kleines Bier. Von den Erlebnissen in der Wildnis Alaskas war er immer noch wie benommen und noch nicht richtig in der Zivilisation angekommen. Vor dem Rückflug in die Schweiz, in einem schummrigen Motelzimmer in Anchorage, hatte Roger wieder Internetzugang gehabt und damit Kontakt zur Außenwelt. Unglaublich, was nach weniger als zwei Wochen alles auf sein Smartphone übermittelt wurde: hundertfünfzig E-Mails und noch mehr SMS und Sprachnachrichten. Einen Moment lang wäre Roger am liebsten wieder offline gegangen und zurück in die Ruhe der Wildnis geflüchtet. Er konnte Nils und Kurt ansehen, dass es ihnen ähnlich ging.

Plötzlich stand Jennifer am Tisch und Roger wurde aus seinen Gedanken gerissen. Er blickte von seinem Bier auf und sah sofort, dass es ihr nicht gut ging, so blass war sie. Sie setzte sich und bestellte einen Grüntee, ein weiteres Zeichen dafür, dass sie nicht im Gleichgewicht war. Am liebsten hätte er sie in die Arme genommen. Er fühlte sich Jenny immer noch nah und empfand Gefühle für sie. Ohne sich allerdings darüber klar zu sein, welcher Art diese waren.

»Du hast abgenommen, Roger«, sagte Jenny nach einer Weile, »und der Bart macht dich wilder, abenteuerlicher. Wirst du ihn behalten?«

»Danke, mal schauen.« Er lächelte. »Und dir, Jenny, wie geht es dir?«, fragte Roger und stützte seinen Kopf auf den gefalteten Händen ab.

Jennifer hatte den ganzen Tag gehofft, dass er ihr diese Frage nicht stellen würde. Nun kam es, wie es kommen musste. Sie konnte ihre Tränen nicht zurückhalten und suchte in ihrer kleinen schwarzen Handtasche verzweifelt nach einem Taschentuch. Es dauerte eine Weile, bis sie sich so weit gefangen hatte, dass sie Roger erzählen konnte, was seit ihrem letzten Treffen vorgefallen war.

Er war von der Nachricht geschockt und lehnte sich auf seinem Stuhl zurück. Damit hatte er nicht gerechnet. Jennifer erzählte schluchzend, dass sich der Bruch schon lange abgezeichnet hatte: »Die Realität konnte nie mit unseren Träumen mithalten. Wir haben uns oft gestritten und sind beide nicht mit der neuen Situation klargekommen. Die Nerven lagen in den letzten Monaten bei uns beiden blank.«

Jürgs Zwillingstöchter Laura und Layla wollten Jenny nicht als Lebenspartnerin ihres Vaters akzeptieren. Ähnlich wie Tim und Finn Jürg nicht bei sich zu Hause wollten. In den Augen der Mädchen war Jennifer an allem schuld. Sie war die Täterin und der Grund dafür, dass ihr Papi nicht mehr zu Hause lebte. Es war ihre Schuld, dass die Mutter litt und täglich Tränen vergoss. Jürgs Ehefrau Susanne brachte die Mädchen auch immer wieder gegen Jürg auf. Mehr als einmal sagte sie ihm kurzfristig und unter fadenscheinigen Gründen Betreuungstermine ab. Das Verhalten der Mutter brachte die Mädchen in einen Loyalitätskonflikt, unter dem sie alle zu leiden hatten. Einmal hatte Layla unter Tränen gesagt, dass sie ein schlechtes Gewissen habe, bei ihm zu sein, wenn dann die Mami allein zu Hause sei. Laura hingegen neigte dazu, die Trennungssituation für all ihre Launen und schlechten Stimmungen verantwortlich zu machen. Egal, was nicht gut lief, schuld war an allem Papis Neue.

Jennifer nahm einen Schluck vom Grüntee und blickte Roger mit geröteten Augen an: »Dagegen war die Situation auf unserer Seite vergleichsweise entspannt. Wir haben unsere Eheprobleme nie auf dem Buckel der Kinder ausgetragen und Tim und Finn nie für unsere Ziele instrumentalisiert. Dafür bin ich dir dankbar, Roger.« Wieder wischte sich Jennifer Tränen aus den Augen. »Jürg und ich waren beide naiv und haben Verliebtheit mit Liebe verwechselt. Der Traum von der ewigen Liebe löste sich auf, als wir begonnen haben, ihn zu leben.«

Roger nickte wortlos und dachte an die Paartherapie zurück. Samuel Meissner hatte einmal gesagt, dass die große romantische Liebe die ungelebte Liebe ist. Jene, die sich in der Realität nie beweisen musste. Wie bei Romeo und Julia.

Der Kellner brachte die Vorspeise an den Tisch. Für beide einen gemischten Salat mit italienischer Sauce.

»Der Kontakt zu Jürg ist komplett abgebrochen. Ich vermute, dass er immer noch in der Privatklinik Wyss ist.«

»Wie gehen Tim und Finn damit um?«, wollte Roger wissen.

»Für die beiden ist Jürg kein Thema mehr. Sie hatten ihn nie richtig akzeptiert oder gar ins Herz geschlossen.

Dann brachte der Kellner beiden eine Rösti, und es war ein paar Minuten still am Tisch.

Plötzlich blickte Jennifer Roger etwas verlegen an. »Ich genieße unsere Gespräche«, sagte sie. »Früher hatte ich immer das Gefühl, dass du mir nicht zuhörst und mich nicht ernst nimmst. Es ist schön zu spüren, dass das jetzt anders ist. Ich finde, du hast dich verändert, Roger. Du bist offener und einfühlsamer geworden.«

Roger wusste nicht recht, wie er diese Sätze einordnen sollte, und starrte an Jennifer vorbei aus dem Fenster. Bereute Jennifer die Trennung? Wollte sie ihn wieder zurück? Oder war das jetzt die tiefe Freundschaft, die sie ihm in der Paartherapie als neue Beziehungsform in Aussicht gestellt hatte?

Was Jennifer an diesem Abend im *Bären* nicht sagte: In den letzten Wochen hatte sie sich oft gewünscht, dass Roger am Abend wieder nach Hause kommen würde. Immer öfter dachte Jennifer auch, dass sie einen großen Fehler begangen hatte. Ich hätte alle Energie in die Ehe investieren müssen und nicht in eine Außenbeziehung, dachte sie manchmal. Kurz nach dem Essen musste Jennifer los, um Tim und Finn bei den Nachbarn abzuholen. Sie verabschiedeten sich mit einem flüchtigen Wangenkuss, und Roger schaute Jennifer nachdenklich nach, als sie das *Bären* mit schnellen Schritten verließ.

Stand die Tür wieder offen? Zurück zu Jennifer? Zu Tim und Finn? War das überhaupt eine Option für ihn?

# 29

JANUAR 2011

Seit Alaska hatte Roger keinen persönlichen Kontakt mehr zu Nils gehabt. Ein Abendessen Mitte Oktober hatte Nils abgesagt, weil er sich nicht gut fühlte. Details hatte er keine verraten, und Roger hatte auch nicht nachgefragt. Er war in dieser Zeit selber unter Druck. Der neue Job in der Pensionskasse und die Betreuung von Tim und Finn füllten ihn aus. Dann kam auch schon die Weihnachtszeit und die beiden vereinbarten Anfang Dezember via E-Mail ein Abendessen Mitte Januar im *Luce*. Doch zwei Tage davor erhielt Roger eine E-Mail von Nils' Lebenspartnerin Katharina. Er las den Text immer und immer wieder durch und konnte nicht fassen, was er da las.

*Nils möchte von dir und Kurt Abschied nehmen. Seine Krankheit hat ab Ende September einen äußerst unerwarteten Verlauf genommen. Es geht ihm gar nicht gut und viel Zeit bleibt nicht. Kommt ihn bitte bald besuchen. Es eilt.*

Die Nachricht war ein Schock für Roger. In Alaska

hatte Nils noch gedacht, dass er noch ein paar gute Jahre vor sich hatte. Roger rief sofort Kurt an und sie vereinbarten, Nils noch am selben Nachmittag im Berner Inselspital zu besuchen. Sie trafen sich in der Eingangshalle des Spitals, wo eine emsige und unpersönliche Betriebsamkeit herrschte. Katharina und Kurt warteten bereits, als Roger eintraf. Katharina hatte dunkle Ringe unter den Augen und war blass im Gesicht. Roger schritt auf sie zu und nahm sie wortlos in die Arme. Kurt war ungewöhnlich ernst und schweigsam. Kurz darauf standen sie am Spitalbett von Nils. Was sagt man in solchen Situationen?, dachte Roger. Nils sah blass und eingefallen aus. Seine widerspenstigen braunen Locken waren der Chemotherapie zum Opfer gefallen, und er trug eine blaue Baseballkappe mit der Aufschrift »Alaska – the last frontier«. Er war sehr schwach, aber freute sich sehr, Kurt und Roger zu sehen.

»Der Krebs hat gewonnen. Viel früher als die Ärzte das erwartet haben«, sagte er mit brüchiger Stimme.

Keiner fragte nach den Details – die spielten jetzt keine Rolle mehr. Weder Kurt noch Roger wussten etwas zu sagen. Selbst wenn sie etwas zu sagen gewusst hätten, der Kloß im Hals hätte die Aussprache der Gedanken verhindert. Die Hilflosigkeit stand ihnen ins Gesicht geschrieben.

»Ich möchte euch für eure Freundschaft und die wunderschöne Alaskareise danken. Ich bin sehr glücklich darüber, dass ich mir diesen Traum noch erfüllen konnte. Die Bilder von den Bären und den Lachsen geben mir Kraft auf meinem Weg in die ewigen Jagdgründe.« Schweigen. »Okay, das war jetzt sehr pathetisch und melodramatisch«, sagte Nils und lächelte müde. Dann schloss er die Augen. »Ernsthaft, ich bin mit mir im Reinen und spüre eine große Ruhe. Ich konnte in den letzten Wochen alle Unstimmigkeiten mit meiner Ex-Frau und meinen Töchtern aus der Welt schaffen.« Dafür war Nils dankbar – er wollte seine letzte Reise in Frieden und ohne Ballast antreten.

»Besteht wirklich keine Hoffnung mehr? Kann man nichts mehr machen?«, fragte Kurt, der es nicht fassen konnte, was sich da vor ihm abspielte.

»Nein«, sagte Nils bestimmt. »Die Hoffnung auf ein Wunder habe ich vor ein paar Tagen endgültig losgelassen. Seither geht es mir besser. Die Angst vor dem Tod ist zusammen mit der Illusion, wieder gesund zu werden, von mir gewichen.«

»Können wir etwas für dich tun, hast du Schmerzen, … Angst?«, fragte Roger mit Tränen in den Augen.

»Wieso sollte ich Angst haben? Sterben ist doch etwas Einfaches und geht ganz von selber. Eine Erfahrung, die alle früher oder später machen. Jeder Idiot kann das.« Nils lächelte schwach. Sein Galgenhumor nahm dem Gespräch viel von seiner Schwere.

»Gerne hätte ich von dir noch ein paar philosophische Gedanken zum Sterben gehört«, sagte Nils dann leise zu Kurt. »Du hast ja sonst auch für jede Lebenslage die passenden Zitate parat.«

Kurt dachte lange nach und räusperte sich: »Sokrates hat gesagt, dass wir nichts über das, was im Anschluss an das Sterben passiert, wissen. Deshalb sei es sinnlos, sich davor zu fürchten – unsere Furcht habe ja gar keinen Gegenstand.« Kurt holte tief Luft, und es fiel ihm sichtbar schwer, zu sprechen. »Sterben ist wie die

Geburt. Wir wissen nicht, woher wir gekommen sind, und wir wissen auch nicht, wohin wir gehen. Der Kreislauf schließt sich, und wir müssen uns vor nichts fürchten.« Kurt zitterte am ganzen Körper und seine Stimme wurde brüchiger. »Die unsterbliche Seele legt das Gewand, den physischen Körper, ab. Das ist vergleichbar mit dem Ausziehen der Kleider vor dem Einschlafen. Jede Nacht ist ein bisschen wie Sterben. Wir haben da alle Erfahrung.«

Plötzlich übermannten Kurt die Emotionen und er begann zu weinen. Es war, als würde ein Damm brechen. Ausgerechnet der Verstandsmensch Kurt, der zwar brillant analysierte und scharfsinnig argumentierte, aber oftmals kühl und distanziert wirkte. Ausgerechnet Kurt, der sich am Lebensideal der Stoiker orientierte: Schicksalsschläge seien ohne Erschütterung, eben stoisch, hinzunehmen. Akzeptieren, was ist, und weitergehen. Katharina umarmte Kurt, während die Emotionen seinen Körper durchschüttelten.

»Gibt es etwas, was du in deinem Leben, rückblickend betrachtet, anders machen würdest, Nils?« Roger versuchte, das Gespräch in Gang zu halten, um von Kurt abzulenken. Gerne hätte er passendere Worte gefunden, aber es kam ihm nichts anderes in den Sinn.

»Ich bin mit mir im Reinen und mit meinem Leben zufrieden. Vielleicht hätte ich etwas mehr riskieren sollen in jungen Jahren. Vielleicht hätte ich meinen Traum von einer eigenen Privatschule verwirklichen sollen. Gerne wäre ich etwas weniger ängstlich und etwas draufgängerischer gewesen.« Nils sprach langsam, das Reden strengte ihn an. »Aber wichtiger ist für mich, dass sich meine Lebensgrundhaltung in diesen Tagen und Stunden bestätigt.«

»Was meinst du damit?«, hakte Roger nach.

Nils erzählte, dass er seinen Kindern immer gepredigt habe, dass auf der Welt einzig Immaterielles Bestand habe. Dass alles Materielle, jede Form von Besitz nur geliehen sei. Nichts davon könne man mitnehmen auf die letzte Reise. Eine gesunde Seele sei an der Schwelle zum Tod ungleich kostbarer als Millionen auf dem Bankkonto. »Ich spüre eine tiefe Gewissheit, dass dem wirklich so ist. Daran halte ich mich fest.«

Schweigen.

Nils wurde zusehends schwächer. Das Gespräch kostete ihn viel Energie. Aber es war ihm wichtig, noch ein paar Worte an Roger zu richten: »Ich kenne dich mehr als vierzig Jahre. Unter uns gesagt: Etwa die Hälfte davon warst du ein richtiges Arschloch. Alles hat sich in deinem Leben nur um Geld und die Karriere gedreht.« Nils räusperte sich, die Anstrengung war ihm anzusehen. »Ich habe mich sehr darüber gefreut, dass du dich in den letzten Jahren zu einem guten Freund gewandelt hast.«

Roger nickte stumm und nahm Nils in die Arme, während beiden die Tränen runterliefen.

Später, als Roger sich auf den Heimweg machte und mit dem Fahrrad um das Spital fuhr, kam er zufälligerweise an einem Hintereingang vorbei, vor dem ein Leichenwagen stand. Zwei schwarz gekleidete Bestatter waren damit beschäftigt, einen Sarg einzuladen. Einer der beiden kaute lässig einen Kaugummi und der andere erzählte etwas vom letzten Fußballmatch. In einigen Tagen, vielleicht auch in wenigen Stunden, würde Nils' lebloser Körper durch diese Pforte getragen werden. Roger stellte sein Fahrrad ab und setzte sich etwas weiter oben auf eine kleine Mauer. Fassungslos und traurig, aber auch tief berührt darüber, wie sein Freund das Sterben meisterte.

Der Himmel war wolkenlos und seit Tagen beglückte mildes Winterwetter Bern. Auf der anderen Straßenseite beobachtete Roger einen kleinen Jungen mit blauer Zipfelmütze, der sich weinend an das rechte Bein seiner Mutter klammerte, die erfolglos versuchte, ihn zu beruhigen. Gleichzeitig schickte sich ein Hubschrauber der Rettungsflugwacht an, auf dem Dach des Inselspitals zu landen.

# 30

MÄRZ 2011

Ein leichter Wind streichelte die nackte Haut seiner Arme, und alles roch nach Frühlingsblumen. Roger war mit dem Fahrrad unterwegs Richtung Berner Oberland. Herrliches, klarsichtiges Wetter. Nicht zu kalt, nicht zu warm, gerade richtig. Er picknickte mit Brot, Oliven und etwas Rotwein am Waldrand in der wärmenden Frühlingssonne. Der Platz am Waldrand mit Blick auf die Berge und das Zwitschern der Vögel vermittelten ein Gefühl von Geborgenheit in der Natur. Er liebte es, alleine unterwegs zu sein. Das stille Genießen des Augenblicks verlängerte den flüchtigen Moment des Glücks.

Zu Hause angekommen, öffnete Roger sein Notebook, um die Mails zu checken. Eine Mail von Katharina war gekommen:

“ Auch der schönste Sommer will einmal Herbst und Welke spüren. Halte, Blatt, geduldig still. Wenn der Wind dich will entführen. Spiel dein Spiel und wehr dich nicht, lass es still geschehen. – Hermann Hesse.

*Nils ist gestorben, wie er gelebt hat. Er hat nicht geklammert, sondern konnte loslassen. Er hat den Tod als Teil des Lebens akzeptiert. Liebevoll und mit Würde.*

*Wir sind alle sehr traurig.*

Roger las den Text immer wieder durch. Ein Gefühl der Leere breitete sich aus und Tränen schossen in seine Augen. Vor ein paar Stunden hatte er die atemberaubende Schönheit des Lebens in Momenten der Verbundenheit erfahren. Jetzt diese Nachricht. Menschen wandeln auf einem schmalen Grat durch das Leben. Überall Abgründe, Stolpersteine, Gefahren und Leid, ging ihm durch den Kopf.

Die Gedenkfeier für Nils fand eine Woche später statt. Die Kirche war voll, und viele der Trauergäste mussten während der Predigt stehen. Vorne auf der Bühne sangen die Mädchen und Knaben seiner Schulklasse »Halleluja«. Alle hielten eine weiße Kerze vor sich, und die Flamme warf ein warmes Licht auf ihre Gesichter. Roger weinte still vor sich hin. Neben ihm saß Kurt auf der Kirchenbank, der ebenfalls mit seinen Emotionen kämpfte. Die ganze Kraft seiner philosophischen Gedanken konnte in diesem Moment nichts gegen den Schmerz ausrichten. Eine junge Frau spielte auf der Querflöte »Ave Maria«, und ganz am Schluss wurde das Lieblingslied von Nils gespielt: »Paradise« von Johnny Cash.

Danach verließen die Trauergäste, begleitet von Orgelklängen, langsam die Kirche. Vor der Kirche blieb Roger einen Moment lang alleine stehen und schaute gedankenverloren in die Weite. Am Horizont waren weiße Berge zu erkennen. Die Schneegrenze wich langsam zurück und gab grüne Wiesen frei. Die Sonne stand hoch am Himmel und große weiße Wolken zogen über die Trauernden, als ob das schöne Licht seinen Teil zum Trauerfest beitragen wollte.

Nach einer Weile stieß Kurt zu ihm. »Weißt du noch, wie Nils auf den Knien und im strömenden Regen versucht hat, ein Feuer zu entfachen?«, fragte Roger.

»Ja«, antwortete Kurt sofort, »solange, bis er entnervt mit den Füßen in den Holzhaufen kickte und fluchend verkündete, dass wir den Lachs heute wie die Japaner essen. Roh!«

Beide lachten und alles fühlte sich etwas leichter an. Dass Nils für immer in ihren Erinnerungen weiterleben würde, war irgendwie tröstlich.

# 31

APRIL 2011

Kurt und Roger spazierten an einem Samstagnachmittag zusammen an der Aare entlang, von Muri her über die Auguetbrücke, dann aareaufwärts Richtung Rubigen. Die Aare führte als Folge des warmen Frühlingswetters milchig gefärbtes Schneewasser. Kurt liebte es, Gespräche mit körperlicher Aktivität zu verbinden. Wenn man zu Fuß unterwegs ist, kommt mehr in Bewegung als nur die Beine, pflegte er zu sagen. Das satte Grün der Auenlandschaft kündigte den Frühling an, und die beiden diskutierten engagiert über die Vor- und Nachteile einer festen Partnerschaft. Für Kurt war der Fall klar: Freiheit ist das höchste Gut. Er brauche die vermeintliche Sicherheit einer Partnerschaft nicht, um ein Schutzschild gegen die Einsamkeit zu haben. Auf den ganzen Beziehungsstress verzichte er gerne. Natürlich hatte Kurt auch noch ein passendes Zitat, diesmal von Jeremias Gotthelf, zur Hand:

> “ So sehr man sich auch liebt, an irgendetwas reibt man sich trotzdem. Irgendetwas treibt einen immer auseinander.

»Vorstellen kann ich mir eine feste Beziehung eigentlich nur noch dann, wenn die Liebe platonisch ist. Die platonische Liebe ist nicht mit Leidenschaft, Begierde, Besitzansprüchen und Eifersucht belastet. Die genügt sich selbst.«

»Ach was«, ereiferte sich Roger. »Das ist wie Sex ohne Orgasmus, das ist wie Marihuana rauchen, ohne zu inhalieren. Emotionen und Leidenschaften machen das Leben aus, Kurt. Ich will spüren, dass ich lebe!«

Sie kamen beim Restaurant *Jägerheim* in der Nähe des Flughafen Belpmoos vorbei und setzten sich im Garten in die Sonne. Eine junge Kellnerin brachte zwei große Bier und strahlte dabei mit dem Frühling um die Wette. Kurt schaute ihr verstohlen nach, ihre weiblichen Rundungen wurden durch die engen schwarzen Hosen noch betont. So ganz ohne Begierde ist er also doch nicht, dachte Roger lächelnd und widmete sich seinem Bier.

»Jenny ist nicht mehr mit Jürg zusammen«, begann er dann. »Die neue Situation hat ihn überfordert, und er ist in der psychiatrischen Klinik Wyss gelandet. Burnout. Er will nichts mehr von Jenny wissen und hat den Kontakt abgebrochen.«

Kurt machte große Augen und ließ beinahe das Bierglas fallen.

»Sie steht jetzt ziemlich alleine da, und es geht ihr nicht gut«, ergänzte Roger mit Sorgenfalten auf der Stirn.

»Oh, das tut mir leid.« Jennifer tat Kurt leid, und er erinnerte sich an ein Zitat von Oscar Wilde, behielt es aber für sich:

> Im Leben gibt es zwei Tragödien. Die eine ist die Nichterfüllung eines Herzenswunsches. Die andere seine Erfüllung.

Stille. Beide starrten auf das Bier vor ihnen und lauschten dem Gesang der Vögel und dem Rauschen der Blätter im Wind.

»Das Beste kommt noch«, durchbrach Roger die Stille. »Jennifer hat mir gesagt, ich sei offener und menschlicher geworden. Wir hatten in den letzten Monaten erstaunlich gute Gespräche miteinander.«

Kurt hielt das Bierglas mit beiden Händen, als suche er Halt. Spielte Roger mit dem Gedanken, den Kontakt mit Jennifer wieder zu intensivieren? »Ich bezweifle, ob es möglich wäre, wieder zum alten Leben zurückzukehren, als ob nichts geschehen wäre«, meinte er.

»Das sehe ich auch so, zurück zu dem, was war, geht nicht, darauf hätte ich auch gar keine Lust.« Roger räusperte sich. »Was aber, wenn wir ganz von vorne anfangen, uns vorurteilslos begegnen und neue Wege gehen? Attraktiv finde ich Jenny immer noch.« Roger starrte Richtung Giesse, dem kleinen Bach, der gemütlich am *Jägerheim* vorbeifloss. Ein Fischreiher stand geduldig am Wasser und wartete auf den richtigen Moment, um zuzuschlagen.

»Gib dir genug Zeit, Roger«, sagte Kurt und sah ihn

ernst an. »Lass dich nicht unter Druck setzen. Ein Dilemma unter Zeitdruck aufzulösen, ist nie ratsam.«

Dann hob er das Bier, um mit Roger auf die Freundschaft anzustoßen. Und auf Nils, der beiden fehlte.

~

Am Abend saß Roger zu Hause oft noch lange auf seinem schwarzen Polstersessel, nicht selten bis nach Mitternacht. Einerseits müde, andererseits aufgewühlt. Der neue Job in der Pensionskasse forderte ihn. Die Arbeitsprozesse waren weniger durchstrukturiert als bei der Switzerland-Bank, dadurch blieb mehr Platz für Individualität und Kreativität. Die Kehrseite der Medaille wurde aber auch rasch sichtbar: Viele Abläufe waren umständlich und nicht richtig durchgedacht. Arbeitsprozesse, die in der Bank bereits vollständig digitalisiert waren, wurden in der Pensionskasse immer noch von Hand erledigt. Ineffizient und fehleranfällig. Das wollte Roger ändern, aber auf eine menschliche und sympathische Art und ohne die gute Stimmung dafür zu opfern. Keine Hauruckübungen, sondern stetige kleine Verbesserungen schwebten ihm vor. Ganz im Sinne von Kaizen, jener japanischen Lebens- und Arbeitsphilosophie, in deren Zentrum das Streben nach ständiger Verbesserung steht. In kleinen, gut verdaulichen Schritten.

Aber noch mehr als die Arbeit beschäftigte ihn das letzte Treffen mit Jenny. So auch an diesem Dienstagabend, lange nach Mitternacht. Tim und Finn, die wie jeden Dienstag bei ihm übernachteten, waren beide längst im Bett und schliefen. Er liebte es, wenn die beiden bei ihm waren. Nachdenklich stand er auf und nahm eine CD mit geführten Meditationen aus dem Regal. Er setze sich den drahtlosen Kopfhörer auf und lauschte den beruhigenden Klängen der Musik und den Anweisungen der sympathischen Frauenstimme. Es war alles andere als einfach, sich zu entspannen, alle Gedanken loszulassen und präsent zu sein. Immer und immer wieder driftete er in seine Gedankenwelt ab. Sobald er sich dessen bewusst wurde, versuchte er, zur Meditation zurückzukehren. Das möglichst liebevoll, ohne sich zu ärgern und ohne zu urteilen. Roger fand die Anleitungen manchmal etwas sehr esoterisch, aber er spürte auch, dass er ruhiger wurde und seine Gedanken sukzessive loslassen konnte.

»Was machst du, Papi?« Plötzlich rüttelte der elfjährige Finn an seinen Schultern und riss ihn brüsk aus seiner Meditationswelt.

»Gegenfrage: Was machst du um diese Zeit im Wohnzimmer, Finn?«

»Ich habe schlecht geträumt, bin aufgewacht und habe das Licht im Wohnzimmer gesehen.«

»Was hast du denn Schlimmes geträumt?«, fragte Roger, während er Finn auf seinen Schoß setzte und liebevoll umarmte.

»Hm, ich weiß es gar nicht mehr so genau. Etwas Böses hat mich verfolgt und alle haben nur zugeschaut. Niemand wollte mir helfen.«

»Jetzt bin ich bei dir und werde dich beschützen«, flüsterte ihm Roger ins Ohr. Er liebte die Momente, wenn seine Kinder bei ihm Schutz und Geborgenheit suchten. Das kam immer seltener vor, desto mehr genoss er es an diesem Abend.

»Jetzt musst du sagen, was du machst, Papi! Hörst du Musik?«

»Nein, ich meditiere.«

»Was ist das? Meditieren? Ist das eine Art Schlafmittel?«

Roger suchte nach einfachen Worten, und es dauerte eine Weile, bis er antwortete: »Eigentlich geht es beim Meditieren mehr um Aufwachen als um Einschlafen. Es geht darum, das Leben bewusster wahrzunehmen und präsenter zu sein. Warst du mit deinen Gedanken schon mal an einem anderen Ort, während du mit deiner elektrischen Eisenbahn gespielt hast?«

Finn schaute Roger verwundert und mit großen Augen an, als hätte er eine seltsame Frage gestellt. »Wenn ich das tun würde, dann würden meine beiden Lokomotiven sicher zusammenstoßen!«

»Ja klar. Du hast natürlich recht. Es ist sehr wichtig, bei der Sache zu sein. Erwachsene sind aber oft von ihren Gedanken abgelenkt. Der Geist erzählt dauernd Geschichten. Es ist, wie wenn man ein Radio im Kopf hat, das dauernd sendet. Ich muss wieder lernen, das Radio abzustellen, damit ich mich voll und ganz auf das Hier und Jetzt konzentrieren kann. Eigentlich ist es ein Konzentrationstraining.« Roger küsste Finn auf die Stirn.

Der interessierte sich brennend für die Sache mit dem Radio im Kopf: »Was für Geschichten kommen in diesem Radio?«

»Nichts Spannendes. Vor allem kommen immer dieselben Geschichten. Erwachsene denken beispielsweise darüber nach, was in der Vergangenheit alles schiefgelaufen ist, und wie sie es hätten besser machen können. Sie verurteilen sich für Dinge, die sie falsch gemacht haben und haben ein schlechtes Gewissen. Als könnte man die Vergangenheit noch ändern. Dann wiederum machen sie sich Sorgen und werden von irgendwelchen Ängsten heimgesucht.«

»Was für Ängste denn?«, hakte Finn nach, der die Ausführungen seines Vaters etwas seltsam fand.

»Zum Beispiel Angst, die Arbeit zu verlieren und zu wenig Geld zu haben. Da ist auch die Angst vor einer schweren Krankheit oder die Sorge, einen geliebten Menschen zu verlieren. Manchmal geht es auch um die Angst davor, nicht mehr geliebt zu werden. Dann gibt es auch noch die Angst, dass einen andere Menschen nicht ernst nehmen oder sogar auslachen. Es gibt viele Sorgen und Ängste, mit denen man sich beschäftigen kann.«

»So viele Sorgen hast du in deinem Kopf, Papi? Kein Wunder, dass du nicht schlafen kannst. Jetzt ist mir auch klar, weshalb du uns manchmal gar nicht hörst, wenn wir mit dir sprechen. Dann bist du mit deinen Sorgen beschäftigt.« Finn gähnte. »Mami hat uns früher manchmal gesagt, dass du mit deinen Gedanken noch im Büro bist. Der Kopf sei noch nicht zu Hause angekommen.«

Roger wurde bewusst, wie oft er für seine Kinder nur physisch präsent gewesen war. Oft war nur die Hülle von ihm zu Hause gewesen. Genau darum trainiere ich das seit ein paar Wochen. Ich möchte voll und ganz bei dir sein, wenn wir zusammen sprechen oder etwas unternehmen. Es ist wie ein Spiel, bei dem gewinnt, wer mit den Gedanken weder in der Vergangenheit noch in der Zukunft ist.«

»Dieses Spiel möchte ich gerne mit dir spielen, Papi. Da hättest du wohl keine Chance gegen mich. Wollen wir wetten?«

Ein paar Minuten später trug Roger seinen schlafenden Sohn in sein Bett zurück. Kurz darauf war auch Roger im Bett. Bevor ihn der Schlaf übermannte, ging ihm ein Zitat von Nietzsche durch den Kopf, das er auf seinem Abreißkalender gelesen hatte:

> Du bist zu schnell gerannt für das Glück. Jetzt, wo du müde bist, holt dich das Glück ein.

# 32

MAI 2011

»Cos a monkey in silk is a monkey no less.« Im Radio lief ein Song von Rodriquez, und Roger drehte die Lautstärke auf Maximum. Vor seinem geistigen Auge sah er einen Affen in einem teuren Nadelstreifenanzug und Seidenkrawatte. Das Bild kam ihm wie eine Ansichtskarte aus seinem früheren Leben vor. Der Gedanke, dass er das hinter sich gelassen hatte, beflügelte ihn. Ein herrlicher Tag, dachte er und sang aus voller Kehle mit. Den Ellbogen stützte er auf dem offenen Fenster ab, und der warme Fahrtwind streichelte seine Haut. Roger war unterwegs zum Doubs. Der mittelgroße Grenzfluss zwischen der Schweiz und Frankreich gilt als Kleinod für Fliegenfischer, und Roger war oft mit Nils dort gewesen. Er liebte die urtümliche Flusslandschaft.

»Ein Kraftort«, hatte Nils den Fluss genannt.

Doch neuerdings hing ein dunkler Schatten über dem grandiosen Fluss. Der Sunk- und Schwallbetrieb der Elektrizitätskraftwerke machte vor allem den Jungfischen das Leben schwer. Dazu kam eine Pilzkrankheit, an der tausende Fische elendiglich zugrunde gingen. Naturschutzorganisationen und Fischer kämpften für eine weniger intensive Wasserkraftnutzung, um dem Doubs und seinen Bewohnern eine Chance zu geben. Gegen finanzielle Interessen anzukommen, war aber selbst in dieser abgelegenen Gegend alles andere als einfach.

Roger packte deswegen seine Fliegenrute gar nicht erst ein. Anstelle der Fischerstiefel hatte er die Wanderschuhe im Gepäck. Er näherte sich seinem Ziel über Saignelégier im Berner Jura, passierte den Grenzposten zu Frankreich in Goumois, querte die Brücke über den Doubs und nach einer kurzen Fahrt am linken Flussufer entlang fuhr Roger auf den Parkplatz seines Stammhotels, dem *Moulin du Plain*. Nach dem Bezug des einfachen Zimmers setzte er sich auf der kleinen Terrasse an einen Tisch und bestellte ein Bier. Es fühlte sich komisch an, alleine da zu sein. Vor der Alaskareise hatte Roger einmal mit Nils hier gesessen. Stolz präsentierte Nils damals seine große Fliegensammlung und begründete ausführlich, welche Fliegenmuster den größten Erfolg versprachen.

Roger dachte oft an Nils. Er war ein herzlicher, emotionaler Mensch gewesen – der Gegenentwurf zu Kurt, der sich der Fähigkeiten seines Verstandes bediente, um im Leben klarzukommen. Das Herz von Nils und der Verstand von Kurt in einem ausgewogenen Verhältnis vereint. Das wäre die goldene Mitte, ein Mensch im Gleichgewicht, sinnierte Roger und nippte an seinem Bier.

Kurz darauf wanderte er flussabwärts zu einem idyllischen Platz auf einer großen Kiesbank, den er von früher her kannte. Im Rucksack hatte er eine Flasche Jim Beam Whiskey, ein Früchtebrot und eine Thermosflasche mit schwarzem Kaffee. Dort angekommen schaute er kurz auf sein Handy. Kein Empfang. Die einzige Verbindung, die es hier unten gab, war die zur Natur. Er zog die Schuhe aus und stand bis zu den Knien im kalten Wasser. Das Abendlicht tauchte die ganze Umgebung in warme Farben. Auf der Kiesbank loderte und knisterte das Feuer, das er zuvor entzündet hatte. Es roch nach Rauch, Frühsommer und Freiheit.

Roger erinnerte sich an seinen fünfundvierzigsten Geburtstag vor über drei Jahren. Vieles, was für ihn damals wichtig und begehrenswert gewesen war, war nicht mehr da: das Haus, der Audi Quattro, die teuren Anzüge und auch die Rolex am Handgelenk. Nichts davon fehlte ihm. Er fühlte sich besser und entspannter als vorher im begrenzten Glück der materiellen Welt.

Ich bin aus allem ausgestiegen, sinnierte er. *Nein, eigentlich bin ich eingestiegen! Ich bin in das wahre Leben eingestiegen, und das Glück hat mich gefunden.*

Eine Sache beschäftige Roger dennoch: Jenny suchte immer öfter das Gespräch mit ihm, und er war sich mittlerweile ziemlich sicher, dass sie es gerne noch einmal mit ihm versuchen möchte. Was hatte Kurt in Alaska gesagt? Die anfängliche leidenschaftliche Liebe verwandelt sich mit der Zeit schleichend in den freudlosen Käfig der Ehe. Besitzansprüche, Eifersucht, unerfüllte Erwartungen, Langeweile und auch Enttäuschungen waren immer schon der Preis für die anfänglich großen Glücksgefühle. Kurt fand, dass ein

Mann das freie, das abenteuerliche Leben anstreben sollte.

Nils hatte das ganz anders gesehen: Geborgenheit, Vertrautheit und gegenseitige Unterstützung waren für ihn die wertvollen Früchte einer langjährigen Beziehung. Seiner Ansicht nach überwogen die Vorteile des Zusammenseins bei weitem. Roger hatte sich in dieser Frage nicht festlegen wollen, aber zweifellos übte das Wort Freiheit eine große Anziehungskraft auf ihn aus. Roger setzte sich auf einen großen Stein vor dem Feuer und stützte seinen Kopf auf den Händen ab. In seinen Augen spiegelten sich die züngelnden Flammen. Er vertraute darauf, dass sich Klarheit in diesen Fragen mit der Zeit von selber einstellen würde, spürte aber, wohin sein Herz ihn zog.

Langsam kam die Dämmerung über den Doubs, und er nahm einen Schluck Jim Beam aus der Flasche. Das Tageslicht wurde schwächer, die Farbe des Feuers dafür umso intensiver. In der Nähe hörte er Frösche quaken und den klagenden Ruf eines Waldkauzes. Er konnte sich nur schwer von der Lagerfeuerstimmung losreißen, obwohl es mittlerweile stockfinster war. Schließlich machte er sich doch auf den Weg zurück Richtung Hotel. Der Mond ging hinter einem großen Hügel auf, noch zwei Tage fehlten bis zum Vollmond. Tausende von kleinen und größeren Sternen funkelten am Firmament. Roger konnte nur langsam gehen, da wegen der Büsche und Bäume nicht viel Mondlicht auf den unebenen Weg fiel. Das langsame Vorwärtstasten im Halbdunkeln über Wurzeln und Steine kam ihm wie eine Metapher auf die letzten Jahre seines Lebens vor.

Mit dem Unterschied dass er in dieser Nacht nicht ziellos umherirrte. Roger versuchte ganz bewusst, Schritt für Schritt vorwärtszugehen. Er wollte nichts verpassen. Weder die vielen Geräusche aus dem Wald noch das Plätschern des Flusses. Alles war zu einer eindringlichen Geräuschkulisse verbunden, eingetaucht in das Licht des aufgehenden Mondes.

Beim Hotel angekommen entschloss sich Roger spontan dazu, nochmals an den Fluss zu gehen. Dort legte er sich auf einer Kiesbank hin und bestaunte die unendliche Weite des Universums. Plötzlich sah er, wie eine Sternschnuppe ihren Weg über den dunklen Himmel zog. In diesem Moment wurde ihm klar, dass er sich nichts sehnlicher wünschte, als wieder bei seiner Familie zu leben und mit Jenny nochmals von vorne anzufangen. Er vermisste ihre grünen Augen und die zärtlichen Berührungen von früher. Alle verloren geglaubten Gefühle waren wieder da. Da waren sie wohl immer, dachte er, nur verschüttetet. Tief begraben unter Überforderung, Unzufriedenheit und Groll.

# 33

MAI 2011

Eine Woche nach dem Ausflug an den Doubs fuhr Roger mit seinem grauen Toyota Yaris vor Jennys Haus in Gümligen vor. Den Wagen hatte er vor ein paar Wochen bei einem Gebrauchtwagenhändler erstanden. Der Himmel an diesem Samstagnachmittag war wolkenlos und überall im Quartier blühten Blumen in allen Farben.

Nach dem Ausschalten des Motors blieb er einen Moment sitzen und sah das Haus an. Fast drei Jahre waren vergangen, seit Jennifer die Karten auf den Tisch gelegt und ihn damit in die größte Krise seines Lebens gestürzt hatte. Er dachte an die Sitzungen mit Jenny beim Paartherapeuten und an die Vorladung vors Scheidungsgericht. Mehr als eineinhalb Jahre waren seit seinem Auszug vergangen. Dann erinnerte er sich auch daran, wie er mit Tim und Finn im Garten barfuß mit einem Plastikball Fußball gespielt hatte. Tim, der stolz in seinem Shirt der Berner Young Boys dribbelte, während Finn mit seinen blauen Torwarthandschuhen auf jeden Ball hechtete. Als Tore mussten die Gartenstühle herhalten.

Schließlich stieg Roger aus und öffnete den Kofferraum. Zwei rote Plastikeimer voll mit Kies und Sand hatte er dort verstaut. Er nahm einen in jede Hand und lief ruhig über den schmalen gepflasterten Weg zum Haus Richtung Gartensitzplatz. Als er um die Ecke kam, sah er als Erstes Finn, der auf dem Rasen Räder schlug. Roger blieb mit seinen roten Plastikeimern an der Hausecke stehen, aber es dauerte nicht lange, bis Finn auf ihn aufmerksam wurde. »Was machst du denn hier, Papi?«, fragte er erstaunt. Er war es nicht gewohnt, dass Roger unerwartet auftauchte. Dann starrte er verwundert auf die Eimer mit dem Kies.

In diesem Moment traten auch Tim und Jennifer aus dem Haus. Sie hatten in der Küche gehört, dass Finn mit jemandem redete. Nun standen sie zu viert vor den großen roten Eimern, die Roger mittlerweile auf dem Gartensitzplatz abgestellt hatte. Alle blickten ihn fragend an.

»Was ist das?«, fragte Jenny verdutzt.

»Kies und Sand.«

»Kies? … Sand?«

»Ja, aus der Aare. Ich habe die Eimer im Schwellenmätteli mit der Schaufel abgefüllt«, sagte Roger, ohne mit der Wimper zu zucken.

»Wozu?«, fragte Tim mit hochgezogenen Augenbrauen.

»Ich habe mir gedacht, wir könnten zusammen Goldwaschen. Mit der alten Goldwäscherpfanne, die wir damals in der Grabenmühle bei Sigriswil nach dem

Goldwaschen gekauft haben. Könnt ihr euch noch an die Goldflitterchen erinnern, die wir gefunden haben?«

Finn nickte und seine blauen Augen leuchteten in der Morgensonne. Er bewahrte das kleine Glas mit den Flimmern in seiner abschließbaren Pultschublade auf. Wie einen kleinen Schatz. Jennifer und Tim standen immer noch wortlos da und konnten sich keinen Reim auf die Geschichte machen.

»Aber in der Aare hat es doch gar kein Gold«, meinte Jennifer.

»Mami hat recht! In dem Kies werden wir garantiert kein Gold finden«, ergänzte Tim.

»Ich weiß mit Sicherheit, dass es in der Aare Gold hat.« Roger lächelte und fuhr Finn mit der rechten Hand durch seine blonden Locken. Plötzlich hatte er weiche Knie und einen Kloß im Hals. Es dauerte einen Moment, bis er weitersprechen konnte.

»Es hat Gold in der Aare, da bin ich mir ganz sicher. Vor etwas mehr als einem Jahr haben Mami und ich unsere goldenen Eheringe von der Schönaubrücke in die Aare geworfen.«

Tim, Finn und Jennifer schauten Roger entgeistert an.

»Es wäre doch schön, wenn wir die Ringe wiederfinden würden. Ich gebe ja zu, dass die Chance nicht allzu groß ist. Da ist viel Kies im Schwellenmätteli, aber einen Versuch wäre es doch wert, oder?«

Jennifer spürte, wie ihr die Tränen in die Augen schossen und ihre Knie weich wurden. Sie setzte sich auf einen Gartenstuhl und lächelte Roger mit glänzenden Augen an. Tim umarmte Roger wortlos, was er schon lange nicht mehr getan hatte, und Finn rannte begeistert in den Keller, um die alte Goldwäscherpfanne zu suchen.

Jennifer weinte leise vor sich hin. Sie konnte sich nicht daran erinnern, wann sie das letzte Mal aus Glück und Dankbarkeit geweint hatte. Roger legte ihr sanft seine rechte Hand auf die Schulter und spürte mit einer unumstößlichen Gewissheit, dass er in seinem Leben angekommen war.

## ESSENZ VON »ANGEKOMMEN«

ALLE LEBENSWEISHEITEN KOMPAKT ZUSAMMENGEFASST

Du möchtest dich noch nicht ganz vom Buch verabschieden?

Ich habe alle Lebensweisheiten aus »Angekommen« im E-Booklet »Essenz« zusammengefasst. Dies als Geschenk und Zeichen der Wertschätzung an die Abonnentinnen und Abonnenten meines Newsletters. Melde dich jetzt an und du kannst dich sofort in »Essenz« vertiefen.

Zusätzlich erhältst du mein beliebtes E-Booklet »10 geniale Lebensweisheiten, die du unbedingt kennen solltest!«

Anmelden dauert weniger als eine Minute – hier geht's lang:

www.markusglauser.de/geschenk

Oder rasch mit dem Smartphone:

SCAN ME

Du bist bereits in meinem Leserkreis eingetragen? Dann findest du den Link zu allen kostenlosen Downloads jeweils ganz zuunterst in meinem Newsletter.

Jedes Buch der Reihe ist in sich abgeschlossen. Folglich können sie in beliebiger Reihenfolge gelesen werden.

## NORDLICHTER – VON DER GEWISSHEIT DES HERZENS

WOCHENLANG AMAZON #1 BESTSELLER

Die Lehrerin Tanja Wyss zieht von der Schweiz nach Alaska, um dort neu anzufangen. Sie arbeitet bei ihrem Vater, der vor über vierzig Jahren in den hohen Norden ausgewandert ist und dort ein Flugtaxi-Unternehmen leitet. Die Alaska Bush Pilots verstehen sich als große Familie und fliegen abenteuerlustige Touristen mit dem Wasserflugzeug in Alaskas spektakuläre Wildnis, wo Grizzlybären, Elche und Wölfe leben.

Eine ungewollte Schwangerschaft und ein dramatischer Unfall mit dem Wasserflugzeug beenden die Idylle. Alles, was Tanja im Leben wichtig ist, droht auseinanderzufallen: ihre Beziehung mit dem Chefpiloten John, ihre Familie und die Firma. Obwohl alles aussichtslos scheint, kämpft sie bis zuletzt.

Schafft sie das Unmögliche, obwohl die Zeit und die Dynamik der Ereignisse gegen sie arbeiten?

★★★★★

Ein Abenteuerroman über wahres Glück, Familie und Liebe.

Jetzt bei Amazon kaufen / vorbestellen

Jedes Buch der Reihe ist in sich abgeschlossen. Folglich können sie in beliebiger Reihenfolge gelesen werden.

## GOLD LAKE – VON DER VERBOTENEN LIEBE

Die Buschpiloten von Gold Lake werden am Ende der Saison von einer ungewöhnlichen Reisegruppe aufs Äußerste gefordert: Der 45-jährige Bürgermeister Jeff will mit einem Wildnisabenteuer die Risse in seiner Familie kitten. Seine strenggläubige Frau Katherine, die hochsensible Tochter Emily und ihr gleichaltriger Cousin Nathaniel sind skeptisch, ob das gelingt.

Die Gruppe hat keine Erfahrung mit Bootstouren auf einem wilden Fluss und Jeff ignoriert alle Warnungen. Ein Zwischenfall in der Wildnis lässt den Traum vom gemeinsamen Abenteuer zum Albtraum werden: Jeff und seine Familie kämpfen ums nackte Überleben. Die missliche Situation spitzt sich weiter zu, als Familiengeheimnisse an die Oberfläche drängen und die Liebesbeziehung zwischen Emily und Nathaniel auffliegt.

Reißt die Extremsituation die Familie endgültig auseinander? Können die Buschpiloten trotz der ersten Herbststürme rechtzeitig alle retten?

Ein dramatischer Abenteuerroman über wahres Glück, Familie und Liebe inmitten der Wildnis Alaskas.

★★★★★

Jedes Buch der Reihe ist in sich abgeschlossen. Sie können in beliebiger Reihenfolge gelesen werden.

# ATARAXIA

**Ataraxia/Ataraxie** hat der griechische Philosoph Epikur (3. Jahrhundert v. Chr.) den idealen Gemütszustand genannt. Diesen erreicht, wer sich mit dem »Natürlichen und Lebensnotwendigen« zufriedengibt und alles andere außen vorlässt. Glück stellt sich in der Folge von selbst ein.

»Natürlich und lebensnotwendig« sind nach Epikur Nahrung, Kleidung, ein Dach über dem Kopf und Freundschaften: »Von allem, was die Weisheit für die Glückseligkeit des ganzen Lebens bereitstellt, ist der Gewinn der Freundschaft das bei weitem Wichtigste«. Dem Glück im Wege steht das Streben nach Ruhm, Erfolg, Macht, Geld und Besitz. »Das bringt zu viele Beschwerden mit sich. Alles Natürliche und Lebensnotwendige ist leicht zu beschaffen, das Sinnlose aber schwer«, meinte Epikur. Auch die zahlreichen Ängste der Menschen, insbesondere die vor dem Tod, seien dem gelungenen Leben abträglich.

Epikurs Philosophie hat viele Ähnlichkeiten zu jener der Stoiker, die ebenfalls der Ansicht waren, dass Glück nicht von Status, Macht und Besitz abhängt. Glück findet man im Innern, nicht im Außen. Viele sehen in ihm auch den antiken Vorläufer der heutigen Minimalismus-Bewegung.

## LIEBE LESERIN, LIEBER LESER,

du hast meinem Roman deine Zeit und deine Aufmerksamkeit geschenkt. Danke! Das bedeutet mir viel.

Eine Geschichte aufs Papier zu bringen und in andere Lebenswelten einzutauchen, ist faszinierend und immer auch eine Auseinandersetzung mit einem selbst. Mit jedem Kapitel kommt man nicht nur dem Buchende, sondern auch sich ein Stück näher.

Wenn dir »Angekommen« gefallen hat, würde ich eine Rezension (muss nicht umfangreich sein) sehr schätzen! Rückmeldungen interessieren mich sehr und bringen mein Schreiben weiter. Rezensionen helfen nicht nur Autoren extrem, sondern auch anderen Leserinnen. Hier geht's direkt zur Rezensionsseite des Buches:

https://amzn.to/2Y9ZTYs

Danke für dein Interesse. Ich schätze dich sehr!

Herzlichst, Markus Glauser

Lust auf andere Bücher von mir? Hier geht's zur Amazon Autorenseite:

amzn.to/34LTPXz

Oder rasch mit dem Smartphone:

SCAN ME

## DANKE!

Vorab meinen ersten Lektorinnen aus dem Familienkreis: Livia, Fiona, Irene und Céline. Ohne eure kritischen Anmerkungen und die aufbauenden Rückmeldungen wäre der Roman nie gedruckt worden.

Mein langjähriger Joggingkollege und Journalist Claude Chatelain hat das Buch vor allem in Bezug auf Inhalt und Struktur weitergebracht. Seine unverblümten Kommentare waren wertvoll.

Susanne Zeyse aus Berlin hat sich dem Roman mit Liebe angenommen. Ihr Motto »kürzen heißt würzen« hat das Buch zwar viele Seiten gekostet, gleichzeitig wurde damit aber viel gewonnen.

Der gewissenhafte Feinschliff von Franziska Junghans machte die Geschichte lesefreundlicher. Dank ihrer Betreuung bis hin zum Druck kann ich das Buch nun in den Händen halten.

Für die vielen freundschaftlichen Gespräche und damit die Inspiration für viele Szenen im Buch bedanke ich mich herzlich bei Patrick Jacot, Hanspeter Marti, Pascal Graf, Thomas Reiser, Hansjörg Sahli und Heinz Lüthi.

Ein besonders herzlicher Dank gilt meinen Eltern Ricki und Jacques, die mich immer wohlwollend unterstützt haben.

## ÜBER MARKUS GLAUSER

AUTOR. TRÄUMER. MACHER.

Markus lebt in einem Schweizer Vorort mit Blick ins Grüne und schreibt Abenteuerromane über wahres Glück, Familie und Liebe. Er liebt Rad- und Skifahren, Lesen und die Wildnis Alaskas. Insgesamt hat er mehrere Jahre in Nordamerika verbracht.

Um seinen Traum vom Schreiben zu leben, übergab der studierte Betriebsökonom das von ihm gegründete Beratungsunternehmen in den letzten Jahren weitgehend an seine Partner und Mitinhaber.

Seine Romane tauchen regelmäßig in den Amazon-Bestsellerlisten auf.

Seine Gedanken zum Schreiben und Lesen:

Als Autor ist es mein Anspruch, Bücher zu schreiben, die ich selbst gerne lesen würde.

Ich liebe spannende Geschichten, die mich inspirieren und ein Stück Lebensphilosophie vermitteln, und Bücher mit packenden Figuren, die mehr wollen vom Leben, über sich hinauswachsen und sich weiterentwickeln. Bücher mit Herz und Verstand.

Ich mag es, wenn Romane nah am Leben sind und Einblicke in Familien und Beziehungen gewähren. Gerne auch romantisch und mit Happy End, aber ohne klebrigen Zuckerguss und übertriebene Dramatik, stattdessen mit einer verständlichen und schnörkellosen

Sprache. Seitenlange Beschreibungen finde ich unnötig - lieber male ich mir die Details selbst aus.

~

Für Feedback habe ich stets ein offenes Ohr. Am besten hier: mg@markusglauser.de
www.markusglauser.de

**Impressum**

Bibliografische Information der Deutschen Nationalbibliothek: Die Deutsche Nationalbibliothek verzeichnet diese Publikation in der Deutschen Nationalbibliografie; detaillierte bibliografische Daten sind im Internet über http://dnb.d-nb.de abrufbar.


5. Auflage: Oktober 2020
Angekommen – von der Suche nach dem guten Leben
ISBN: 978-3-7528-32082

Lektorat: Susanne Zeyse, Berlin

Projektbetreuung: Franziska Junghans, Ka&Jott, Bernau

Coverdesign: AM&AM / Foto: Ivana Cajina, Unsplash

Verlag Printbuch: BoD – Books on Demand, Norderstedt



Proudly independently published.

Erstellt mit Vellum

Printed in Germany
by Amazon Distribution
GmbH, Leipzig

23172378R00211